EEN GOEDE SPREUK IS HET HALVE WERK

DE HEKSEN VAN WESTWICK – BOEK 2

COLLEEN CROSS

OOK VAN COLLEEN CROSS

De Heksen van Westwick
Jong Gehekst is oud Gedaan
Een goede spreuk is het halve werk
Niet Getoverd is Altijd Mis
Kerstmis, heksen en een moord

Katerina Carter juridische thrillers
Nooduitgang
Met gelijke munt
Engel des doods
Groene schijn
In het rood
Blauwe Maandag

Wil je op de hoogte gehouden worden van Colleens nieuwste boeken,
schrijf je dan in voor haar nieuwsbrief!

www.colleencross.com

Een goede spreuk is het halve werk

is een eboekuitgave van

Slice Publishing

HOOFDSTUK 1

*I*k had een baan nodig. En benzine. En een beetje rust aan
mijn hoofd.

Zoals het er nu uitzag zou ik niets van dat alles krijgen. Mijn tank
was leeg en de enige pomp bij de Westwick Corners *Gas 'n Go* was
defect. Op mijn torenhoge hakken naar binnen lopen om de man
achter de balie te vragen of er iets anders te regelen viel leek me ook
maar niets.

Ik was al veel te laat voor mijn sollicitatiegesprek bij de krant *The
Shady Creek Tattler*. Beschamend om toe te moeten geven, maar mijn
eigen krant, de *Westwick Corners Weekly*, balanceerde op het randje van
bankroet. Het laatste waar ik op zat te wachten was werken voor de
concurrentie, maar ik had het geld wel nodig. Hoewel ik ons uitge-
storven stadje, dat we uit alle macht nieuw leven probeerden in te
blazen, niet wilde verraden, moest er bij mij ook brood op de plank
komen.

Alle banen die maar enigszins iets voorstelden waren in Shady
Creek, een uur rijden bij mij vandaan. Ik was er helaas pas achterge-
komen dat er in Westwick Corners veel te weinig afzetmarkt was
voor een krant toen ik de Westwick Corners Weekly over had
genomen van de vorige eigenaar, nu een jaar geleden. Het had me toen

een goed idee geleken, maar mijn plan om een eigen bedrijfje op te zetten en mezelf een droombaan te bezorgen bleek een geld opslurpend zwart gat te zijn.

Dit was mijn laatste kans om de krant te blijven runnen en niet van de honger om te komen: de parttime baan bij de krant in Shady Creek. Dan kon ik mezelf tenminste staande houden terwijl ik de krant opnieuw een *boost* probeerde te geven. Maar als ik niet eens benzine in mijn tank kon gooien, ging die kans aan mijn neus voorbij. Ik zwaaide manisch naar het raam waarachter de pompmedewerker zich bevond, in de hoop dat er iemand naar buiten zou komen en me zou komen helpen.

Er gebeurde niets.

Ik vloekte zachtjes en keek om me heen. Mijn humeur klaarde iets op toen ik verderop een magere jongeman met sproeten naast een gigantische camper zag staan. Hij werkte duidelijk voor de pomp, want hij had een shirt aan met het Gas 'n Go logo erop en een zakkige korte broek. Ik kende hem niet, dus hij zou hier wel nieuw zijn. Hetgeen vreemd was, want we kregen hier vrijwel nooit bezoekers, laat staan nieuwe bewoners. En als dat al zo was, had iedereen er via het roddelcircuit al over gehoord voor de persoon in kwestie hiernaartoe was verhuisd.

Ik zwaaide naar de pompbediende, maar hij negeerde me terwijl hij de bandenspanning van de camper checkte. Het verraste me niets. Mensen die naar Westwick Corners verhuisden deden dat meestal niet omdat ze zulke uitmuntende sociale vaardigheden hadden. Een gat ergens in een vergeten hoekje van Washington State stond niet bovenaan de lijst van meest gewilde plaatsen, tenzij je niet gevonden wilde worden.

Ik werd wat blijer toen de deur van de camper openzwaaide en mijn tante Pearl uitstapte. Ze zwaaide net zo manisch terug en kwam toen in hoog tempo op me af. Weinig dames van zeventig bewogen zo kwiek, maar ze had dan ook een geheim voordeel: net als de andere vrouwen in de familie West was ze een heks.

'Ik heb gewonnen, ik heb gewoon gewónnen!' Mijn magere tante kwam abrupt naast me tot stilstand en wankelde even voor ze tegen me aanviel.

'Kijk uit!' De benzineslang glipte uit mijn hand toen ik achteruitsprong in een poging haar te ontwijken. Het metalen uiteinde sloeg tegen de zijkant van mijn gedeukte, roestige Honda aan... en begon ineens te werken. Benzine sputterde het gescheurde asfalt op alsof de slang aangesloten was op een oliebron in Texas. Ik had het schuifje omhooggezet met een speciaal plastic dingetje dat ik laatst gekocht had, waardoor de pomp bleef gaan. Fijn, nóg meer geld dat wegstroomde. Dat had ik weer.

Ik bukte me om de slang op te rapen en de schade te beperken, maar helaas sproeide de benzine door de druk die erop stond nu op mijn nieuwe jurk en blazer. De outfit die ik speciaal had aangeschaft voor mijn sollicitatiegesprek.

Ik kromp ineen toen de vloeistof over mijn net geschoren benen spletterde. Plasjes benzine vormden zich voor mijn voeten. Daar stond ik dan: doorweekt, furieus en met stomheid geslagen.

Eindelijk had ik de aandacht van de pompbediende weten te vangen. Hij stormde op ons af. 'Hé, dat moet wel betaald worden!'

De slang draaide en draaide door de druk van de benzine. Eindelijk had ik het uiteinde te pakken, maar helaas slaagde ik er niet in om het gat snel genoeg van mezelf weg te draaien, waardoor ik nu ook benzine in mijn gezicht kreeg. Godzijdank had ik mijn zonnebril nog op. De benzinedruppeltjes drongen mijn neus binnen en bedekten de glazen van mijn zonnebril.

Opnieuw liet ik de slang vallen in een poging mijn gezicht te beschermen. Ik haalde mijn vingers over de glazen, maar alles leek wel een grote waas, inclusief tante Pearl.

'Kijk uit!' riep tante Pearl uit. Ze stapte achteruit en zwaaide met haar armen in de lucht.

'Pak die slang dan! Help me, ik kan niets zien!' Ik sloeg wild naar de slang die ik nog maar half kon ontwaren. Eindelijk vond mijn rechterhand de slang, maar toen ik probeerde het 'handige plastic dingetje' van de hendel af te halen, scheurde mijn nagel half af. Niet zo handig, dus. 'Au,' riep ik uit.

Opnieuw kletterde het ding op de grond. Toen ik er opnieuw naartoe dook, struikelde ik ook nog eens. Na wat een eeuwigheid leek te duren, stopte de benzine ineens met stromen. Ik trok de zonnebril van mijn gezicht en veegde met de rug van mijn hand over mijn voorhoofd. Daar stond de pompbediende, met in zijn ene hand de hendel van de slang en in de andere mijn plastic gadget, dat hij eraf had weten te krijgen. 'Raak niets aan, mevrouw. Ik vul uw tank wel.'

Ik mompelde een bedankje terwijl ik overeind krabbelde, nog steeds helemaal doorweekt. Ik rilde, ondanks de zomerhitte.

'Dat is een hoop benzine voor niets. Bijna twintig liter.' Tante Pearl knipte met haar vingers. 'Gewoon zip, weg.'

Aangezien tante Pearl pyromanische krachten had, was het voor haar vast extra pijnlijk dat de benzine nergens goed voor was geweest.

'Je had wel even kunnen helpen, zeg.' Ik schudde langzaam mijn hoofd terwijl ik naar mijn verpeste jurk keek. Ik had geen woorden om mijn totale wanhoop te beschrijven. Alles wat ik ondernam leek me alleen maar verder naar de rand van de financiële ondergang te drijven.

'Je had jezelf kunnen helpen, Cen. Je hebt je krachten, dus gebruik ze ook. Je moet er gewoon wat meer je best voor doen en vrede hebben met je bovennatuurlijke talenten.' Tante Pearl klopte me op mijn rug. 'Je hebt een keus.'

'Ik wil de boel niet bedriegen.' Ik draaide me naar de pompbediende, maar die was weer aan de slag gegaan met de camper, dus hij hoorde ons niet. 'Ik wil gewoon geen oneerlijke voordeeltjes.'

'Je bedriegt de boel niet als je tovert en een heks bent. Houd nu eens op met doen alsof je geen heks bent.'

Ik was al in een pesthumeur en het laatste waar ik op zat te wachten was een discussie met mijn prikkelbare tante. 'Ik wil normaal zijn, net als alle andere mensen.'

'Ja, maar dat ben je niet, dus wen er maar aan.' Tante Pearl snoof. 'Waarom doe je überhaupt zo je best een reguliere baan te vinden? Ieder ander met jouw talenten zou ze goed gebruiken en jij doet er niets mee.'

'Ik wil op een eerlijke manier mijn geld verdienen.' De woorden waren eruit voor ik erover na kon denken.

'Oh, en een heks zijn is oneerlijk?' De boosheid was in de stem van mijn tante te horen.

Het stoorde haar dat ik niet meer naar de lessen op haar heksenschool was gekomen. Ik wilde wel tijd maken om naar *Pearl's Charm School* te komen, maar er kwam altijd iets tussen. Bovendien voelde het niet goed voor mij om speciale krachten te gebruiken die andere mensen niet hadden. Ik had er niets voor hoeven doen. Ik had gewoon het geluk deel uit te maken van de familie West, een familie van heksen.

'Ik kom te laat voor mijn sollicitatiegesprek. Kun je niet gewoon de tijd een stukje terugdraaien en wat benzine in mijn auto gooien in plaats van ernaast?' Tante Pearl was een heel getalenteerde heks. Voor haar was dat een fluitje van een cent.

'Ja, dat zou ik kunnen doen, maar waarom zou ik?'

'Alsjeblieft, tante. Ik maak het goed met je.' Ik had die baan nodig.

Ze schudde haar hoofd. 'De jeugd van tegenwoordig denkt maar dat ze overal recht op hebben. Niets wat van waarde is wordt je in de schoot geworpen, Cen.'

'Maar het is wel in jóúw schoot geworpen,' protesteerde ik. 'Kom op nou.'

'Dat zou voor jou ook kunnen gelden. Het is een kwestie van oefenen, Cendrine. Waarom vind je het zo moeilijk je ergens toe te zetten?'

De pompbediende had inmiddels mijn tank gevuld en moest betaald worden. Ik wierp een blik op de meter en reikte door het openstaande raam van mijn auto naar de handtas op de passagiersstoel. Daar zat mijn portemonnee in. Het laatste twintigdollarbiljet dat ik bezat belandde in de hand van de man, en het ergste was dat ik minstens de helft van dat geld uit moest geven aan benzine die in een plasje op de grond lag.

'Cen, dit is trouwens Wilt Chamberlain,' stelde mijn tante hem voor.

Ik knikte de magere man met het gezicht van een jongen toe. Hij had sproeten en een bleek gezicht. Waarschijnlijk was hij naar de gelijknamige, beroemde basketbalspeler genoemd, maar daar had hij niets van weg. Wel was hij iets ouder dan ik hem in eerste instantie had geschat; in de twintig. Hij had een merkwaardige moedervlek op zijn voorhoofd, in de vorm van een diamant. De vlek had een roestkleur en prijkte midden op zijn voorhoofd alsof je erop moest schieten.

'Vraag de volgende keer even om hulp,' zei Wilt, terwijl hij de slang weer ophing. 'Nu moet ik de pomp dichtdoen en de rommel opruimen.'

'En ik wil mijn wisselgeld,' vulde ik aan.

'Daar heb je geen tijd voor,' zei tante Pearl, terwijl ze naar de camper gebaarde. 'We moeten op weg.'

'Huh?' Ik fronste. Wat was ze nu weer van plan?

Mijn tante zwaaide met haar hand. 'Vergeet dat gesprek, Cen. Ik heb een baan voor je.'

Ik schudde mijn hoofd. 'Nee, ik ga niet werken op die school van je.'

Ze glimlachte stralend. 'Dat bedoel ik niet. Ik heb een undercovermissie voor je in gedachten.'

'Nee hoor, geen interesse.'

We liepen met Wilt terug naar het gebouwtje. Hij trok echter zijn sleutelbos tevoorschijn en sloot na het uitschakelen van de systemen binnen de deur af.

'Hé, ik krijg nog minstens vijf dollar terug van je!' Ik keek naar het bedrag op de pompteller. Het was net geen vijftien dollar. Meer dan die twintig dollar had ik niet, dus ik wilde of mijn geld terug, of meer benzine. Op deze manier haalde ik het nooit tot Shady Creek. 'Of meer benzine,' vulde ik aan.

Wilt negeerde me totaal. Ik liep met vastberaden passen terug naar de pomp en haalde de slang eraf, ermee zwaaiend alsof het een wapen was.

Hij vertrok geen spier. 'Sorry, ik ben dicht. Ik moet nog opruimen en daarna is het lunchpauze.'

Ik stak de slang in mijn tank en probeerde er nog vijf dollar aan benzine uit te halen, maar alles was afgesloten. Of de pomp was leeg. Een van de twee.

Ik vloekte binnensmonds en draaide me naar een minzaam lachende tante Pearl. 'Waarom help je me niet?' Plots viel mijn oog op de rode jerrycan die ze in haar hand had.

'Vergeet die benzine, Cen. Ik heb de loterij gewonnen! Ik ben rijk. Ik kan alle bezine van de wereld betalen.' Ze zwaaide enthousiast de jerrycan heen en weer.

Ik knikte naar de camper. 'Die rijkdom zul je nodig hebben met die benzineslurper. Waar heb je die vandaan?'

Tante Pearl leek enorm in haar nopjes, wat ook niet zo raar was als ze inderdaad de loterij had gewonnen. Daar twijfelde ik echter aan. Mijn tante hield van aandacht, en ik vermoedde dat haar verhaaltje over de loterij maar een verzinsel was wat ze aandikte met magische trucjes zoals deze camper en de jerrycan met benzine.

Wacht even... die benzine. Er zat minstens twintig liter in dat ding dat ze vasthield. Daarmee zou ik het wel redden naar mijn sollicitatiegesprek.

'Tante Pearl, daar zit toch benzine in? Ik heb een gunst van je nodig.'

'Je bent een heks, Cendrine. Je kunt zelf benzine toveren.'

'Niet nu, tante Pearl.' Waarom moest ze me dit de hele tijd in mijn gezicht wrijven?

'Oh ja, dat was ik vergeten. Je weet niet hoe dat moet.' Ze trok een zogenaamde pruillip.

Ik wilde niets liever dan haar het tegendeel bewijzen, maar daar had ik de middelen niet voor. Er viel weinig te bewijzen met een zaak die bijna bankroet was, een portemonnee met alleen nog maar muntgeld en een flinke dosis pech. Alles wat ik probeerde leek zich tegen me te keren. Mijn leven was klote en ik had geen idee hoe ik het beter moest maken.

HOOFDSTUK 2

Ik keek tante Pearl woest aan. Alleen omdat de bovennatuurlijke talenten van de familie West een slecht bewaard geheim waren in Westwick Corners, betekende dat niet dat we ermee te koop moesten lopen. Generaties lang hadden we geopereerd onder het motto: 'Als jij niets hebt gezien, heb ik niets gedaan'. Aangezien Wilt nieuw was in de stad, had hij waarschijnlijk geen idee van onze hekserij. Tot tante Pearl het zou verpesten, natuurlijk.

'Maak je niet zo'n zorgen om bijzaken en kom mee. Ik breng je wel naar je sollicitatiegesprek.' Tante Pearl schonk me een mierzoete glimlach waarvan ik wist dat die nep was.

Wilt fronste. Blijkbaar stond het idee dat ik ook mee zou rijden hem niet aan.

Ik durfde het bijna niet te vragen, maar ik deed het toch. 'Waarom heb je een camper nodig?' Ik wilde ook graag weten waarom Wilt in vredesnaam mee moest, maar ik vond het onbeleefd om dat te vragen terwijl hij ernaast stond.

Tante Pearl rolde met haar ogen. 'Ik heb geen camper nódig, Cen. Ik wilde er gewoon eentje hebben. Mijn eigen hotel op wielen! Ik heb hem *Pearl's Palace* gedoopt.'

Ze had dit ding overduidelijk zelf tevoorschijn getoverd, maar dat kon ik moeilijk zeggen als Wilt meeluisterde. Ik vroeg me af hoeveel hij al had geraden, aangezien mijn tante er dol op was om haar magie voortdurend te tonen. Deze spiksplinternieuwe, zilvergrijze camper viel behoorlijk op en zou in het echt waarschijnlijk meer kosten dan ik in een jaar (of twee) verdiende. Maar dit ding was natuurlijk nep. Net zo nep als de koets van Assepoester die na een tijdje vanzelf weer verdween. Dat was ook de reden dat ik er niet bepaald naar uitzag om erin mee te rijden als passagier. Het was een tikkende tijdbom.

'Ik geef je een lift,' zei ze. 'We komen toch langs Shady Creek onderweg naar Vegas. Het is geen extra moeite.'

Ik stemde in ondanks mijn twijfels.

Tante Pearl opende de camperdeur en duwde me naar binnen. 'Hop hop. Ik moet nog één iemand ophalen en dan gaan we naar Shady Creek om jou af te zetten.'

Ik kon zo snel niemand bedenken die met haar op vakantie zou willen naar Las Vegas. Het handjevol vrienden dat ze had woonde hier niet in de buurt. Maar goed, het waren mijn zaken niet. Ik wilde het gewoon niet weten.

Ik nam plaats in de keukenhoek en spreidde de stof van mijn jurk wat uit zodat die sneller zou drogen. Het was vreemd dat mijn tante niet langer had aangedrongen op magie gebruiken om mezelf naar dat sollicitatiegesprek te krijgen. Ze had me wel bekritiseerd omdat ik mijn talenten niet gebruikte, maar me toch deze lift aangeboden.

Tante Pearl klom intussen op de passagiersstoel en draaide zich om. 'Ik heb Wilt ingehuurd als mijn chauffeur,' verklaarde ze toen hij plaatsnam achter het stuur.

Natuurlijk, ze reed zelf liever niet. 'En die vriendin van je dan?'

Ze maakte een wegwerpgebaar. 'Ach nee, het is een hele rit naar Vegas. Trouwens, ik ben rijk. Ik kan me best een chauffeur veroorloven.'

Toch vond ik het raar dat ze zomaar iemand als Wilt had uitgekozen. Ik zou er maar niet te veel vraagtekens bij plaatsen, want tante Pearl kon snel geagiteerd raken.

Mijn gedachten gingen weer terug naar mijn sollicitatiegesprek. Ik moest nog wel uitvogelen hoe ik vanaf Shady Creek weer naar huis kwam, maar dat was van later zorg.

Achteraf gezien had ik moeten beseffen dat er maar een ding is dat erger kan uitpakken dan een heks met pech: een heks met verdacht veel geluk. Die twee dingen in combinatie hadden mijn lot bezegeld.

HOOFDSTUK 3

'Gordels om,' riep tante Pearl, terwijl ze zelf ook haar riem omdeed. '*Vegas baby*, hier komen we!'

We gingen met een ruk naar voren en scheurden de parkeerplaats van het tankstation af. 'Wacht even,' protesteerde ik. 'Ik heb nooit gezegd dat...'

Mijn tante draaide zich om in haar stoel. 'Kalm nou maar, Cen. We zorgen er heus wel voor dat je dat sollicitatiegesprek haalt.'

Ik greep me vast aan het tafeltje in de keuken toen Wilt een scherpe bocht maakte om de hoofdstraat in te draaien. Het leek wel of ik een doodswens had. Waarom zou ik anders meerijden in deze camper met een dolleman achter het stuur en een prikkelbare heks ernaast?

'Hé, we rijden de verkeerde kant op!' Wilt en tante Pearl negeerden me, of misschien hoorden ze me niet. Naast het feit dat Wilts rijstijl me totale doodsangst aanjaagde, viel het me op dat we niet in de richting van Shady Creek gingen. Helaas kon ik er nu even niets aan doen. Wilt bereikte de rand van ons stadje en nam de afslag naar de kronkelige weg die naar ons hotel de *Westwick Corners Inn* leidde.

'Waarom gaan we eerst naar huis?' Het landhuis van mijn familie was omgebouwd tot een chicque *bed & breakfast* waar vooral in het weekend veel gasten logeerden. Wij woonden er ook, dus ik was terug bij af. Alleen dan zonder auto.

Het idee dat ik nog op tijd zou komen voor mijn sollicitatiegesprek werd met de minuut onwaarschijnlijker. Ik wilde mijn handtas pakken, maar kwam erachter dat ik die op de passagiersstoel van mijn auto had achtergelaten.

Mam zwaaide naar ons toen de camper de oprijlaan opdraaide. Ze klom naar binnen met een enorme koffer achter zich aan, die ze naast het bed achterin de camper zette. Een paar seconden later kwam ze al hijgend en puffend in de keukenhoek zitten. 'Dat was zwaar.'

'Mam, wat is er aan de hand? Je kunt niet weg uit het hotel, we krijgen straks gasten.'

Het hotel kon niet zonder mijn moeder. Ze was er kokkin, manager en receptioniste tegelijk. Tante Pearl deed er officieel de schoonmaak, maar we konden niet bepaald op haar vertrouwen. Ik ving meestal de taken op die zij liet liggen als ze weer eens haar eigen schema volgde. Ze luisterde naar niemand. Hekserij kwam op de eerste plaats en haar baan in het hotel op een onzichtbare tweede plek.

Ik moest door mijn verschillende baantjes te veel ballen in de lucht houden en veel verdiende ik er ook niet mee. In het hotel en voor de krant werken bracht niet genoeg geld in het laadje. Als ik een toekomst wilde hebben in dit stadje, moest ik het roer omgooien. Vandaar dat de overstap naar de *Shady Creek Tattler* me een stap omhoog op de ladder had geleken: het was geen rijke Amerikaanse krant, maar het was tenminste iets.

Tante Pearl brak in ons gesprek in. 'We hebben dringende familie-zaken te regelen, Cen. En we hebben niet de hele dag de tijd, dus laat Ruby op adem komen en houd op met al die vragen.'

'Hoe bedoel je? Is ons hotel geen familiezaak dan?'

'Ik leg het later wel uit.' Tante Pearl zwaaide ongeduldig met haar armen. 'We moeten gaan voor het te laat is.'

'Leg het nu maar uit.' Ik sloeg mijn armen over elkaar.

'Sorry, maar onze missie is strikt geheim. Ik vertel je alleen wat je echt moet weten, en momenteel hoef je niets te weten. Dus ik vertel het pas als de tijd rijp is.' Ze keek op haar horloge en draaide zich naar de chauffeur toe. 'We lopen achter op schema. Plankgas, Wilt.'

Ik werd achterover in mijn stoel gegooid toen de camper met een noodvaart optrok.

'Het zit allemaal goed, Cen.' Mam keek onzeker naar tante Pearl. 'We hebben tot vrijdag geen gasten en ik verveel me. Ik kan wel een *roadtrip* gebruiken.'

Ik fronste. Mam kon echt niet liegen. Tante Pearl had haar duidelijk omgepraat. Waar het dan ook om ging, het moest wel behoorlijk ernstig zijn als mijn moeder bereid was het hotel achter te laten. En de grote koffer die ze had meegesleept maakte het maar al te duidelijk dat het geen opwelling was dat ze meeging op deze reis. Ze had tenslotte tijd genoeg gehad om al die zooi in te pakken. 'Huh?' vroeg ik.

Mam negeerde me. In plaats daarvan greep ze het keukentafeltje stevig vast toen de camper de weg afdenderde die ons uit de stad weg zou voeren. Ze zag er gestrest uit, al deed ze haar best er niet zo uit te zien. 'Het is fijn om er even uit te zijn. Deze camper is groter dan ik dacht.'

'Waar heb je deze camper vandaan, tante?' vroeg ik. Iedereen leek van haar plan af te weten behalve ik.

Ik kreeg geen antwoord.

'Tante Pearl?'

Mijn tante draaide zich om en kneep met haar duim en wijsvinger haar neus dicht. 'Tjonge, Cendrine, je stinkt een uur in de wind.'

'Probeer niet van onderwerp te veranderen. Dat is benzine en dat weet je heel goed, want je hebt beloofd me te helpen met mijn vieze kleding, weet je nog?'

Opnieuw geen reactie. Ze draaide wel het raampje naast de passagiersstoel naar beneden.

Mam knikte intussen driftig mee. 'Niemand gaat je aannemen als je zo ruikt. Je kunt het maar beter verzetten.'

'Ik ga mijn gesprek níét verzetten.' Ik opende het raampje naast de keukentafel in de hoop dat de frisse lucht de benzinedampen zou laten verdwijnen. Het zou krap worden, maar ik kon nog best op tijd komen. Ik moest me gewoon koest houden tot we in Shady Creek waren.

Ik keek om me heen en zag een halfvolle fles water in de gootsteen liggen. Ik stond op om hem te pakken en wankelde op mijn hoge hakken terwijl de camper de heuvel af racete. De camper kwam piepend tot stilstand bij het stopbord onderaan onze oprit.

Net zo snel trapte Wilt weer op het gaspedaal en scheurde de hoek om. Ik hervond mijn evenwicht en pakte de fles. Ik was amper teruggekrabbeld naar mijn stoel toen de camper naar de verkeerde kant van de weg ging en ik even dreigde te ontsporen. Ik schroefde de dop eraf en depte een klein beetje water op de voorkant van mijn jurk.

Mam trok haar wenkbrauwen op. 'Daar is het een beetje vroeg voor, vind je ook niet?'

Ik fronste, want ik snapte niet waar ze op doelde... totdat ik de geur herkende. De fles bevatte wodka, geen water.

Fijn. Nu stonk ik ook nog naar alcohol. Ik zou nooit door de beveiliging komen, laat staan aankomen bij de juiste afdeling. Ik had het drugs- en alcoholbeleid al overtreden voordat ik überhaupt door de voorselectie kon komen.

Ik vloekte zachtjes en draaide me naar mijn moeder toe. 'Ik kan zo niet naar mijn gesprek. Kun je me wat "speciale hulp" geven?' Dat was ons codewoord voor magie. Ik zette me schrap voor een hele preek over hoe ik mijn hekserijlessen had verwaarloosd. Mam was gewoonlijk vergevingsgezinder dan tante Pearl, hoewel ze allebei voortdurend kritiek hadden op mijn gebrek aan discipline. Ik moest toegeven dat ik andere prioriteiten had, maar over een ding hadden ze gelijk: ik zou niet eens kunnen toveren als mijn leven ervanaf hing.

'Ik begrijp niet waarom je toch zo de behoefte voelt om ergens anders dan in Westwick Corners te werken.' Mam schudde teleurgesteld haar hoofd. 'Je kunt fulltime werken in het hotel als je dat wilt. Je hebt geen baan als journalist nodig in een andere stad. Journalistiek is niet jouw roeping, Cen, en ik begrijp niet waarom je je zo schaamt voor je afkomst. Je zou bijna alles kunnen hebben wat je hartje begeert, als je gewoon aan hekserij zou doen.'

Ik zweeg. Ik kon niet aan twee professionele heksen uitleggen dat ik iets wilde dat hekserij me juist niét kon geven. Ik wilde erbij horen en gewoon een doodgewone jonge vrouw zijn met een vaste baan en een normaal gezin. Ik hunkerde naar acceptatie in de normale wereld en dat kon je niet regelen met een toverstokje. Ik wilde zijn zoals iedereen. 'Ik wil gewoon mijn eigen leven leiden. Magie veroorzaakt soms meer problemen dan het waard is.'

'Je hebt zoveel natuurtalent, Cen.' Mam zuchtte. 'Je verspilt je capaciteiten. Op een dag word je wakker en besef je dat het te laat is. Ik wil niet dat je spijt krijgt van je keuzes.'

Mijn schouders zakten naar beneden. Zelfs mijn moeder koos nu de kant van tante Pearl. Ik zat tussen twee vuren. 'Tante Pearl heeft de loterij toch niet echt gewonnen?' Ik wist zeker dat het een van de leugentjes van mijn tante was. 'Ze heeft gewoon al dat geld getoverd.'

Mam schudde haar hoofd. 'Het is echt waar, Cen. Wilt heeft haar zelf het winnende lot bij het tankstation verkocht. Dat is een van de redenen waarom ze hem als chauffeur heeft aangenomen.'

Op dat moment draaide tante Pearl zich net om in haar stoel. 'Hij is mijn geluksbrenger.'

Ik werd weer achteruit in mijn stoel gedrukt toen Wilt flink op het gaspedaal trapte. 'De loterijuitslag was gisteravond. Ze kan nooit tijd hebben gehad om het lot te verzilveren, laat staan om een camper te kopen,' gromde ik tegen mijn moeder.

'Ach, je kent Pearl. Die gaat snel te werk.'

Dat was nu precies waar ik bang voor was. Tante Pearl kon binnen luttele seconden grote schade aanrichten. Ik gleed weg op de bank en zette mijn voet stevig neer om te voorkomen dat ik het gangpad in vloog.

De camper slingerde heen en weer toen we sneller gingen rijden en de wind eraan rukte. Allemachtig, we waren nog niet eens op de snelweg. 'Rijd eens wat rustiger!' Mijn knokkels werden wit toen ik me vastgreep aan het tafeltje.

Wilt negeerde mijn smeekbede en we stoven de snelweg op. Het was geen verrassing dat ik al snel een sirene hoorde. Achter ons reed een politiewagen die naar ons signaleerde dat we aan de kant moesten gaan staan. Wilt deed wat hem gevraagd werd en parkeerde met een ruk de camper in de berm. Ik slaakte een zucht van opluchting. Nu zouden er tenminste geen doden vallen op de snelweg door ons.

Mams gezicht was bleek. Ze draaide het raampje open en leunde naar buiten met een uitdrukking die duidelijk maakte dat ze zich misselijk voelde. Ik draaide me om zodat ik Wilt opnieuw op zijn donder kon geven, maar die had het te druk met zijn eigen raam naar beneden te draaien en binnenmonds te vloeken om aandacht aan mij te besteden. Ik draaide mijn nek om te kijken naar de politiewagen die nu half achter de camper stond geparkeerd.

Oh, geweldig.

Sheriff Tyler Gates was nu wel de laatste die ik wilde zien. Niet omdat ik hem niet aardig vond. Integendeel: ik vond hem té aardig. Ik had mijn verloving met een andere man deels verbroken vanwege hem, alleen wist hij dat niet. Ik zou het natuurlijk nooit eerlijk toegeven.

'Hij is weer eens bezig met zijn heksenjacht,' mopperde tante Pearl, die de sheriff juist helemaal niet leuk vond. Oh nee, mijn roekeloze tante zou ons weer eens allemaal voor schut zette.

De waarheid was dat Tyler en ik de afgelopen maanden stiekem een paar keer met elkaar waren uitgeweest. We ontmoetten elkaar steeds in Shady Creek zodat tante Pearl er geen lucht van zou krijgen. Ik wilde niet het risico lopen dat ze hem ook weer het stadje uit zou jagen, zoals ze met elke andere sheriff voor elkaar had gekregen.

Ik zakte naar beneden in mijn stoel en hoopte maar dat Tyler me niet zou zien toen hij langs het raampje liep. Helaas, hij zag me direct en glimlachte naar me. Ik lachte terug als een boer met kiespijn en mam zwaaide even snel naar hem.

Tante Pearl bromde iets vanaf de bijrijdersstoel.

'Dag, Pearl.' Tyler leunde naar binnen door het raam aan de bestuurderskant. Hij liet zich niet kisten door mijn knorrige tante.

Tante Pearl zei iets onverstaanbaars terug. Ze had vast nog meer trucjes in petto naast dat neppe lot uit de loterij en deze bij elkaar getoverde camper. Ik hield mijn adem in en hoopte maar dat ze geen ruzie zou zoeken.

Tylers blik gleed naar mij en mam. Hij knikte ons toe. Heel even speelde ik met de gedachte om Tyler om een lift naar Shady Creek te vragen, maar ik besloot het maar niet te doen. Dan zouden mensen misschien begrijpen dat er iets tussen ons was en zou mijn tante nóg bozer worden.

'Rijbewijs en kentekenbewijs, alstublieft.' Tyler Gates keek de camper rond terwijl hij op de papieren wachtte. 'Gaan jullie op vakantie?'

'We zijn op weg naar Las Vegas,' zei Pearl. 'Dat is toch niet tegen de wet?'

Tyler fronste en zocht mijn blik. Ik schudde bijna onmerkbaar mijn hoofd. Ik ging heus niet naar Vegas. Zelfs als ik mijn sollicatiegesprek mis zou lopen, zou ik er in elk geval voor zorgen dat ik op tijd zou komen op ons afspraakje, in een Frans restaurant in Shady Creek, ver van de nieuwsgierige blikken van vrienden en familie vandaan. Maar tot die tijd wilde ik liever niet dat hij mijn verpeste jurk zou zien, of ruiken. Ik zou meteen een andere kopen na mijn gesprek. Ervoor lukte niet meer, helaas.

Een flauwe glimlach speelde om Tylers lippen toen hij zich naar tante Pearl draaide. 'Nee, maar een kapot achterlicht is dat wel. Dat moet je laten repareren.'

'We zijn op weg naar de garage in Shady Creek, sheriff,' zei Wilt. 'Daar hebben ze het onderdeel dat we nodig hebben.'

Ik ontspande me een beetje toen Wilt dat zei. We gingen dus echt eerst naar Shady Creek. Mijn timing liet te wensen over, maar ik had deze baan nodig. Of niet? Soms leek het wel of de voorzienigheid er een stokje voor wilde steken, alsof het lot me continu dwarsboomde.

Ik ging wat dichter bij het raam zitten om mijn jurk nog wat meer op te frissen. Hij was gelukkig snel gedroogd in de zomerhitte. Er was geen vlek meer te zien. Ik rook alleen nog wel een beetje vreemd, maar wie weet zou het toch allemaal nog goedkomen.

De sheriff liet ons met een waarschuwing gaan en Wilt beloofde nogmaals dat hij het achterlicht zou laten repareren. Ik keek hem niet meer aan toen we wegreden en concentreerde me op de snelweg. Al snel zag ik het bord staan dat aankondigde dat we Shady Creek binnenreden. Ik keek op mijn horloge en durfde nog te hopen. Zo lang waren we niet aan de kant gezet. Dankzij Wilts belachelijke rijstijl zou ik het misschien gewoon gaan halen. Mijn moeder was door diezelfde rijstijl al bijna in een zenuwinzinking beland.

Wat deed ze hier eigenlijk? Ze hield niet eens van reizen. Ze ging zelfs maar heel soms naar Shady Creek. Las Vegas had net zo goed op Mars kunnen liggen wat haar betreft. Waarschijnlijk ging ze alleen maar mee omdat ze bang was dat tante Pearl anders in zeven sloten tegelijk zou lopen in Las Vegas.

Plots schoot de camper over de middenlijn. Het bos langs de snelweg werd een waas van groen, bruin en asfalt. Ik draaide mijn hoofd om terwijl we de snelweg verder afreden en de afslag naar Shady Creek passeerden. 'We hebben net mijn afslag gemist,' riep ik.

Wilt draaide zich om in zijn stoel en de camper zwenkte de andere baan op.

'Let op de weg!' Mams knokkels werden wit toen ze de tafel omtklemde.

'Je jaagt ons nog allemaal de dood in!' schreeuwde ik toen ik van de bank viel en het gangpad inrolde. Nu wist ik zeker dat we op het punt stonden om te sterven door een frontale botsing. Ik rolde een paar meter over de grond voordat ik tegen de keukenkastjes aandreunde.

Tegelijkertijd veranderde de camper plotseling van koers en kwam weer op onze rijstrook terecht. Ik stond net op tijd op om te zien hoe Wilt op een haar na de vrachtwagen miste die vanuit tegenovergestelde richting kwam. Grote god, Wilt was nog minder goed als chauffeur dan pompbediende. Dit werd een regelrechte ramp.

Buiten adem ging ik weer in de keukenhoek zitten. Ik zocht mijn telefoon, maar kon hem niet vinden. Ik vloekte toen ik me realiseerde dat zowel mijn telefoon als het telefoonnummer van de *Shady Creek Tattler* nog in mijn tas (en dus in mijn auto) zaten. Het was nu vijf minuten later dan ik er had moeten zijn en we gingen verdorie de verkeerde kant op.

Ik had mijn kans verpest. De krant zou waarschijnlijk geen verslaggever inhuren die een sollicitatiegesprek miste en niet eens de beleefdheid kon opbrengen om te bellen.

Sterker nog, ik kon Tyler niet eens afbellen. Misschien zou ik zelfs onze date niet gaan halen. Wat zou hij wel niet denken?

Tante Pearl wuifde mijn bezwaren weg. 'Cen, stop met dat gezeur. Je hebt die baan niet nodig. Laten we eerlijk zijn, je hoeft nooit meer een dag in je leven te werken. Ik kan je helpen. Ik heb de loterij gewonnen, weet je nog?'

'Hoeveel heb je precies gewonnen?'

Mijn tante klakte afkeurend met haar tong. 'Het enige dat je hoeft te weten, is dat ik heel veel per uur betaal. Je zult natuurlijk wel een proeftijd moeten doen op mijn school.'

Ik zuchtte. Nog een reden voor tante Pearl om me te commanderen. Dat verhaal van haar over de loterij kon niet waar zijn, ik geloofde er niets van, en de laatste persoon bij wie ik in het krijt wilde staan, was mijn gekke tante. 'Waarom deze camper? Je weet dat de WICCA-regels magie verbieden als het geen nuttig doel dient.'

WICCA, oftewel de *Witches International Community Craft Association,* had strikte regels aangaande het nonchalante gebruik van magie. Elke bezwering diende een doel te dienen, en zomaar rondstrooien met toverij kon worden beboet. Tante Pearl was duidelijk veel te scheutig met haar magische gaven, maar ze kwam er steeds mee weg.

Het was ook tegen de regels om openlijk over hekserij te praten, maar het zat me allemaal tot hier. Of Wilt me nu wel of niet hoorde, boeide me niet meer.

'Ik breek de regels niet,' snauwde mijn tante. 'Als je zelf ook eens een toverstafje op zou pakken, zou je weten dat er mazen in de wet van WICCA zitten.'

'Laten we geen ruzie maken!' Mam draaide zich met een glimlach naar me toe. 'Cen, je bent nogal prikkelbaar. Je hebt deze vakantie echt nodig.'

Tante Pearl had duidelijk mijn moeder ook betoverd, want normaal zou ze nooit zo hebben gereageerd. Wie was deze slome zombie? We werden verdorie allemaal gekidnapt! Het enige lichtpuntje in het hele drama was dat de camper in elk geval niet was gestolen, want dat had Tyler dan wel gezien toen hij het nummerbord checkte en ons langs de kant zette.

We reden de volgende afslag ook voorbij en ik kreeg het gevoel dat er geen weg terug meer was. Ik draaide me naar mam toe. 'Dus je laat me gewoon ontvoeren?' Naast het feit dat we de afslag gewoon voorbij denderden, begon Wilt ook steeds harder te rijden. Mijn hart sloeg over toen de camper worstelde om tegen de wind in te rijden. Ik hield mijn veiligheidsgordel steviger vast.

'Cen, je weet dat tante Pearl niet moedwillig de wet breekt.' Mams woorden vertelden me iets anders dan haar lichaamstaal. Ze werd bleek toen ze de rand van de tafel vastgreep. Ze hield iets voor me achter. 'Alleen als het écht nodig is.'

'Het is nóóit nodig,' protesteerde ik. Tante Pearl had de neiging eerst te doen en dan pas na te denken. Ik wilde dat ze wat gehoorzamer was en ons niet steeds in de problemen bracht. Maar ze had Tyler Gates al vaker tegen de haren ingestreken, en buiten Westwick Corners zouden de sheriffs nog veel strenger zijn. 'Het maakt me niet uit waarom je denkt dat dit nodig is, tante. Draai om en breng me terug.'

'Vergeet het maar, jongedame.' Tante Pearl juichte, terwijl ze met haar magere hand door de lucht zwaaide: 'Vegas baby, hier komen we!'

'Laat me eruit. Ik lift wel terug.'

'Liften? Ben jij nu gek? Mam hief een vinger naar me op. 'Weet je wel hoe gevaarlijk dat is? Dat kan ik je niet laten doen.'

'Nee, daar komt niets van in.' Pearl stond op van de passagiersstoel en kwam bij ons aan tafel zitten. 'Je moet met ons meekomen om het te vieren.'

'Wat, dat je de loterij hebt gewonnen? Waarom zou je dat op deze manier vieren? Je vergokt je geld alleen maar.' Ik had nooit begrepen waarom mensen in een casino maar door bleven spelen. Ik zou na een paar succesvolle rondjes gewoon stoppen en van het gewonnen geld genieten. Ik won alleen vrijwel nooit, dus dat zou wel niet gaan gebeuren.

'Het is de adrenaline.' Mam knikte naar haar zus. 'Ze kan het niet helpen.'

Ik loerde naar Wilt achter het stuur, die voor de verandering eens echt op de weg lette en niet op wat wij zaten te bespreken. 'Je bent een héks, tante. Je kunt alles toveren wat je wilt.'

'Onze Vegas-mobiel is anders niet getoverd, Cen. Ik mag deze testrijden van Shady Creek Motors.'

'Oh ja? Nou, ik denk niet dat ze ja zouden hebben gezegd als ze wisten dat je er zeventien uur lang mee zou gaan rijden.'

Tante Pearl haalde haar schouders op. 'Ik mocht 'm zo lang houden als ik wilde. Ik voel dat dit mijn geluksdag is, dus ik wilde naar Vegas.'

'Gokken is nooit een goed idee, tante.'

'Misschien niet voor jou. Waarom ben je zo negatief?'

'Ik ben gewoon praktisch ingesteld.'

Pearl snoof. 'Oké, we gaan om mijn geldprijs te vieren, maar dat is niet de hoofdreden.'

'Nee, we vieren het léven,' voegde mam toe.

'Eh... waarom? Is er iemand dood? Wie dan? We kennen helemaal niemand in Vegas.'

Mijn vraag werd genegeerd door mijn tante. 'We wonen de begrafenis bij, misschien kunnen we naar een show of twee, en we kunnen gaan winkelen. Een meidenavond maken we ervan.'

'Hoezo avond? Tegen de tijd dat we er zijn is het ochtend!'

'Ach, we plannen morgenavond wel wat,' haalde tante Pearl haar schouders op. 'Je bent zó onflexibel, Cen.'

'Maar ik héb al plannen! Je kunt niet zomaar mijn planning door de war schoppen zonder het aan me te vragen.' Ik zat gevangen in een gevangenis van metaal en fiberglas terwijl ik de snelweg afraasde.

'Sorry, Cen, maar je bent nodig op de begrafenis.' Mam klopte me op mijn hand. 'Dit is er eentje die je niet kunt missen.'

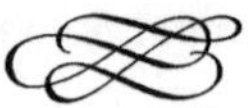

Ik had bonkende hoofdpijn van de benzinedampen die nog steeds vanuit de stof van mijn jurk mijn neus in dreven. De jurk was wel opgedroogd, maar dat leek de stank alleen maar te verergeren. Ik kon het in alle hoeken en gaten van de camper ruiken. Waarschijnlijk omdat tante Pearl had geweigerd de airco aan te zetten en in plaats daarvan juist de verwarming in had geschakeld.

Ik wiste het zweet van mijn voorhoofd en probeerde te begrijpen wat er nu precies aan de hand was. 'Oké, wie is er dood en wat heb ik ermee te maken?'

'We leggen het later wel uit. Maar we hebben nu eerst iets belangrijks te doen.' Mam keek me ernstig aan. 'We hebben jouw hulp nodig, Cen. Kun je je mevrouw Racatelli nog herinneren?'

'Die vrouw van een mafioso?'

'Dat moet je niet zeggen. Carla had een eigen leven. Trouwens, er is geen bewijs dat Tommy bij de maffia zat. Hij moest gewoon veel op reis en hij had onregelmatige werktijden.'

'Kom op, mam. Hij heeft gezeten voor afpersing. Dat lijkt me bewijs zat.' Bovendien was Tommy Racatelli vriendjes geweest met zo'n beetje elke mafioso die ik kon verzinnen. 'Wacht eens even... is Carla niet naar Las Vegas verhuisd?' Ik kende Carla amper, maar ik had op de middelbare school bij haar zoon Rocco in de klas gezeten. Zowel Rocco als Carla waren na de dood van Tommy al snel zonder opgaaf van reden verhuisd.

Mam knikte en veegde een traan uit haar oog. 'Ze is een paar dagen geleden overleden en wij zijn ontboden.'

'Ontboden door wie?' Er waren maar weinig mensen die de macht hadden om de machtige heksenfamilie waartoe wij behoorden konden ontbieden voor wat dan ook, zelfs geen mafiosi. Er was een ononderbroken lijn machtige heksen waarvan wij afstamden. We hadden een aardige status in de bovennatuurlijke wereld. Nou ja, iedereen behalve ik dan. Hoewel de achternaam West me een bepaald soort aanzien gaf, hielp mijn gebrek aan heksenkrachten niet mee. Ik had er domweg geen talent voor. Ik wilde er ook geen talent voor, want met hekserij kwam vaak ook onvoorspelbaarheid om de hoek kijken, en dat wilde ik niet. Ik wilde een alledaags leven: het soort zorgeloze bestaan dat normale stervelingen leken te hebben.

Tante Pearl was uit totaal ander hout gesneden. Haar krachten waren een legende en ze luisterde naar niemand. Ze was zelfs voor heksenbegrippen niet normaal te noemen. Slechts enkelen zouden haar ergens kunnen ontbieden, en nog minder mensen zouden in dat geval op haar medewerking kunnen rekenen.

'Carla heeft naar ons gevraagd.' Tante Pearl staarde naar de weg voor ons, waardoor ik haar gezicht niet kon zien. Het was niets voor haar om te huilen, maar ik geloofde dat ik haar hoorde snikken.

'Maar ze is toch dood? Ik snap niet...'

'Jij snapt wel meer niet, Cendrine,' snauwde mijn tante. 'Stribbel toch niet zo tegen.'

'Maar ik kan niet zomaar alles uit mijn handen laten vallen,' protesteerde ik.

'Je hebt geen keus. We moeten er allemaal bij zijn.'

'Maar als mevrouw Racatelli al dood is, zijn we toch al te laat?' Carla was tot haar plotselinge vertrek een van de beste vriendinnen van tante Pearl geweest. Daarna had mijn tante nooit meer met een woord over haar gerept, en nu zat ze hier te janken en waren we in een camper onderweg naar haar begrafenis. Er klopte niets van.

'Het is nooit te laat om dingen recht te zetten. Wij moeten de Racatelli-vloek opheffen.' Mam haalde een zakdoek uit haar tas tevoorschijn en veegde haar tranen weg. 'Er zijn dingen die we je niet kunnen uitleggen, Cen.'

'Ik zou zeggen: probeer het eens.' Ik begon steeds gefrustreerder te raken. Ze logen tegen me, en natuurlijk was ik jonger dan zij, maar ik was verdorie vierentwintig jaar oud. Ik was oud genoeg om een verklaring te krijgen. Wat betreft vervloekingen: ik vond dat altijd maar een slappe manier om te verklaren waarom sommige dingen in het leven van mensen nu eenmaal fout gingen. Er was ook nog zoiets als logica.

Mam schudde haar hoofd. 'Niet nu, Cen. Je komt er toch snel genoeg achter.'

'Jij bent nog erger dan tante Pearl. Als ik mee word gesleurd naar Vegas, dan wil ik minstens weten waarom.'

'We gaan Carla's begrafenis bijwonen en tegelijkertijd wat andere klusjes afhandelen. Dat is wat ik er nu over kan zeggen. Meer hoef je nu niet te weten.' Mam keek naar tante Pearl in de passagiersstoel toen ze haar stem wat liet dalen. 'Ik vertel je meer als de tijd daar is. Er zullen een paar interessante mensen op de begrafenis aanwezig zijn.'

'Als je soms denkt dat ik nu nieuwsgierig word: nee.' Ik kon dat betuttelende toontje van haar niet uitstaan. Ik vond het bovendien ook heel irritant dat ze de kant van mijn tante koos.

'Er komen andere mafiosi, Cen. Zware jongens die alleen niet kunnen opboksen tegen magie.' Ze glimlachte.

'Met criminelen omgaan is een heel slecht idee, mam. Ik snap niet waarom je met tante meedoet.' Mijn moeder was normaalgesproken ultra-voorzichtig en liet haar krachten niet aan iedereen zien.

'We doen een goede daad. Iemand heeft onze hulp nodig.'

'En wat heb ik daarmee te maken? Ik kan nog geen bezwering uitspreken als mijn leven ervanaf hangt.' Mijn tante mocht dan mijn moeder ervan overtuigd hebben dat zij nodig was bij deze humanitaire missie, maar ik snapte niet waar ze mij voor nodig hadden.

Ik had geen stille wens om de wereld te redden en zou het ook niet kunnen. Ik was alleen door mijn achternaam een heks. Ik kende wel wat spreuken, maar niets wat nuttig zou zijn bij een vloek opheffen. Mijn enige talent was om tante Pearl in de gaten te houden en haar uit de problemen te halen.

'Dit kan een goede les voor je zijn. Zie het maar als een soort stage.'

'Daar ben ik nog niet klaar voor. En tijd doorbrengen met de maffia lijkt me nogal gevaarlijk.' Ik had voor mezelf al besloten dat ik niet meer terug zou gaan naar tante Pearls toverschool. Ik had het alleen nog niet tegen mijn familie durven zeggen. Zij dachten dat ik gewoon een semester vrij had genomen.

Mam glimlachte me wijs toe en deed er verder het zwijgen toe.

Ik zuchtte. 'Tante Pearl heeft je gehersenspoeld, merk je dat dan niet?' Ik drong helemaal niet tot haar door. 'Bovendien heb ik vanavond al plannen.'

Tante Pearl draaide zich om in haar stoel. 'Laten we onze prioriteiten op een rijtje zetten, jongedame. We moeten Rocco bereiken voordat zijn vijanden dat doen.'

'Rocco?' Ik was de kleinzoon van Carla Racatelli bijna vergeten, die op mijn leeftijd nu wel oud genoeg was om lid te worden van het "familiebedrijf Racatelli". Het was algemeen bekend dat hun import-exportbedrijf een dekmantel vormde voor hun duistere zakenpraktijken.

'Ja, Rocco.' Mam klopte op mijn hand. 'Hij heeft onze hulp hard nodig.'

'Nee,' kreunde ik. Mijn eerste date met Tyler leek met de minuut minder waarschijnlijk, en nu zou ik ook nog tegen hem moeten liegen. Ik kon niet toegeven dat ik een heks was die in opdracht werkte, maar ik kon hem zéker niet vertellen dat ik een gangster moest gaan helpen. Woede borrelde in me op.

'Kom op, Cen...' Mam begon weer op me in te praten.

'Je hebt mij heus niet nodig.'

'Natuurlijk wel,' zei tante Pearl. 'Jij bent mijn powergirl.'

'Maar ik weeg maar een paar kilo meer dan jij.' Tante Pearl en ik hadden ongeveer hetzelfde postuur en waren niet al te zwaar gebouwd.

Tante Pearl snoof. 'Kijk goed naar jezelf. Je bent minstens tien kilo zwaarder dan ik, misschien wel meer.'

'Dat maakt me nog geen geschikte bodyguard.' Ik was af en toe in de sportschool te vinden en redelijk fit, maar ik vormde geen enkele bedreiging voor mafiosi. Ik vloekte zachtjes. 'Dit wordt met de minuut belachelijker. Ik eis dat je nú stopt en me eruit laat.'

'Nee, dat kan niet,' grijnsde tante Pearl. 'Kun je voor de verandering eens aan iemand anders denken dan aan jezelf?'

'Mam?' Mijn moeder kon normaal gesproken tante Pearl wel overtuigen, maar ze was gehersenspoeld. Die begrafenis was de troef geweest.

Mam wendde haar ogen af. Haar grote zus had haar ofwel gedwongen, ofwel betoverd, of beide. Wat het ook was, mam was volledig toegewijd aan dit stomme plan.

'Weet je zeker dat we geen gasten krijgen?' De zaken gingen niet bepaald lekker, maar we hadden altijd minstens één of twee kamers geboekt in het weekend. We konden het ons niet veroorloven om inkomsten te missen.

'Dat is het beste van alles, Cen. We kunnen een paar dagen in Vegas doorbrengen en vrijdag op tijd terug zijn voor onze gasten.' Mam glimlachte en leunde achterover in haar stoel. 'Ga gewoon achterover zitten en geniet van de rit.'

Mam was voortdurend overbezorgd, maar op dat moment leek ze zo ontspannen dat het wel leek of ze drugs gebruikte... of erger. Ik wendde me tot tante Pearl en siste: 'Je hebt haar betoverd. Haal die bezwering weg.'

'Relax, Cen. Ruby is overwerkt en het wordt hoog tijd dat ze vakantie neemt, en Vegas is de perfecte plek. Wat is er zo erg aan haar te helpen ontspannen? Doe toch rustig.'

'Nee.[Ik klemde mijn tanden op elkaar, vastbesloten niet toe te geven.

Ik kreeg een stilte als antwoord.

'Laat me dan tenminste je telefoon gebruiken om *The Shady Creek Tattler* te bellen en het uit te leggen. Ik kan niet zomaar een sollicitatiegesprek afblazen.'

'Dat hoeft niet. Ik heb al voor je gebeld en afgezegd.' Tante Pearl grijnsde.

'Wát heb je gedaan?' Mijn gezicht werd rood ondanks de hard werkende airco.

'Ik heb je een plezier gedaan. Zie het toch onder ogen, Cen. Je bent niet de beste journalist die er is.'

De woorden van tante Pearl deden pijn. Ze had waarschijnlijk gelijk. Het ergste was dat ik haar telefoon niet kon gebruiken om Tyler te bellen, anders zou ze te weten komen over onze geheime relatie.

'Voor de laatste keer: je gaat met ons mee.' Tante Pearl haalde het verfrommelde kaartje uit haar zak en zwaaide ermee voor mijn neus heen en weer. 'Mijn winnende ticket is de reden dat we in staat zijn om op waardige manier afscheid te nemen van die arme Carla. Er is geen magie bij betrokken. Ik heb eerlijk gewonnen in de staatsloterij. We gaan er een leuke vakantie van maken.'

Ik rolde met mijn ogen. 'Had je het ticket niet eerst moeten verzilveren?'

Mijn tante maakte een wegwerpgebaar. 'Daar hebben we straks genoeg tijd voor. Ik zal het verzilveren als we thuiskomen.'

Ik ontmoette Wilts blik in de achteruitkijkspiegel. Zelfs hij keek twijfelachtig.

Ik draaide me om in mijn stoel. Voor het eerst bekeek ik het interieur van de camper eens goed. Hij was smaakvol ingericht en gloednieuw. Dit ding moest meer dan honderdduizend dollar waard zijn, maar ik was er zeker van dat het loterijverhaal van tante Pearl een leugen was. Ik tikte haar op haar schouder. 'Wat als je een fout heeft gemaakt bij het checken van de cijfers?'

Stilte. Het selectieve gehoor van tante Pearl weer.

'Heb je Wilt soms ook ontvoerd? Hoe zit het met zijn baan bij het benzinestation?'

'Hij werkt nu voor mij.' Tante Pearl draaide zich om en staarde uit het raam.

'Wilt, stop nu en laat me eruit.' Ik had mijn krachten niet genoeg op peil om een teleportatiespreuk onder de knie te krijgen, maar ik kon altijd nog liften. 'Ik ga terug naar de stad.'

Dat trok mams aandacht, zelfs mét de bezwering van tante Pearl over zich heen. 'Ik heb je al eerder gezegd dat je dat niet gaat doen. Pearl, je zei dat Cen ermee had ingestemd om ons te vergezellen.'

Tante Pearl gooide haar handen in de lucht, waardoor Wilts hand bijna van het stuur glipte. 'Voor de laatste keer: we stoppen niet, en Cen, jij lift nergens heen. We gaan allemaal naar Vegas om Carla Racatelli's levensviering bij te wonen.' Tante Pearl zweeg even en voegde er haastig aan toe: 'Zodra we ons respect hebben betuigd, zal ik je verzoek in overweging nemen.'

De volgende seconden waren een waas toen de camper het asfalt verliet en de berm in zwabberde.

HOOFDSTUK 5

*H*et warme asfalt brandde tegen mijn wang toen ik weer bij bewustzijn kwam. Ik zag alleen maar grijs. Langzaam maar zeker kon ik mijn blik weer scherp krijgen en toen besefte ik dat ik een paar stappen bij de betonnen afscheiding van de snelweg vandaan lag.

Ik was gewoon de camper uitgevlogen.

Een paar seconden bleef ik compleet versufd liggen. Gelukkig had ik niets gebroken, maar mijn huid was op verschillende plekken geschaafd door het asfalt. Ik ging zitten en zag tot mijn schrik dat ik midden op de snelweg lag. Een vrachtwagen kwam toeterend langs en miste me op een haar na. Snel kroop ik naar de berm toe.

'Wat is er gebeurd?' De camper lag op zijn kant en was voor de helft een greppel in geschoven, en dat aan de andere kant van de snelweg. Op de een of andere manier was hij tegen de vangrail in het midden geknald en over de kop gegaan. De kant waar ik tegenaan keek was gedeukt en bekrast alsof de camper een aantal keer was omgerold.

Niemand te horen.

'Mam? Tante Pearl?' Mijn hart bonsde toen ik om me heen speurde naar een teken van leven van hen of Wilt. Twintig meter verderop zag ik mijn moeder en mijn tante over Wilt heen gebogen zitten. Opgelucht stond ik op. Auw, mijn hele lichaam deed zeer. Ik bekeek mijn blauwe plekken terwijl ik naar ze toestrompelde.

'Dit is een rampzalige roadtrip,' bromde ik tegen mezelf. Toen zag ik vanuit mijn ooghoek iets bewegen. Eerst dacht ik dat de camper nog verder de greppel in gleed, maar dat was niet zo. Langzaam maar zeker werd hij doorzichtig. Aha, nu had ik écht het bewijs dat tante Pearl de hele boel bij elkaar getoverd had! Dat lot uit de loterij moest ook wel nep zijn. Het enige waar ik in geloofde, was de begrafenis van Carla Racatelli. Zelfs tante Pearl was niet stom genoeg om te liegen over de dood van haar beste vriendin. Ik hoopte maar dat we niet zelf dood en begraven zouden zijn voor we in Vegas aankwamen.

Nu ik wat dichterbij kwam, kon ik mam en tante horen ruziën.

'Doe niet zo gek, dit is eenvoudig op te lossen,' zei tante Pearl. 'Ik heb de bezwering gewoon niet lang genoeg laten duren.'

'Je moet onze levens niet zo op het spel zetten, Pearl. Doe dat nooit meer.'

'Wees toch niet zo'n zeurpiet en geniet een beetje van dat leven van je.' Mijn tantes blik viel op mij. 'Ah, mooi, daar ben je. Ik vroeg me al af waar je uithing.'

Ik opende mijn mond om haar van repliek te dienen maar zag mam waarschuwend haar hoofd schudden. 'Help me met Wilt.' Ze schudde hem bij zijn schouders en hij deed zijn ogen open.

'Wat is er gebeurd? Ik herinner me niets,' kreunde hij.

'We hebben een hert geraakt.'

Wilt wreef in zijn ogen en ging rechtop zitten. 'Dat weet ik niet meer. En ik weet ook niet meer dat we over de kop gingen.'

'Je bent nog een beetje verward. Het komt vanzelf wel weer terug.'

Wilt stond langzaam op en speurde de snelweg af. 'Ik zie dat hert anders nergens.'

'Hij is weggerend.' Ik haatte het om voor mijn familie te moeten liegen en voelde me slecht vanwege Wilt. 'Laten we iemand bellen om de camper weg te slepen. Dan kunnen we terug naar huis.'

Tante Pearl mompelde iets met zachte stem en de camper werd

langzaam maar zeker weer solide. De deuken waren verdwenen. 'Nee. We kunnen wel weer verder.'

Wilt knipperde met zijn ogen. 'Maar ik dacht dat...'

'Je hebt een klap op je hoofd gehad en je denkt niet helder na,' zei mam. 'Misschien zag je het niet goed.'

'Ruby heeft gelijk,' knikte tante Pearl. 'Ik neem voorlopig het stuur over.'

'Ik stap niet meer in dat ding,' protesteerde ik. 'Het is niet veilig.' Met tante Pearl aan het roer kwamen we geheid in de problemen en was er geen weg meer terug.

'Je moet. Alles hangt van jou af, Cen.'

'Waarom toch? Dat is niet logisch.'

'Het is volkómen logisch, Cen. Je staat op het punt je roeping te vinden.' Tante Pearl sloeg haar arm om me heen en omhelsde me.

Het was de eerste knuffel die ik me herinnerde van mijn stoere tante in al mijn vierentwintig jaar. Het had goed moeten voelen, maar er zat een vleugje wanhoop in verborgen. Er was iets aan de hand en ik wist niet zeker of ik wilde weten wat het was.

WE KWAMEN AAN IN *HOTEL BABYLON LAS VEGAS* IN DE VROEGE OCHTEND, achttien uur nadat we uit Westwick Corners waren weggereden. We hadden de hele nacht doorgereden en waren alleen gestopt om te tanken. Ik voelde me geradbraakt en verrot door het camperongeluk en de wilde rijstijl van Wilt en tante Pearl.

Plus, mijn jurk stonk nog steeds naar benzine.

'Cen, kijk nou eens wat een mooie plek!' Moeder wees naar de uitgestrekte marmeren zuilen die de lobby omzoomden en naar een atrium met meerdere verdiepingen. 'Dit is het hotel en casino van de Racatelli's.'

'Ze zijn eigenaar van dit hotel?' Dan hadden ze het goed gedaan. De huurflat met twee slaapkamers en de matig lopende schroothandel die ze jaren eerder in Westwick Corners hadden achtergelaten staken hier schril bij af.

Ik had altijd al vermoed dat de schroothandel een dekmantel was voor de activiteiten van Tommy Racatelli in de onderwereld. Deze plotselinge rijkdom leek te bewijzen dat het hotel met smerig geld was gekocht. Tenzij ze, net als tante Pearl, een ongelooflijke financiële meevaller hadden gekregen.

Hoe het ook zat, hun geluk was blijkbaar op. Eerst Tommy en nu Carla die was overleden. Rocco was waarschijnlijk de volgende. Ik hoopte maar dat hij geen deel uitmaakte van wat voor geheime missie we ook hadden. Hij had me op school altijd heel erg gepest, en hoe meer ik me mijn vervelende klasgenoot herinnerde, hoe minder graag ik hem weer wilde zien.

Ik bestudeerde de omgeving terwijl mam en tante Pearl ons incheckten. Het weelderige hotel was gebaseerd op het design van een Romeinse villa, compleet met een enorme binnenplaats vol fonteinen en hangende tuinen. Elke verdieping keek uit op de lobby op de binnenplaats. Omdat het Vegas was, was de binnenplaats niet open. Tweeëndertig verdiepingen boven de binnenplaats was een glazen koepel die het zonlicht buiten weerkaatste. Dit design was bedoeld om je binnen te houden, niet naar buiten te laten ontsnappen.

Ik huiverde in de strak ontworpen lobby met airconditioning terwijl ik langs een paar gokverslaafde zielepieten schuifelde.

Ik had nog steeds geen idee waarom we hier waren. Het enige wat me steeds duidelijker werd, was dat ik, voor nu althans, in Vegas vastzat. Ik had het warm en was *hangry*, en had bovendien dringend behoefte aan slaap. Ik was van plan Tyler onmiddellijk te bellen zodra we hadden ingecheckt en mijn excuses aan te bieden voor het feit dat ik hem had laten zitten. En daarna zou ik een paar uur slapen en uitzoeken hoe ik weer thuis kon komen, mét of zonder mam en tante Pearl.

HOOFDSTUK 6

$\mathcal{N}$ou had ik niet meteen een warm welkom verwacht van onze vrienden in Vegas, maar ik had ook niet gedacht dat de kogels ons gelijk om de oren zouden vliegen. Dat deden ze helaas wel. De omhulsels kletterden tegen de marmeren zuilen aan, net toen we rustig stonden in te checken. Wat wás dit?

Ik rende naar de uitgang en knalde tegen twee gezette mannen aan die de andere kant op renden. Ze droegen golfpolo's en korte broeken. De outfits die ze droegen leken toeristisch, maar het feit dat ze met pistolen zwaaiden vertelde een ander verhaal. De kleinere van de twee mannen vloekte toen hij me aan de kant duwde.

Ik bleef met mijn schoen achter de rand van de loper haken en viel voorover, net toen twee mannen in net pak vanaf de andere kant kwamen aangesneld. Ze zaten duidelijk achter de twee mannen met pistolen aan en hadden een uitstraling alsof ze in dit hotel thuishoorden.

Mijn hart begon sneller te slaan toen de mannen dichterbij kwamen en hun voetstappen op de marmeren vloer galmden. Ik verstarde en twijfelde tussen twee (wat mij betreft slechte) opties: stil en in het volle zicht blijven liggen, of wegduiken om ergens te schuilen en riskeren dat iemand zomaar op me schoot.

Ik kroop voorzichtig naar een zithoek toe om daar mezelf onder de koffietafel te verstoppen.

Het schieten hield net zo abrupt op als het begonnen was. Ik haalde opgelucht adem totdat ik zag dat de twee mannen in poloshirts alleen maar waren gestopt om te herladen. De twee beveiligings-mannen in hun strakke pak bleven een paar meter bij me vandaan staan met hun semiautomatische geweren op de twee polo's gericht. Een van de beveiligers blafte iets in zijn oortje en een paar seconden later klikten de hoteldeuren in het slot.

'Hé, laat me eruit!' Een magere, grijsharige man in een spijker-broek en T-shirt rukte tevergeefs aan de deurklink. Hij keek zenuw-achtig over zijn schouder naar de mannen en dook weg achter een rij palmbomen in potten.

Mensen begonnen te gillen. Een van de palmbomen wankelde en dreunde zijwaarts op het marmer van de vloer.

Verdorie, we waren in een schietpartij beland. Blijkbaar was er een soort wapenstilstand, maar ik had geen idee wat ik nu moest doen. Paniek borrelde in me omhoog. Ik lag hier redelijk veilig onder de koffietafel, maar mijn verstopplek was wél midden in de lobby. Ik durfde me niet te bewegen. Als ik dat wel deed, kwam ik regelrecht in de vuurlinie terecht.

De mannen stonden grimmig tegenover elkaar, vlak bij de tafel waar ik onder zat. Ze bleven stil en keken elkaar peilend aan. Een van de mannen in pak fluisterde iets tegen zijn collega in het Italiaans. Ik kon niet horen wat het was.

Een van de anderen vloekten en toen brak de hel los. Een schot weerklonk. Vanaf mijn plekje kon ik niet veel zien, maar een paar seconden later liet een van de mannen in poloshirt zijn pistool vallen en wankelde naar voren, terwijl een rode vlek zich langzaam over de rand van zijn beige korte broek verspreidde.

Zijn partner pakte zijn gewonde vriend onder een arm en trok hem mee naar de uitgang. Ik was nog steeds verstard. Ik was een getuige en een makkelijke prooi tegelijk. Mam en tante Pearl waren nergens te bekennen.

De twee beveiligers volgden maar hielden een afstand van een paar meter tussen hen en hun tegenstanders. Ze probeerden niet opnieuw te schieten. Blijkbaar was deze ene kogel die doel had getroffen een duidelijke boodschap geweest. De deur, die vanaf een afstandje bediend werd, zwaaide open en de twee mannen in poloshirts verdwenen door de openstaande deur.

Toen ze eenmaal weg waren, liepen de twee beveiligers terug naar de lobby. Hoewel ze zachtjes praatten, werd het geluid versterkt door de weergalming tegen de marmeren tegels. Ze hadden het over de bokswedstrijd die ze gisteren hadden gezien, net alsof er niet zojuist een schietpartij had plaatsgevonden. Was dat hier soms de meest normale zaak van de wereld?

Ik dacht aan Carla Racatelli terwijl ik van onder de tafel om me heen gluurde. Aangezien de familie banden had met de onderwereld, vroeg ik me af of deze schietpartij iets te maken had met Carla's dood. Dat leek mij veel meer voor de hand liggen dan een of andere vloek die er volgens tante Pearl was.

Ik mocht dan het geluk te hebben in Vegas te zijn, maar ze zouden mij met geen stok naar die begrafenis krijgen. Het hotel was al zo onveilig als wat; hoe moest dat dan wel niet gaan op de begrafenis zelf? Ik moest er alles aan doen om mam en tante Pearl ervan te overtuigen ook niet te gaan. Soms moest je het noodlot gewoon niet tarten.

Ik moest zorgen dat we terug zouden gaan naar Westwick Corners, en liever vandaag dan morgen.

HOOFDSTUK 7

$\mathcal{I}$k zag behalve de schutters niemand anders in de lobby. Mam, tante Pearl, Wilt en de anderen waren nergens te bekennen. Als andere mensen zich al hadden verstopt achter de zware meubels en marmeren zuilen, dan kon ik ze in elk geval niet zien. Ze hadden zich ófwel verstopt toen het schieten begon, ófwel waren ze ontsnapt via de trap of lift.

Ik hield mijn adem in toen voetstappen op de marmeren vloer weerklonken. Een ongewapende man liep naar de beveiligers. Hij kwam uit de richting van de lift, en ik had hem nog niet eerder opgemerkt. Hij liep erbij alsof een schietpartij in deze hotellobby een alledaagse gebeurtenis was. Ik zag hem voorbij lopen vanaf mijn plekje onder de tafel. Hij droeg een zwarte spijkerbroek, een duur uitziend wit linnen overhemd dat nauw om zijn gespierde torso sloot en hij had een zelfverzekerde grijns die me vertelde dat hij de baas was.

Hij was het soort arrogante kerel dat ik verachtte, maar ik vond het ergens ook weer moeilijk om mijn ogen van hem af te houden. Hij was lang, donker en kwam me vreemd bekend voor. Hij stopte abrupt en draaide zijn hoofd in mijn richting. Mijn hart bonsde toen zijn staalblauwe ogen zich in de mijne boorden.

Betrapt.

Ik trok me verder terug onder de tafel en haalde mijn adem in. Mijn leven was voorbij voordat het zelfs maar was begonnen. Deze strijd was vrijwel zeker door hem aangesticht en hij zou vast geen getuigen willen achterlaten.

Na wat een eeuwigheid leek, rukte hij zijn blik los van mij en liep weer in dezelfde richting als de beveiligers. Hij trapte met een leren laars tegen de gevallen revolver, waardoor het wapen over de marmeren vloer naar me toe kletterde. Het belandde een paar centimers van mijn schuilplaats vandaan.

De loop wees naar mij en ik dankte de hemel dat het pistool niet was afgegaan door die trap van hem. Ik hield mijn adem in, bang dat een van de beveiligers het pistool zou pakken en me ook onder de tafel zou ontdekken.

De man voegde zich bij de voordeur bij de anderen. De twee mannen stonden duidelijk onder zijn bevel. De baas bleef even staan en draaide zich om. Zijn blik gleed nog een keer door de lobby voordat hij weer naar mij keek.

Deze man had me op de een of andere manier opgemerkt, ondanks mijn schuilplaats. Ik voelde me blootgesteld en kwetsbaar, alsof de tafel er niet eens stond om me te verbergen. Aan de andere kant had hij geen moeite gedaan om tegen zijn maatjes te zeggen dat ik er zat, dus hoefde ik me misschien niet zo druk te maken.

Tegelijk voelde ik ook een golf van adrenaline door me heen gaan, en iets anders dat ik niet helemaal kon beschrijven. Die vreemde aantrekkingskracht tot hem was bijna genoeg om me uit mijn schuilplaats tevoorschijn te laten komen. Toen ik mijn lichaam schuin onder de tafel uitschoof om naar voren te komen en hem in mijn blikveld te houden, stoote ik mijn hoofd tegen de onderkant van de tafel aan.

'Verdorie!' De klap zond schokgolven door mijn hoofd en mijn stem schalde door de doodstille lobby.

De baas fronste zijn wenkbrauwen. Een paar seconden later draaide hij zich zonder een woord te zeggen om en leidde de beveiligers door de zware glazen deuren, die nu weer van het slot waren. Een van de mannen ging voorop, gevolgd door de aantrekkelijke man.

De beveiliger die over was, liet zijn pistool nog eens in een halve cirkel door de lobby gaan om te voorkomen dat iemand hem zou volgen. Na wat een eeuwigheid leek, verliet hij het gebouw. Seconden later sloegen autoportieren dicht en hoorde ik gierende banden.

Een fractie van een seconde later weerklonk er paniekerig geschreeuw en gegil. Ik was dus toch niet alleen in deze lobby. Mensen kwamen uit hun schuilplaatsen vandaan en renden door de lobby op zoek naar familieleden of vrienden.

Ik bleef onder de tafel zitten, nog te geschokt door de schietpartij en de bizarre aantrekkingskracht die ik voelde voor de knappe vreemdeling. Ik deed mijn mond open, maar er kwam geen geluid uit. Ik was totaal verdoofd.

'Au!' riep ik uit, toen er iemand tegen mijn enkel schopte. Ik rolde me om en zag tante Pearl. Huh? Ik was er zeker van dat ze eerder niet onder deze tafel had gezeten. 'Laat me naar huis gaan, tante Pearl. Het is net alsof we in een of andere B-film zitten. Wat is er in vredesnaam aan de hand?'

Tante Pearl fronste haar wenkbrauwen toen ze onder de tafel vandaan kroop.

Ik voelde paniek in mijn buik toen ik naar mam en Wilt zocht. In de seconden voordat de schietpartij uitbrak, hadden ze naast me gestaan, maar ze waren nergens te bekennen. Ik begon te zweten toen er buiten politiesirenes loeiden. Ik tuurde naar buiten terwijl de sirenes luider werden.

Overal stonden mensen. Sommigen huilden, anderen waren in shock bij elkaar gekropen. Een stuk of tien mensen duwden zich door de menigte naar de uitgang toe, niet wetend dat ze in de voetsporen traden van de zojuist vertrokken schutters.

Ik kwam langzaam onder de tafel vandaan en ging op de bank zitten. Ik wilde nog even niet te ver van mijn toevluchtsoord afdwalen. Een vrouw naast me schreeuwde verwoed in haar mobiele telefoon terwijl anderen zich de liften in stortten om naar hun veilige kamers op een van de bovenverdiepingen te ontsnappen.

Ik zag mam toen ze opstond van achter een grote, overvolle bank. Wilt stond naast haar. Opgelucht keek ik om naar tante Pearl. Ze zat met gekruiste benen op het dikke kleed op een paar meter afstand van de tafel. Haar handen rustten op haar dijen in een zen-achtige yoga-positie, alsof ze diep in meditatie was te midden van de chaos.

Maar ik wist wel beter. Ze sprak een soort toverspreuk uit. Ik stak mijn hand uit, die ze prompt wegwuifde.

'Verdorie, we hebben hem gemist.'

'Wie hebben we gemist?' vroeg ik. 'Wat is er in vredesnaam aan de hand dat je me niet vertelt?' De lobby wemelde inmiddels van de politieagenten. Ze stuurden mensen naar een rij bij de receptie. Daar werd iedereen ondervraagd als getuige. Er waren agenten neergezet bij de uitgangen en liften, zodat niemand de lobby kon verlaten. Het was slechts een kwestie van tijd voordat ze ons zouden ondervragen.

'Zag je die knappe man?' Tante Pearls ogen keken me zogenaamd onschuldig aan.

Ik haalde mijn schouders op. Ik was bang dat ik anders te veel zou laten doorschemeren hoe interessant ik hem had gevonden.

'Ik denk het wel, te zien aan je reactie. Dat was Carla's kleinzoon Rocco.' Tante Pearl grijnsde. 'Hoe kun je Rocco nu niet herkend hebben na al die jaren die jullie samen hebben doorgebracht? Als kinderen speelden jullie vaak samen, weet je nog?' Ze staarde melancholisch voor zich uit.

'Dat was Rocco niet, hoor. Zeker niet.' Ik had Rocco al sinds de middelbare school niet meer gezien, maar het kon gewoon niet waar zijn dat die mysterieuze, aantrekkelijke man die net was langsgelopen dezelfde persoon was. Ik wist het zeker, want ik had hem schaamteloos aangestaard. Hij had een onvergetelijke indruk gemaakt.'

Ik stond op en keek rond in de lobby. Naast de groep verbijsterde toeristen in de rij was er nog maar aan weinig te merken dat hier een schietpartij was geweest. Oké, een paar kogelgaten in de muren, maar daar was de politie al mee bezig. Het was een wonder dat ze niemand geraakt hadden. 'We moeten met de politie praten. Wij zijn getuigen,' zei ik.

'Doe niet zo dom, Cen. We moeten de aandacht niet op onszelf vestigen. Dat doet Rocco al genoeg. Zo dramatisch, die man.' Tante Pearl giechelde. 'Ik vind wel dat hij wat minder opvallend moet doen. Manny gaat dit niet leuk vinden.'

De politie zou ons vast niet willen laten gaan zonder ons eerst te ondervragen, maar het was momenteel nogal chaotisch in de lobby. 'Waarom lach je? We zijn zojuist bijna neergeschoten. We moeten hier weg.' Ik had geen idee wie Manny was, maar ik wilde het niet aan mijn tante vragen, die duidelijk de naam had genoemd om mijn interesse te wekken. Ik gunde het haar niet.

Tante Pearl schudde haar hoofd. 'Je hebt gelijk. Laten we onze bagage naar boven brengen en dan naar het casino gaan. Even ontspannen, hoor. Misschien zien we Rocco daar wel.'

'Die hoef ik niet te zien.' Het was waar en tegelijkertijd niet waar. Ik zou uren naar die man kunnen sturen, maar ik was niet van plan om in mijn tantes spelletjes mee te spelen. Het laatste waar ik op zat te wachten was om weer vriendjes te worden met een man die ik vroeger niet zo aardig had gevonden. Hoe mooi hij ook was.

'Doe toch niet zo negatief,' zei Pearl. 'Je hebt de hele weg hiernaartoe alleen maar zitten klagen over die verspilde benzine en het sollicitatiegesprek dat je hebt gemist.'

'Ja, en waarom zou ik dat niet doen? Je hebt me gewoon ontvoerd.'

Tante Pearl wuifde mijn woorden weg. 'Die arme Rocco is net zijn oma verloren en jij denkt alleen maar aan jezelf. Ik had je nooit mee moeten nemen.'

'Nou, eindelijk zijn we het ergens over eens,' gromde ik. 'Ik wil niets met Rocco te maken hebben en ook niet met de belachelijke plannen die je hebt bedacht.' Mijn humeur klaarde iets op toen mam en Wilt naar ons toe kwamen en gingen zitten.

Tante Pearl lachte. 'Rocci is niet alleen een aardige jongen, Cen. Hij is ook ambitieus en slim. Jullie zouden een mooi stel zijn.'

'Ja, dus?' Het idee dat tante Pearl me aan Rocco wilde koppelen terwijl hij nog rouwde om de dood van zijn oma leek me zelfs voor haar doen wat te ver gaan. Ik hoopte maar dat ze me niet voor paal zou zetten.

'Dat zul je nog wel zien, Cen.' Een glimlachje speelde om haar lippen toen ze een arm om me heen sloeg en in mijn schouder kneep. 'Dat komt nog wel.'

HOOFDSTUK 8

We checkten in toen de politie van Las Vegas eenmaal onze getuigenissen en persoonlijke gegevens had genoteerd. Ik was helemaal uitgeput, hoewel het amper negen uur was. En ik was woedend op tante Pearl vanwege de manier waarop ze de waarheid verdraaide. 'Waarom heb je de politie niet verteld dat je Rocco kende?'

'Ze hebben het niet gevraagd, dus waarom zou ik het dan noemen? Het maakt hoe dan ook geen verschil.'

Ik schudde mijn hoofd. 'Het maakt een enorm verschil. Hij was bij twee van de schutters.'

'Het zal wel.' Tante Pearl gebaarde afkeurend. 'We hebben een gevaarlijke klus te klaren, dus we moeten onder de radar blijven.'

'Welke klus?'

Tante Pearl maakte een gebaar van een ritssluiting over haar lippen en wendde zich van me af. Ze negeerde me volledig toen we de piccolo die onze bagage droeg door de lobby volgden naar de liften, zigzaggend rond groepjes nog steeds verbijsterde gasten.

Het enige lichtpuntje van de chaos in de lobby was dat Wilt zich uit de voeten had gemaakt. Hij had besloten in de camper te slapen in plaats van in de enige suite die we blijkbaar allemaal zouden delen. Ik was opgelucht, want zelfs onwillige heksen zoals ik moesten af en toe over magie kunnen praten of rare dingen kunnen doen.

Dat zou onmogelijk zijn geweest met Wilt om ons heen, en mijn humeur was al niet al te best meer door onze vermoeiende roadtrip. Een van ons zou vroeg of laat een fout maken. Heksentalenten continu verbergen was bijna nog moeilijker dan een heks zíjn.

De piccolo stuurde ons naar een privélift aan het einde van de gang. De deuren gingen open en we stapten als VIPs de lift in, met de blikken van de tientallen mensen die bij de reguliere liften stonden opgesteld op ons gevestigd. Onze speciale behandeling was leuk, maar er hoorde vast verantwoordelijkheden bij als ik tante Pearl zo had horen praten over onze "klus".

De piccolo volgde ons de lift in en trok zijn met koper en fluweel beklede bagagekar achter zich aan. Hij scande zijn sleutelkaart en drukte op een van de vele knoppen die letters in plaats van verdiepingnummers hadden. Hij drukte op een knop met een 'R' in een krullerig font.

Ik was verrast toen ik mijn koffer bovenop de bagagekar zag liggen. Ik had niets ingepakt voor mijn onverwachte reis. Tante Pearl had ofwel mijn bagage meegenomen omdat ze al die tijd al van plan was me te ontvoeren, ofwel magie gebruikt.

Ik had amper tijd erover na te denken; de liftdeur ging alweer open en we keken een ruime marmeren hal in met onmogelijk hoge plafonds. De hal had hetzelfde Italiaanse thema als de lobby, maar op kleinere schaal. De muren waren versierd met grote impressionistische schilderijen en er was een marmeren fontein met gekleurd, kabbelend water te zien.

Mam stapte de lift uit en staarde om zich heen. 'Weet je zeker dat dit ónze kamer is? Het lijkt hier meer op een villa.'

Het decor was een kruising tussen een Frans appartement en een Italiaanse villa die na de jaren zeventig niet meer was gerenoveerd. Er waren nog meer decoratiethema's te zien, maar dat waren de belangrijkste. Net als de lobby was het een mix van verschillende tijdperken.

De sierlijke, Europese architectuur clashte met met goudkleurig, hoogpolig tapijt dat er lag. Pal in het midden van de open ruimte was een verzonken zitgedeelte in de woonkamer dat rechtstreeks uit een oude *Mary Tyler Moore*-sitcom leek te stammen. Een smeedijzeren wenteltrap leidde naar een verdieping hoger. Daar waren waarschijnlijk de slaapkamers.

Het overdreven interieur deed me even vergeten dat we in een gloednieuw hoogbouwhotel in Las Vegas zaten, niet in een soort retro-hippieversie van het paleis in Versailles. Ik bleef verbluft om me heen kijken.

'Kom op, we hebben niet de hele dag.' Tante Pearl greep mijn arm en trok me de suite in. 'We moeten van alles doen.'

Ik wurmde mijn arm uit haar greep en bleef staan bij een van de grote olieverfschilderijen. Te oordelen naar de penseelstreken en de duur ogende lijst was het schilderij authentiek en dus echt oud.

Het portret leek uit de jaren dertig te komen. Een korte man in een krijtstreeppak stond achter een zittende vrouw. Haar jurk met lovertjes werd geaccentueerd door een lange parelketting. Ze had dezelfde doordringende blauwe ogen als de man in de lobby.

Ik streek met mijn hand over de onderkant van de lijst. Hij zakte een beetje scheef, dus ik hing het weer recht. Dit was de eerste suite waarin ik verbleef waar de foto's niet aan de muur waren vastgeschroefd. Maar er was nog iets anders opvallends te zien. In plaats van een van de ogen van de man zat... een kogelgat.

Ik hapte naar adem en draaide me naar mam en tante Pearl toe, maar ze waren de hal al doorgelopen. Ik volgde hen de suite in en zag hoe de piccolo onze bagage de wenteltrap op bracht.

'Welkom!' dreunde een diepe mannenstem achter me.

Ik draaide me geschrokken om en zag een fit uitziende blonde man van begin dertig, formeel gekleed in een donker pak. Mijn eerste gedachte was dat hij misschien zo gekleed was voor de begrafenis.

Hij glimlachte en stak zijn hand uit. 'Ik ben Christophe, uw butler.'

Ik fronste mijn wenkbrauwen terwijl ik hem de hand schudde. Inmiddels had ik de enorme ruimte bekeken en berekend dat dit een oppervlakte van minstens zeshonderd vierkante meter moest zijn, en dat alleen de begane grond maar. De extra ruimte op de bovenverdieping had ik nog niet eens gezien. 'Ik denk dat er een fout is gemaakt. Dit kan onze kamer niet zijn.'

Christophe glimlachte beleefd, maar reageerde niet.

'We kunnen het ons niet veroorloven om in zo'n chique suite te logeren,' wendde mam zich tot Pearl. 'Dit moet een godsvermogen kosten. Hoeveel heb je precies gewonnen in de loterij?'

Tante Pearl wuifde onze bezwaren weg. 'Maak je geen zorgen. Ik vertel het je later.'

'Kan ik jullie cocktails aanbieden, dames?' vroeg Christophe.

'Het is nog niet eens halftien,' zei ik. 'Vind u niet dat het een beetje te vroeg is?' Drankjes die door een butler bereid werden moesten behoorlijk wat duurder zijn dan drankjes uit de minibar. Zelfs als tante Pearl echt de loterij had gewonnen, betwijfelde ik of we dit allemaal wel konden betalen.

'Het is altijd wel ergens ter wereld borreltijd,' giechelde mijn moeder. 'Leef een beetje, Cen.'

Het was weer zover. Ik pakte de magere arm van tante Pearl vast en trok haar met een grimmig gezicht naar me toe. 'Wat heb je mam gegeven? Ik heb haar nog nooit zo gezien.'

'Rustig nu maar. Eindelijk geniet ze voor de verandering eens, in plaats van zichzelf de dood in te werken in dat stomme hotel.'

'Je wílt gewoon dat ons hotel een mislukking is. Dat is de echte reden waarom je ons allebei hierheen hebt gebracht.' Het was geen geheim dat mijn tante een hekel had aan onze hotelonderneming in Westwick Corners. Ik wierp een blik op mam, die aan de bar stond waar Christophe momenteel de laatste hand legde aan drie fruitig uitziende drankjes.

Tante Pearl pakte er eentje en liep naar de openslaande deuren die naar een terras leidden.

Mam nam er ook een en dronk hem in een teug voor de helft leeg. 'Deze man is een genie. Ik wou dat we je konden inhuren om in ons hotel te werken.'

Christophe glimlachte. 'Misschien wel. Ik heb binnenkort geen baan meer en ik ben Vegas beu. Vertel me eens wat meer over dat hotel van u.'

'Oh, het is niet zo groots als Hotel Babylon, hoor. De *Westwick Corners Inn* heeft maar twaalf kamers. En het bevindt zich in een soort van spookstadje.' Mam giechelde terwijl ze de rest van haar drankje opdronk. 'Te saai voor een jongeman als jij. Ik had er niet over moeten beginnen.'

Christophe pakte haar glas en liep naar de bar om het weer bij te vullen. Mam volgde hem op de voet.

Ik liep met een zucht naar het terras toe en voegde me bij tante Pearl. Het terras was bijna net zo groot als de suite zelf. We hadden een eigen zwembad om baantjes te trekken, een bubbelbad en ligstoelen die zo waren neergezet dat we het uitzicht op de stad onmogelijk konden missen. Het zou er 's nachts waarschijnlijk prachtig uitzien. Op dit vroege uur was alles nog stil, alsof de halve stad nog sliep.

Ik draaide me naar mijn tante. 'Mam heeft gelijk. We kunnen deze suite op geen enkele manier betalen, zelfs niet als de Racatelli's je korting geven.'

'Rustig nou maar,' zei tante Pearl. 'Dit is een suite voor rijkelui, dat klopt, maar het kost ons geen cent.'

'Wij zijn zeker geen rijkelui en dat het ons niet kost, geloof ik voor geen meter. Wat zit er voor addertje onder het gras?'

'Geen addertje.' Ze knipoogde.

Op dat moment kwam mijn moeder het terras opgezwalkt, terwijl ze wat drank uit haar glas over de rand liet klotsen. 'Voor niets gaat de zon op, mensen. Dit hotel verwacht dat we duizenden dollars over de balk gaan smijten in hun casino. Zelfs al dat geld dat je in de loterij hebt gewonnen is dan niet genoeg, Pearl. Dit zou weleens een ramp kunnen worden.'

Mam had het over Pearls geheime gokverslaving. Die hopen geld die ze in de loterij had gewonnen hadden een schaduwzijde. Ik wist zeker dat mijn tante niet lang van de fruitmachines en blackjacktafels weg zou kunnen blijven.

'Ik heb niets voor deze kamer betaald, of voor wat dan ook. Rocco heeft hem ons gratis gegeven omdat hij ons als familie beschouwt. Ik zou het wel kúnnen betalen, trouwens. En ik kan ook best een gokje wagen. Ik ben nu een miljonair, dus ik kan het missen.'

Ik dacht terug aan de gladde jongen die in de lobby had rondgelopen tijdens de schietpartij. Ik vond het maar niets om in het krijt te staan bij een man die bodyguards nodig had. Tante Pearl had hem vast niet goed begrepen toen hij ons uitnodigde. Ik nam me voor om straks eens bij de receptie na te vragen hoeveel deze kamer eigenlijk kostte en of wij 'm inderdaad voor niets kregen.

Mam wees met haar wijsvinger naar Pearl. 'Ik vind nog steeds dat we in de camper hadden moeten blijven. Jij betaalt de rekening als er iets misgaat.' Ze liep naar de ligstoelen zonder op antwoord te wachten.

Tante Pearl draaide zich naar me toe en rolde met haar ogen. 'Jullie moeten allebei ophouden met je zorgen te maken en genieten.'

'Hoe dan? Je hebt ons allebei misleid om op deze *Magical Mystery Tour* mee te komen en je bent nogal vaag over hoe en wanneer je die loterij precies hebt gewonnen. Ik ontspan niet totdat je me vertelt wat er écht aan de hand is.' Ik was bijna in staat om samen met Wilt in de camper te slapen. Bijna, maar niet helemaal.

'Oké, prima. Ik zal het je vertellen, maar je mag het Ruby onder geen beding vertellen.' Tante Pearl masseerde haar slapen. 'Het is nogal ingewikkeld. Ik weet niet eens waar ik moet beginnen.'

'Begin maar eens met die schietpartij in de lobby.'

De hand van tante Pearl vloog naar haar mond. 'Nou, was dat niet verschrikkelijk? Ik heb géén idee hoe dat kon gebeuren...'

Ik hield een hand omhoog om haar verhaal te stoppen. 'Ik vermoed dat je precies weet wat er aan de hand is, en als je het me niet nú vertelt, ben ik hier weg. Ik zoek zelf wel uit hoe ik thuiskom.' Het leek erop dat ze alles had gepland als aanloop naar een of andere overdreven dramatische bekentenis die ze op het punt stond af te leggen. 'Ik huur wel een auto of zoiets.'

'Hoe? Je bent je portemonnee vergeten en je hebt geen geld.'

'Ik verzin wel wat.'

'Als je eens wat vaker zou oefenen met spreuken, zou je iets kunnen verzinnen. Wat een verspilling van je talent.' Tante Pearl schudde langzaam haar hoofd.

'Niet het onderwerp veranderen, tante.'

'Oké, goed,' zuchtte ze. 'Wat wil je weten?'

'Alles. Beginnend met die zware jongens beneden. Je weet iets wat je niet vertelt.' Ze was op de een of andere manier bij iets betrokken, óf ze wist meer dan ze liet doorschemeren.

Tante Pearl depte een denkbeeldige traan uit haar oog. 'Ik zou het aan niemand vertellen, maar om eerlijk te zijn, is het een opluchting om een vertrouwelinge te hebben. Iemand die aan mijn kant staat.'

'Ik heb nooit iets gezegd over aan jouw kant staan. Ik wil gewoon weten waar je ons in hebt meegesleurd.'

'Ze hebben Carla al meegenomen, en Tommy vóór haar.' Tante Pearl haalde haar adem in. 'En Rocco is de volgende, tenzij we ze kunnen stoppen. Ik heb een plan.'

'We kunnen dat soort mensen helemaal niet stoppen. Weet mam hier iets van?'

'Sommige dingen kan ze maar beter niet weten.'

'Zoals?'

'Familiegeheimen,' zei tante Pearl. 'En dit geheim zal Ruby's hart breken.'

HOOFDSTUK 9

Ik nam een enorme slok van mijn drankje terwijl ik nadacht over tante Pearls waanzinnige bewering. Ik kon me niet herinneren dat mam ooit maar op date was geweest, laat staan een serieuze relatie had gehad na pap. En ze had geen enkele reden om het voor mij geheim te houden.

Mijn vader was spoorloos verdwenen toen ik op de basisschool zat. Sindsdien had mam zich gestort op koken, bakken en tuinieren. Ze slaagde er zelfs in om wijn te maken van de wijngaard op ons land en ze had ons familiehuis in een hotel veranderd. Ze hield zichzelf bezig en had het nooit over pap. Ze had het ook nooit over een ander vriendje gehad.

Maar mijn tante beweerde nu iets anders. 'Ruby wordt bedrogen door haar geliefde. Hij dumpte haar voor Carla Racatelli,' hield ze vol.

'Welke geliefde? Je verzint dit gewoon.' Mam was nooit Westwick Corners uit geweest en ze had naar mijn weten nooit vriendjes gehad. Ze was veel te veel een huismus om in staat te zijn een dubbelleven te leiden. Maar mijn tante leek me bloedserieus. Volgens mij loog ze dit keer echt niet.

Tante Pearl schudde langzaam haar hoofd. 'Ik wilde dat ik het gewoon verzon. Kon ik alles maar terugdraaien, maar dat kan ik niet. Kom, laten we naar binnen gaan, anders hoort je moeder ons nog.'

Ik volgde haar onwillig, nog steeds verbijsterd door het idee dat mam een geheime relatie had. Het voelde ook kwetsend dat ze het voor me verborgen had gehouden. 'Waarom heeft mam me nooit over die kerel verteld? En wanneer zag ze hem dan?'

'Ze is een heks, Cen. En vaardige heksen hebben een een scala aan mogelijkheden om op twee plekken tegelijk te kunnen zijn. Als je wat vaker zou oefenen, zou je dat wel weten.' Tante Pearl fronste. 'Ruby wist dat je het niet eens zou zijn met haar affaire, dus ze heeft het je nooit verteld. Jij bent zo netjes met je normen en waarden.'

'Sinds wanneer is dat slecht?' Ik ging in een enorme leunstoel zitten, schuin tegenover tante Pearl, die op de rand van een onmogelijk lange, witte leren bank zat.

'Ik zeg niet dat het slecht is. Maar Ruby wist dat je haar zou veroordelen.'

'Ik ben helemaal niet veroordelend.' Het was zelfs nooit bij me opgekomen dat mijn moeder een liefdesleven kon hebben. Maar goed, het lag voor de hand dat ze ooit weer iemand zou vinden. Mijn vader was al lang uit beeld, maar ze had domweg nooit geïnteresseerd in mannen geleken en was ook niet stiekem. Er moest meer achter zitten. Al snel bleek dat dat het geval was.

'Ruby mag blij zijn dat ze van dat waardeloze sujet af is.' Mijn tante strekte haar magere benen uit op de bank en leunde tegen de armleuning. 'Wie weet was zij het anders geweest in die doodskist.'

Ik slikte. 'Denk je dat híj Carla heeft vermoord? Wie is die vent?'

'Bones Battilana. Een van de meest machtige mafiosi in de VS. Hij wilde territorium claimen in Las Vegas, maar heel Nevada behoort toe aan de Racatelli's. Er gaat een gerucht rond dat Bones Tommy een paar jaar geleden heeft omgelegd om meer macht te kunnen krijgen. Hij had niet verwacht dat Carla vervolgens de touwtjes in handen zou nemen. En ze was er een stuk beter in dan Tommy ooit was. Dus zijn plannetje om de macht te grijpen werkte niet.'

'En toen besloot hij Carla maar te verleiden?' Het drong maar langzaam tot me door. 'Wil je nou zeggen dat mijn moeder een relatie met een maffiabaas had die haar vervolgens dumpte om Carla te veroveren? Dat is gewoon gestoord.'

'Daar lijkt het wel op. Ik weet niet zo goed wat ik moet doen.' Tante Pearl gebaarde wild en een deel van haar fruitige cocktail klotste over de rand van haar glas op de bank. 'Nu snap je waarom ik jouw hulp nodig heb. Ik wil niet dat ze flipt als ze Bones op de begrafenis ziet.'

'Ik denk dat je het haar maar beter zo snel mogelijk kunt vertellen.' Wauw, mijn drankje kwam hard aan. Ik voelde me nu al compleet dronken en ik had nauwelijks een paar slokken op. Ik had het gevoel dat we allemaal nogal werden aangetast door deze cocktail. Misschien haalde ik me dingen in mijn hoofd, maar ik vroeg me af of er misschien nog iets anders in zat dan alcohol.

Christophe verscheen seconden later met een doekje en een fles mineraalwater. Binnen een minuut had hij de vlekken opgeveegd en keek met een trots gezicht op zijn werk neer. Hij leek net een mannelijke Martha Stewart die stond te trappelen om zijn schoonmaaktalenten te etaleren.

Christophe maakte een kleine buiging en verdween in de richting van de keuken. We bleven stil tot hij buiten gehoorsafstand was.

'Weet je, Cen... jij kunt goed met crisissituaties omgaan.' Mijn tante krabde nadenkend aan haar kin, alsof ze nu voor de eerste keer diep nadacht over mijn talenten (of gebrek daaraan). 'Dit is een delicate zaak en jij bent hier zoveel beter in dan ik.'

'Vergeet het maar. Hoe moet ik trouwens mam iets vertellen over een situatie waar ik eigenlijk niets vanaf hoor te weten?'

'Je verzint wel iets.' Ze keek nog eens om zich heen om zich ervan te vergewissen dat er echt niemand meeluisterde en praatte zachtjes verder. 'Bones Battilana is nogal een belangrijk man in deze stad. We moeten hier niet te veel ruchtbaarheid aan geven.'

'Ik heb nog steeds het idee dat je dit allemaal hebt verzonnen. Mijn moeder zou nog in geen miljoen jaar een relatie met een maffiabaas beginnen, laat staan met een kerel die "Bones" heet.' Serieus, mam met een vriendje die als bijnaam een deel van een geraamte had? Yuck.

'Ruby mag dan jouw moeder zijn, ze is ook gewoon een vrouw. Ze heeft al bijna tien jaar een relatie met hem. We hebben allemaal bepaalde behoeftes, Cen. Zelfs ik.'

Nu werd het helemáál te belachelijk voor woorden. Het was al moeilijk genoeg om me mam voor te stellen met een vent, maar het idee dat mijn knorrige tante Pearl ook "behoeftes" had, leek volkomen te botsen met haar levensstijl en persoonlijkheid. Ze was nooit getrouwd geweest en leek zo'n beetje iedereen met een Y-chromosoom te haten.

'Hij heet toch niet echt Bones?'

'Hij heet Danny. Alles leek in orde tot drie weken geleden. Toen vertelde hij aan Ruby dat hij een maand naar Azië moest op zakenreis. Sindsdien heeft ze hem niet meer gezien. Zij denkt nog steeds dat alles goed zit tussen hen. In werkelijkheid heeft hij haar ingeruild voor Carla, maar dat durfde hij haar niet te vertellen.'

'En nu is Carla dood. Slechte timing, lijkt mij.'

'Of misschien juist goede timing. Ik ben ervan overtuigd dat Bones Carla heeft vermoord,' zei Pearl. 'Daarom heb ik jou meegenomen op ons *Vegas Vendetta* project. We moeten Carla's dood onderzoeken en haar wreken. Jouw eerste taak is om je moeder te vertellen wat haar criminele ex-vriendje gedaan heeft.'

Het enige lichtpuntje was dat Danny inmiddels haar ex was, maar het idee dat die man misschien Carla wel had vermoord gaf me de kriebels. Ik wist bijna niets over Carla's dood, maar wie weet was er toch een andere verklaring. Ik schrok op toen de schuifdeuren opengingen en mam weer naar binnen gaan. 'Ik doe het niet!' fluisterde ik stellig.

'Huh?' Mam lachte ons onnozel toe vanuit de deuropening. Ze stond op haar benen te tollen en hief haar lege glas om met ons te proosten. Ze dronk vrijwel nooit en ik had haar nog nooit eerder zo gezien. Het leek vandaag wel de dag van "eerste keren" en het waren allemaal geen beste dingen.

'Het is veel beter als jij het vertelt. Je weet hoe ik ben: ik ga het geheid verprutsen.' Tante Pearl trok haar knieën op terwijl ze me een engelachtige glimlach liet zien. 'Alsjeblieft?'

Tante Pearl accepteerde geen nee, en er zouden vast consequenties zijn als ik niet meedeed aan haar plan. Ik kon geen kant op. 'Je hebt nooit eerder gezegd dat Carla vermoord is. Weet mam daarvan?'

Intussen wankelde mam langs ons voorbij op weg naar de keuken met nog steeds haar glas in haar hand, op zoek naar Christophe en zijn magische elixer. Tante Pearl wachtte tot ze was verdwenen en knikte toen van ja.

'Je had me dit allemaal al veel eerder moeten vertellen.'

'Tja, Ruby wilde het zelf geheim houden en ze heeft me laten beloven mijn mond te houden.' Tante Pearl hief haar handen onschuldig in de lucht. Haar onderlip trilde. 'Ik weet het, Cen. Het was geen goede beslissing, maar daar kan ik nu niks meer aan doen. Je weet hoe slecht ik in dit soort dingen ben. Als ik het haar moet vertellen, maak ik het alleen maar erger. Ze weet niets af van zijn bedrog. Het zal haar hart breken. Ze dacht dat Bones haar ten huwelijk zou vragen.'

'Noem hem alsjeblíéft Danny.'

Tante Pearl rolde met haar ogen. 'Oké dan. Danny.'

Nu begreep ik ook wat er zojuist in de lobby was gebeurd. 'Die schietpartij... waren dat Danny's mannetjes?'

Mijn tante knikte. 'Rocco's beveiligers probeerden hem te beschermen tegen een aanslag door Danny Battilana. Wij moeten ze tegenhouden voor ze Rocco iets aan kunnen doen. Daarom moet je je moeder vertellen dat Danny haar bedriegt. We kunnen niet riskeren dat ze contact met hem zoekt terwijl hij zo onvoorspelbaar en gevaarlijk is.'

'Heeft de politie hem dan nog niet opgepakt?'

Tante Pearl schudde haar hoofd. 'Hij speelt de rouwende echtgenoot, en de politie slikt het voor zoete koek. Die man is echter hoofdverdachte nummer een als je het mij vraagt. Ondertussen gaat hij gewoon door en probeert hij Carla's eigendommen in handen te krijgen. Daarom trouwde hij namelijk met haar. Hij kon de controle over Las Vegas niet van de Racatelli's afpakken, dus werd hij een van hen. Nu kan hij meedoen.'

'Wacht even, dus Bones is met Carla getróúwd?' Mijn hoofd tolde van alles wat tante Pearl zojuist had gezegd. 'Hoeveel moet ik mam vertellen?'

'Alles. Nu Carla dood is, zou Ruby kunnen proberen zich met Bones te verzoenen. Dat zou een grote vergissing zijn. Terwijl je dat doet, zal ik nog wat meer drankjes voor ons halen.' Tante Pearl sprong van de bank en ging op zoek naar onze butler. 'Christophe? Joehoe!'

Ik sprong achter haar aan. 'Wacht – je moet de politie vertellen wat je weet voordat ze het komen vragen. Misschien kunnen zij mam beschermen.' Ik duizelde nog helemaal van het verhaal van mijn tante. Mijn gemiste sollicitatiegesprek leek nu zo onbeduidend.

'Nee, dat kan niet, Cen. We vertrouwen niemand. Zelfs de politie niet.'

HOOFDSTUK 10

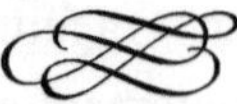

Ik stapte de lift uit, nog steeds verdwaasd door de bekentenissen van tante Pearl. Ik voelde ook het effect dat de krachtige cocktails van Christophe op me hadden. Ik was de tel kwijt geraakt en wist niet meer hoeveel ik er had gedronken, hoewel ik niet van plan was geweest om überhaupt te drinken. Ik had echter wel een steuntje in de rug nodig gehad bij het idee dat ik mijn moeder over alles zou moeten inlichten. Wat tante Pearl betreft, ik wist niet helemaal of ik nou bang of boos moest zijn. Het was een mix van allebei.

Ik liep door de lobby naar het casino. Het was niet bepaald moeilijk te vinden met alle toeters en bellen en de hordes dikke toeristen van middelbare leeftijd. De meeste mensen droegen T-shirts en korte broeken in Las Vegas. Het contrast tussen de vrijetijdskleding en het weelderige decor was een ware aanval op mijn zintuigen.

Natuurlijk wezen casino's niemand ooit de deur. Zeker niet mensen met geld op zak, hoe slecht ze ook gekleed waren. En voor zover ik kon zien, liepen de zaken opperbest.

Ik concentreerde me weer op mijn missie: een telefoon zoeken om Tyler te bellen en me te verontschuldigen voor onze gemiste date. Ik overwoog een vlucht naar huis, maar zonder geld en creditcards was dat onmogelijk. In elk geval zou tante Pearl me dan dwarsbomen. Ze wilde me koste wat het kost bij de begrafenis aanwezig hebben en zou het niet accepteren als ik ervandoor wilde gaan.

Ik kon geen telefoon in de lobby vinden. De enige apparatuur die het geluid van een beltoon lieten horen waren de fruitmachines. De hele sfeer maakte mijn toch al verdoofde zintuigen nog erger door de war. Er waren geen ramen en er hingen nergens klokken. Zonder horloge was het onmogelijk om te zien hoe laat het was. Alles wat casinobezoekers afleidde van geld uitgeven werd als slecht beschouwd.

Ik liep de lobby uit en nam de glazen draaideur naar buiten. De lucht was een beetje bewolkt, maar het had geen invloed op de hitte die als een deken op mijn huid leek te vallen na alle airco binnen. Ik vermoedde dat het waarschijnlijk rond lunchtijd was, hoewel ik alle tijdsbesef had verloren.

Ik ging een paar meter naast de ingang staan en nam de tijd om me te oriënteren. Ik liep naar een straat waar ik winkels zag zitten, in de hoop een winkel te vinden waar ik een goedkope prepaid telefoon kon kopen.

Tyler moest zich wel afvragen waarom ik hem niet had gebeld nadat ik gisteravond onze date had gemist. Ik had waarschijnlijk elke kans die ik ooit met hem had gehad, verpest.

Eerst zou ik Tyler bellen en dan zou ik een manier vinden om naar huis te komen. De gemakkelijkste en snelste manier van reizen omvatte magie, maar mijn vaardigheden waren niet goed genoeg om zelfs maar te denken aan teleportatie. Ik betwijfelde ernstig of mam of tante Pearl me zouden helpen. Dan begonnen ze vast weer over mijn gemiste lessen en dat het mijn eigen schuld was, etcetera.

Ik vroeg me af hoeveel ik Tyler moest vertellen. Ik wilde hem duidelijk maken dat ik onze date niet zomaar had afgezegd, maar mijn ontvoeringsverhaal klonk natuurlijk nogal ongeloofwaardig. De waarheid vertellen zou zijn toch al slechte indruk van tante Pearl alleen nog maar erger maken.

Twee straten verder had ik nog steeds geen teken van een telefoonwinkel gezien, of wat voor winkel dan ook waar ze mobiele telefoons verkochten. De enige bedrijven op de *strip* leken andere casino's te zijn. Omdat ik Las Vegas niet kende, kon het nog wel even duren voordat ik een telefoon had.

Ik bleef op een hoek staan en voelde me onzeker en gefrustreerd over wat ik nu moest doen. Toen drong het tot me door dat ik nog andere opties had. Hoewel mijn heksentalenten niet goed genoeg waren om mezelf terug te toveren naar Westwick Corners, kende ik de basisspreuken wél, en had ik al eens eerder levenloze objecten tevoorschijn getoverd. Een mobiel had ik nog nooit geprobeerd, maar het moest kunnen. Ik wilde dat ik tenminste laatst nog had geoefend. Mijn vaardigheden waren niet bepaald *up to date*.

Helaas had ik het voordeel verspeeld dat me uit mijn huidige situatie had kunnen halen. Hoewel ik tante Pearl de schuld kon geven van mijn ontvoering, was de puinhoop waar ik nu in zat uiteindelijk mijn schuld. Ik had namelijk pas onlangs besloten dat mijn natuurlijke talenten gebruiken niet per se hetzelfde was als valsspelen. In feite waren het geen talenten die me aan kwamen waaien, aangezien elke spreuk uren duurde om onder de knie te krijgen en een aanzienlijke hoeveelheid oefening vergde om mijn kennis op peil te houden. Zolang ik eruit haalde wat ik er qua energie in had gestopt, vond ik het acceptabel. Niets meer en niets minder.

Ik kreeg dit inzicht toen ik een weddenschap had verloren met tante Pearl en alle 72 lessen van haar *Pearls of Wisdom*-cursus op *Pearl's Charm School* moest volgen. Het curriculum omvatte alles wat je nodig had om een succesvolle heks te worden. Helaas was ik pas bij les drie. Dat betekende dat ik redelijk goed was in dingen wegtoveren, maar minder succesvol in het oproepen van dingen.

Maar ik had een paar kleine objecten kunnen laten verschijnen. Mijn toverij had vaak onbedoelde gevolgen, maar er gebeurde tenminste íéts. Het was een poging waard.

Ik masseerde mijn slapen terwijl ik probeerde me de exacte woorden te herinneren van de spreuk om iets kleins te laten verschijnen. Die had ik in les twee geleerd. Fragmenten van de spreuk kwamen langzaam bij me bovendrijven toen ik me de woorden in mijn hoofd probeerde voor te stellen.

Ik keerde om en ging terug naar het hotel. Ik zou in mijn slaapkamer in de suite kunnen oefenen zonder dat mam of tante Pearl me doorhadden. Dan zouden ze tenminste in de buurt zijn als ik toch problemen veroorzaakte.

EEN TWEE DRIE,
Telefoon met magie ...

NEE, dat klopte niet. Mijn pas vertraagde.

EEN TWEE DRIE,
Telefoon, wees nu hier ...

ALS IK MAAR ÉÉN ENKEL WOORD VERKEERD ZOU GEBRUIKEN, zou dat desastreuze gevolgen kunnen hebben, dus gewoon een beetje uitproberen was niet echt een optie. Had ik maar een voorbeeld om erbij te houden.

Ik stapte de lobby binnen en liep naar de lift. Ik was zo in gedachten verzonken dat ik tegen de borst van een man aan knalde.

Een gespierde, harde borst.

Ik staarde recht in de intens blauwe ogen van een man die ik al heel lang niet meer van zo dichtbij had gezien.

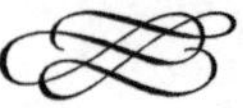

HOOFDSTUK 11

Ik zette een stapje naar achteren en begon me te verontschuldigen, plotseling beschaamd.

'Cendrine West! Ik zou jou overal herkennen.' Rocco Racatelli staarde naar mijn borsten voordat hij langzaam zijn blik naar mijn gezicht liet gaan.

'Leuk je hier te ontmoeten.' Ik kreeg de kriebels van zijn gestaar naar mijn voorgevel, totdat ik me realiseerde dat ik precies hetzelfde bij hem had gedaan. Ik bestudeerde zijn gezichtsuitdrukking, want ik wist niet zeker of hij een grapje maakte of serieus was. Volgens tante Pearl wist Rocco niet alleen dat we hier waren, maar had hij ook onze chique suite geregeld. De laatste persoon die ik iets verschuldigd wilde zijn, was Rocco Racatelli.

'Ben je verbaasd me hier te zien?' Ik dacht terug aan de schietpartij in de lobby. Hij had me vanmorgen absoluut opgemerkt, hoewel ik er in de uren erna iets slordiger uit was gaan zien en vast ook merkbaar aangeschoten was.

Op basis van wat tante Pearl had gezegd kon onze ontmoeting nauwelijks als toeval worden beschouwd als hij ons verwachtte. Maar tante Pearl vertelde nogal wat leugentjes om bestwil, dus ik zou er toch niet met zekerheid achter kunnen komen.

'Natuurlijk.' Zijn blauwe ogen twinkelden. 'Hoelang is het geleden? Tien jaar?'

Ik ontmoette zijn blik en knikte sprakeloos naar deze knappe vreemdeling, die in niets leek op de Rocco die ik me herinnerde. Weg was de mollige tiener met puistjes die ik in Westwick Corners had gekend. Een decennium en flink wat tijd in de sportschool hadden Rocco's uiterlijk drastisch veranderd. Hij had sinds de schietpartij in de lobby vrijetijdskleding aangetrokken, maar zag er nog steeds aantrekkelijk uit. Spieren waren te zien onder een strak wit T-shirt dat bijna net zo hagelwit was als zijn stralende glimlach. Hij droeg een verschoten blauwe spijkerbroek en cowboylaarzen. Zijn gebruinde gezicht vertoonde al een vleugje van een stoppelbaard.

En die doordringende blauwe ogen... Ik kon zijn blik niet helemaal beantwoorden zonder zenuwachtig te worden, maar ik kon me ook niet afwenden. Ik was volledig in zijn ban.

Ik deed mijn mond open om te antwoorden, maar er kwam niets uit. Het was niet alleen zijn knappe uiterlijk dat me sprakeloos maakte. Hij leek een aura te hebben dat me als een magneet aantrok. Mijn hart fladderde in mijn borst en ik bloosde. Ik vocht tegen de vreemde drang om hem dichterbij te trekken en mijn gezicht tegen zijn gespierde borstkas te verbergen. Mijn gezonde verstand hield me tegen, maar het scheelde niet veel. Dit was beslist niet dezelfde Rocco waarmee ik was opgegroeid in Westwick Corners.

Wauw.

Wat was er aan de hand? Het was net alsof ik betoverd was of zoiets.

Of... onder invloed van de hekserij van tante Pearl.

Als Rocco mijn ongemakkelijke stilte al opmerkte, liet hij dat niet merken.

'Laten we een drankje doen en bijpraten.' Rocco's blik schoot heen en weer terwijl hij de drukke straat observeerde.

'Eh, dat kan nu niet, Rocco. Ik was net op weg naar buiten om een mobiele telefoon te kopen.' Mijn hart bonkte in mijn borst toen er een dun laagje zweet op mijn voorhoofd verscheen. 'Weet jij waar ik er een kan krijgen?'

'Moet je iemand bellen? Hier, gebruik de mijne.' Hij ontgrendelde het scherm en gaf de telefoon aan mij.

Ik gaf zijn telefoon bijna terug maar bedacht me toen. Het kon weleens uren kosten om een telefoon te kopen of tevoorschijn te toveren. Zijn telefoon gebruiken loste mijn probleem meteen op. Hoe eerder ik Tyler belde, hoe beter. 'Tuurlijk, bedankt. Ik heb maar een minuutje nodig.'

Ik liep een paar meter verder naar een paar bankjes in de tuin en toetste Tylers nummer in. Rocco liep terug naar de ingang van het hotel en gebaarde me te volgen. Ik liep noodgedwongen achter hem aan (tenslotte had ik zijn telefoon) terwijl hij naar een bar links van de lobby liep.

Tyler nam meteen op. 'Sheriff Gates?'

'Hé, ik ben het. Cen.'

'Ik dacht al dat er iets moest zijn gebeurd. Waar ben je?'

Het voelde zo goed om zijn stem te horen, en hij leek helemaal niet boos. In plaats daarvan klonk hij bezorgd. Heel lief, gezien het feit dat ik hem had laten zitten.

'Eh, Las Vegas.' Ik wierp een blik op Rocco, die een paar meter verderop en buiten gehoorsafstand stond. Hij gebaarde naar een ober om iets voor ons te bestellen. 'Tante Pearl maakte geen grapje over de roadtrip.' Ik zei niets over mijn gemiste sollicitatiegesprek en het winnende lot van tante Pearl. Dat was allemaal veel te moeilijk uit te leggen, en ik had niet veel tijd om te praten aangezien ik Rocco's mobiel gebruikte. 'Het spijt me echt van onze date. Ik neem het je niet kwalijk als je boos op me bent.'

Tyler grinnikte zachtjes. 'Dingen gebeuren. Vooral met die tante van je. We plannen gewoon een nieuwe date. Wanneer ben je terug?'

'Eh ... ik weet het nog niet zeker. We zijn hier voor een begrafenis, alleen wil tante Pearl me niet vertellen hoe lang we hier moeten zijn.' Ik liet het plan van tante Pearl om de Racatelli's te wreken plus de schietpartij in de lobby weg. Het eerste was zonder onze heksenachtergrond niet uit te leggen en het laatste zou hem alleen maar bang maken.

'Oh? Wie is er dood?'

'Carla Racatelli, een oude vriendin van tante Pearl. Haar dood was nogal plotseling.' Dat klonk beter dan te zeggen dat ze was vermoord.

Tyler hield zijn adem in en werd even helemaal stil.

De twijfel sloeg toe. Misschien was Tyler toch boos. Wat als hij toch niet meer op date wilde? 'Ben je daar nog?'

Tyler schraapte zijn keel. 'Racatelli? Tommy en Carla Racatelli?'

'Ja. Ken je die?'

'Nee, maar ik heb wel van ze gehoord. Je moet wel goed bevriend zijn geweest om helemaal naar Vegas af te reizen voor de begrafenis.'

'Ze woonden ongeveer tien jaar geleden in Westwick Corners. Ik ging naar school met hun kleinzoon, Rocco. Hij werd opgevoed door Carla en Tommy nadat zijn ouders omkwamen bij een auto-ongeluk toen hij nog maar een peuter was.' Dat kon Tyler natuurlijk niet weten, aangezien hij pas een paar maanden geleden naar Westwick Corners was verhuisd toen hij de baan van de sheriff aannam.

Dat bleek alleen niet te kloppen. Hij wist veel meer over hen dan ik én besteedde de volgende tien minuten van ons gesprek aan mij inlichten.

'De ouders van Rocco zijn niet omgekomen bij een auto-ongeluk, Cen. Ze werden neergeschoten in hun auto. Ze werden vermoord, executiestijl.'

Mijn hartslag versnelde. 'Weet je dat zeker?'

'Natuurlijk weet ik het zeker. Het was een maffiamoord. Het verbaast me dat je dat nog niet wist. Westwick Corners is zo klein. Ik had niet gedacht dat het lang geheim zou blijven.'

'Dat is wel zo.' In stadjes als de onze bleef niets lang geheim, behalve als een geheim zo heftig was dat het mensen enorm kon kwetsen. Die bleven meestal voor altijd verborgen. Maffiageheimen vielen blijkbaar in die categorie. Ik vroeg me af wat mijn familie me nog meer niet had verteld.

Mijn gezicht werd rood toen ik naar Rocco keek. Hij was zich niet bewust van mijn gesprek over zijn familie. Gelukkig ontmoette hij mijn blik niet, anders had ik niet helder kunnen denken. Die vreemde greep die hij op me had, leek door de afstand tussen ons te verzwakken. Nog een teken dat er hekserij in het spel was.

'Cen?'

'Ja?'

'Wees alsjeblieft voorzichtig. Je weet toch wat hun familie deed?'

Ik knikte, wat stom was, want Tyler zat mijlenver weg en kon me niet zien. 'De Racatelli's smokkelden ooit drank tijdens de drooglegging, en Tommy was betrokken bij een politiek schandaal en smeergeld en zo. Dat eindigde met zijn overlijden door een ongeluk, tien jaar geleden.'

'Er is veel meer aan de hand, Cen. Weet je nog hoe Tommy Racatelli stierf?'

'Ja, een auto-ongeluk. Hij miste een haarspeldbocht en verdween over de rand van een klif.' Ik fronste. 'Ofwel de Racatelli's zijn echt slechte chauffeurs ofwel ze hebben altijd pech met auto's.'

'Tommy's ongeluk was een aanslag op bevel van een rivaliserende maffiabaas. Twinkletoes Racatelli was een machtig man.'

'*Twinkletoes*? Nooit eerder van die bijnaam gehoord.' Ik herinnerde me vaag het auto-ongeluk waarbij Rocco's grootvader was omgekomen. Het was me destijds wel vreemd voorgekomen, omdat meneer Racatelli staar had en nooit in het donker reed.

'Racatelli hield zijn zakelijke en persoonlijke leven gescheiden. Daarom woonde hij in een slaperig stadje als Westwick Corners. Die kerels zijn gevaarlijk, Cen.'

'Niet meer, want hij is dood.'

'Nee, maar zijn mannetjes zijn springlevend. Je weet toch dat Carla ook deel uitmaakte van het familiebedrijf? Haar kleinzoon Rocco is dat vrijwel zeker ook.'

'Rocco?' Het voelde raar om over hem te praten terwijl ik zijn telefoon gebruikte. 'Ik betwijfel het, hoor.'

'Wees gewoon heel voorzichtig als je bij hem in de buurt bent. Beter nog, blijf bij hem vandaan. Als iemand hem wil uitschakelen, zou je gewond kunnen raken.'

Opnieuw dacht ik aan de schietpartij in de lobby. Tyler had een punt. Nu Carla weg was, was Rocco de enige overlevende Racatelli. Ik wist niet zeker of Rocco een crimineel was, maar ik moest er misschien mijn journalistieke talent eens op loslaten om meer uit te vinden. 'Ik zal voorzichtig zijn, maar er is echt niets om je zorgen over te maken.' Ik was stiekem best blij met Tylers bezorgdheid.

'Het zijn gangsters, Cen. Carla had een behoorlijk grote organisatie onder zich. Als zij is weggevallen, kun je er zeker van zijn dat er al een machtsstrijd gaande is om de controle over het bedrijf te krijgen.'

'Hoe weet je er zoveel over?'

'Ik ben sheriff, weet je nog? Ik heb ook undercover gewerkt. De Racatelli's waren - en zijn - nogal een probleem. Ga ze uit de weg als het even kan.'

Ik had helaas weinig keus. Ik kon niet echt naar Tylers waarschuwing luisteren. Bij de schietpartij was ik aanwezig geweest en ik stond momenteel te bellen met de telefoon van de man waar hij me voor waarschuwde. 'Het komt wel goed. Zo *close* zijn onze families nu ook weer niet. Tante Pearl was gewoon vrienden met Carla dus wil ze bij de begrafenis zijn.'

'Doe toch maar voorzichtig. En bel me als je je ergens zorgen om maakt.'

'Oké, zal ik doen.' Ik beloofde mezelf om Tyler na de begrafenis nog even te bellen. Dan waren we hier hopelijk klaar en konden we naar huis.

Plotseling snapte ik een hoop dingen veel beter. Een klein stadje als Westwick Corners was geknipt om een criminele organisatie te vestigen. Iedereen wist alles van elkaar en dus was het makkelijk om bij te houden wie er zoal in de stad opdook. Al was het de Racatelli's uiteindelijk toch fataal geworden. Zelfs de sheriff kon met smeergeld gekocht worden, of weggejaagd.

Alweer een mooie jeugdherinnering naar de knoppen.

Hoeveel wisten mijn moeder en tante Pearl eigenlijk? Als mijn tante Carla echt goed had gekend en haar geheimen wist, zou ze ook een doelwit kunnen zijn. Het was beter om maar niet te veel te weten.

HOOFDSTUK 12

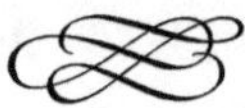

Ik zei Tyler gedag op het moment dat Rocco me naar zijn hoektafel gebaarde. Hij zat met zijn rug naar de muur toe en dat gaf hem duidelijk uitzicht op iedereen die de bar binnenkwam of verliet. Hij knikte naar twee forse twintigers in donkere pakken die aan de volgende tafel zaten.

De man die naar me toegedraaid zat, had een kaalgeschoren hoofd dat glinsterde van het zweet, ondanks de airconditioning die keihard aanstond in het casino. Hij leek de oudste van de twee mannen te zijn. Hij knikte naar Rocco terwijl ik ging zitten.

Ik had de mannen niet eerder gezien, maar dit waren duidelijk Rocco's lijfwachten. Ze hadden mij blijkbaar ook opgemerkt, te oordelen naar de manier waarop ze me van top tot teen bekeken.

Ik keek hen hooghartig aan en ging tegenover Rocco zitten. 'Het spijt me zo van je oma, Rocco.' Ik had niet erg veel details van tante Pearl gekregen, dus ik wist niet wat ik anders moest zeggen. 'Wat is er precies gebeurd?'

'Ze is gestorven door een ongeluk.' Rocco's stem klonk vlak en hij was verrassend kalm, aangezien zijn grootmoeder was vermoord.

'Is ze ook aangereden door een auto?' Ik dacht terug aan Tylers opmerkingen. Misschien was het weer een "ongeluk" dat toch niet zo toevallig was. Ik kon nog steeds niet geloven dat iemand Carla had vermoord, ondanks tante Pearls verhaal.

Hij schudde zijn hoofd. 'Niet echt.'

'Eh ... hoe is ze dan precies gestorven?' Ik nam een slokje van mijn bier en zette me schrap voor het vreselijke verhaal. Ik vond het verschrikkelijk om op een moment als dit naar meer details te vragen, maar ik moest weten of het verhaal van tante Pearl waar was.

'Ik vond haar drijvend in het zwembad, met haar gezicht naar boven. Eerst dacht ik dat ze gewoon lag te dobberen met haar ogen dicht. Maar ze werd niet meer wakker.' Rocco's stem brak. 'De politie zei dat het een ongeluk was - dat ze was verdronken.'

'Maar je denkt dat iemand...'

Hij knikte. 'Iemand heeft haar omgelegd. Niks ongeluk. Ik ben er zeker van. Ik weet gewoon niet hoe ik het moet bewijzen.'

Ik huiverde. Ik had een paar keer verslag gelegd van een verdrinkingsdood voor de *Westwick Corners Weekly* en dat was vreselijk geweest. Ik kon er mijn vinger niet op leggen, maar er klopte iets niet. 'Hoe snel na haar dood heb je haar gevonden?'

'We hadden minder dan een uur daarvoor samen geluncht. Ik kwam bij haar langs omdat ik mijn portemonnee was vergeten.'

'Jij was de laatste persoon die haar in leven heeft gezien?'

Hij knikte. 'Ik was meteen achterdochtig toen ik haar in het zwembad zag. Ze is dat zwembad bijna nooit in geweest. Ze was doodsbang voor water.'

Aangezien ik tot na de begrafenis hier in de stad zat, zou het geen kwaad kunnen om wat speurwerk te doen. 'Hebben ze al een autopsie gedaan?'

'Nee. Dat gaan ze ook niet doen. De politie beschouwt het gewoon als een ongeluk.'

Ik was verrast dat ze, gezien de naam Racatelli nogal wat gewicht had, niet op zijn minst een vluchtig onderzoek zouden doen. De verdrinkingsdood van een maffiabazin zou op mijn minst wat vragen moeten opwerpen. 'Misschien doet de keuringsarts toch wel een lijkschouwing. Ondanks wat de politie zegt.'

Ik kon eigenlijk maar één reden bedenken waarom de politie zou concluderen dat het een ongeval was zonder enig onderzoek te verrichten.

Ze wilden iets wegmoffelen.

Ik concentreerde me weer op Rocco en probeerde alles te begrijpen.

Rocco wrong zijn handen. 'Ik heb jouw talenten nodig om dit tot op de bodem uit te zoeken, Cen.'

'Waarom ik? Ik zou niet weten hoe ik kan helpen. Ik snap niet hoe, ehm...' We praatten niet veel over onze bovennatuurlijke vermogens, maar als voormalige inwoner van Westwick Corners was Rocco natuurlijk wel op de hoogte van tenminste een paar van onze "familie-talenten".

'Pearl heeft me haar woord al gegeven. Ze zei dat je een beetje moest oefenen en zo, maar dat ze je een handje zou helpen.'

'Oh, is dat zo?' Ik was woedend over het voortdurende gedram van tante Pearl, hoewel ik medelijden had met Rocco. Vreemd genoeg was mijn plan om zo snel mogelijk naar huis te gaan vervangen door over-weldigende sympathie voor deze man. Ik wilde doen wat ik kon om de dood van zijn grootmoeder te wreken. Maar alles aan deze ontmoeting vond ik een beetje vreemd. Rocco leek verbaasd te reageren toen hij me zag, maar hij en tante Pearl hadden het dus al over mij gehad. Misschien was het allemaal toneelspel geweest.

Rocco knikte. 'Degene die dit heeft gedaan, gaat ervoor boeten. Iedereen wil een vinger in de pap omdat oma zo'n lucratief imperium had opgebouwd. Bones Battilana is geen uitzondering. Hij wil meedoen zonder het vuile werk te hoeven opknappen.'

De grootste van de twee beveiligers aan de volgende tafel vloekte en liet zijn vuist op de tafel neerkomen bij het horen van de naam van Carla's kersverse echtgenoot, nu weduwnaar.

'Ze gaan nergens van profiteren, niet als ik er iets aan kan doen,' fronste Rocco. 'Maar eerst moet ik ze tegenhouden. Dat is waar jij belangrijk wordt.'

'Oh?' Als Rocco's vermoedens klopten, zou hij toch echt met de politie moeten praten, niet met een incompetente heks zoals ik. 'Heb je je vermoedens bij de politie aangekaart?'

'Niet echt. Ze zouden toch niet veel hebben gedaan. Ze zijn blij als we elkaar omleggen. Dat zorgt ervoor dat zij minder werk hebben. Wat hen betreft zijn deze vergeldingsacties gewoon een natuurlijk voortvloeisel van de manier waarop wij zaken doen. Oma had in dit casino een succesvolle witwasoperatie opgezet. Ze runt - ik bedoel runde - alles hier. Battilana's handlangers hebben me bedreigd en me verteld dat ik de volgende ben. Als ik eenmaal uit de weg ben geruimd, is het bedrijf van hen.'

Hoewel ik het allemaal erg zielig vond voor Rocco, was ik niet van plan mee te helpen in een of ander crimineel syndicaat. Ik legde mijn handen half over mijn oren. 'Waarom vertel je me dit allemaal? Hoe meer ik weet, hoe gevaarlijker het ook voor mij is.' Nu was ik helemáál kwaad op tante Pearl. Die gratis luxe suite verplichtte ons zo'n beetje om Rocco te helpen.

'Ik ben nu de enige Racatelli die nog leeft, dus de zaak gaat naar mij. Dat betekent dat ik de volgende op hun lijstje ben.' Rocco fronste en dacht even na. 'Maar maak je geen zorgen. Omdat jij niet in "het vak" zit, word je wel met rust gelaten.'

'Waarom ben je daar zo zeker van?' Mijn hartslag versnelde terwijl ik me over de tafel naar hem toe boog. Hierbij betrokken raken was een slecht idee. Mijn hart schreeuwde ja, en tegelijkertijd zei mijn verstand nee. Uiteindelijk wonnen mijn emoties het. Ik wilde hem écht helpen.

'Het is een ongeschreven regel. Nu je dit weet, hebben we geen tijd te verliezen. Laat me je alles over oma vertellen.' Rocco gebaarde de ober om nog een rondje en boog zich naar voren.

Als journalist wilde ik (of althans, een deel van mij) dolgraag het verhaal achter de schermen weten. Het verstandige deel van mij wilde liever zo min mogelijk weten. Ik dronk mijn laatste slokje bier op. 'Oké, ik luister.'

'Je weet dat ik alles voor je zou doen. Vertel me gewoon wat je nodig hebt.' Ik leunde voorover over de tafel, me steeds meer verbonden voelend met hem, en staarde in de prachtige blauwe ogen van Rocco Racatelli. Misschien had tante Pearl toch gelijk. We hadden allebei familiegeheimen, dus het was logisch dat we vrienden zouden worden – of meer. We waren voorbestemd om samen te zijn.

'Ik ben zo blij dat jij en je familie naar de begrafenis komen.' Rocco klopte op mijn hand. 'Ik ben nog steeds in shock over wat er is gebeurd, maar vanmorgen was het kantje boord. Bijna had Bones Battilana voor elkaar wat hij wilde en was ik dood geweest.'

'Die zware jongens in de lobby vanmorgen?'

Rocco knikte. 'Hij is van plan mij te vermoorden en tegelijkertijd de klanten weg te jagen. Dan is hij vrij zijn om mee te doen in het Racatelli-familiebedrijf zonder dat iemand hem in de weg loopt. Of ik leg hem om, of hij mij.'

'Misschien is er een andere manier om het op te lossen. We zouden een spreuk kunnen uitspreken om hem te verlammen of zoiets.' Ik wist niet zeker wat de plannen van tante Pearl waren, maar ze zouden vrijwel zeker hekserij bevatten. Nu klonk haar slechte idee me beter in de oren. Een spreuk zou in elk geval de kans op geweld verkleinen.

'Zelfs als dat werkte, hoelang zou het dan standhouden?' Rocco wierp een zijdelingse blik op zijn forse lijfwachten, die meer op het menu leken te letten dan op potentieel gevaar. Ik vroeg me af of het dezelfde mannen waren die Carla hadden beschermd. Zo ja, dan was hun onoplettendheid vast een deel van het probleem.

'Ik denk dat we wel een permanente oplossing kunnen vinden.' Ik was daar allesbehalve zeker van, maar ik wilde gewoon iets zeggen waardoor Rocco zich beter zou voelen.

De serveerster kwam naar onze tafel toe met de drankjes. Het was een meisje dat eruitzag alsof ze net met de middelbare school klaar was. Haar handen trilden zichtbaar toen ze onze drankjes op tafel zette.

Rocco glimlachte en wachtte tot ze wegging. Toen ze eenmaal buiten gehoorsafstand was, boog hij zich over de tafel en sprak met zachte stem. 'Weet je het zeker, Cen? Het kan gevaarlijk zijn.'

'Zolang jij ons beschermt terwijl wij onze spreuk voorbereiden, zou het goed moeten komen. Wij handelen alles af met Bones, zodat jij weer zaken kunt doen.' Ik kneep geruststellend in zijn hand. Het dreigende gevaar leek mijn gevoelens voor hem alleen maar te versterken. Rocco was een bekende voor me, we konden samen een comfortabel leven opbouwen. Wat maakte het uit dat hij een onconventionele baan had? Ik was ook behoorlijk onconventioneel.

Ik was tenslotte een heks.

Misschien moest ik Tyler maar vergeten. Als sheriff van Westwick Corners volgde hij regels en voorschriften. Mijn familie had ze meerdere malen gebroken. Hij vertegenwoordigde orde en wij zorgden voor chaos. Ik zou alleen maar problemen voor hem veroorzaken.

Rocco daarentegen was net als ik een verschoppeling. We hadden dingen gemeen en niets wat mijn familie deed, zou ooit zijn reputatie kunnen schaden.

Hij klopte op mijn hand en glimlachte.

Ik lachte terug.

En schrok me rot toen er iets achter de bar neerviel. De val werd gevolgd door het geluid van brekend glas. Ik draaide me net op tijd naar het geluid om te zien dat de serveerster ineengezegen naast de bar lag. Ze was in botsing gekomen met een andere serveerster, die nu tegen de zwaarlijvige barman achter de bar aanviel. Hij raakte de glazen planken achter zich en de hele installatie met drankflessen viel als een kaartenhuis in elkaar.

'Wat de ...' Rocco sprong overeind. Hij leek niet zeker te weten of hij moest helpen en mogelijk de aandacht kon trekken, of meer moest gaan zitten.

Ik hapte naar adem. 'Er is net iets gebeurd.' Mijn hand vloog naar mijn borst.

'Joh.'

'Nee, ik bedoel, er is net iets met míj gebeurd.'

Het harde geluid had me volledig wakker geschud. Ik keek naar Rocco, die opeens lang niet zo aantrekkelijk meer was. Hij zag er gewoon uit als een grotere, volwassen versie van mijn middelbare klasgenoot. Zijn gespierde torso was weg en voor me zat een gedrongen man met een licht bierbuikje.

Ik flapte het eruit voor ik me kon bedenken. 'Ik denk dat tante Pearl ons heeft betoverd met een *love spell*.'

'Waar heb je het over?'

'Wat we voor elkaar voelen... dat is niet echt. De betovering werd bij mij verbroken door al dat geluid van die vallende mensen.' Elke betovering die we gebruikten had een soort ingebouwd veiligheids-mechanisme. Dit om ervoor te zorgen dat de mensen die betoverd werden in potentieel gevaarlijke situaties wakker werden en zichzelf in veiligheid konden brengen. De harde klap had onze zintuigen hersteld; of in ieder geval de mijne.

Rocco fronste zijn wenkbrauwen. 'Natuurlijk is het wel echt.' Een onzekere uitdrukking flitste over zijn gezicht. Wil je nou zeggen dat je maar deed alsof? Heb je geen gevoelens voor mij?'

'Nee - ik bedoel, het waren niet écht mijn gevoelens. Ik vind je aardig, Rocco. Gewoon niet op die manier.' Ik realiseerde me geschokt dat ik gewoon had ingestemd met een "bovennatuurlijke" aanpak van zijn probleem terwijl ik onder invloed stond van de betovering van tante Pearl. Het enige wat ik nu wilde doen, was haar confronteren en haar eens flink de waarheid vertellen.

Maar ik had Rocco mijn woord gegeven.

Een belofte die ik niet kon nakomen.

Rocco zag er gekwetst uit. Hij wendde zich verward af.

'Ik ben het maar, Rocco. Voel je dan niet dat er verschil is tussen je gedachten over mij een paar minuten geleden en nu?'

Hij schudde zijn hoofd. 'Ik wil je nog steeds meenemen naar...' Hij fronste. 'Dat is vreemd. Ik was vergeten wat ik wilde zeggen.'

'De spreuk is uitgewerkt. Het spijt me, maar ik kan niet betrokken raken bij je criminele activiteiten. We krijgen Carla's moordenaar wel, maar het zal niet met hekserij zijn.' Ik wist al niet eens meer wat ik eigenlijk precies had beloofd, maar misschien gold dat voor Rocco ook.

'Je moet me helpen, Cen. Bones' handlangers volgen me en ze wachten op de kans om me af te maken.'

'Ik weet zeker dat we een beschermingsspreuk kunnen bedenken voor je. Ik zal met tante Pearl praten.' Eén ding bracht me echter nog steeds in verwarring. 'Je zei dat je Carla's nalatenschap erft, maar wat gebeurt er als je zelf dood gaat? Wie is de volgende in de rij?'

Rocco zweeg even. 'Haar man.'

Mijn mond viel open.

'Bones Battilana.'

'Weet je dat heel zeker?'

Rocco keek me verward aan.

'Wat ik bedoel is - is hij niet nú al de eerstvolgende? De echtgenoot komt vóór een kind of een kleinkind, ongeacht hoe recent het huwelijk is voltrokken. Als dat het geval is, heeft hij geen enkele reden om je te vermoorden. Hij gaat alles toch al erven.'

Rocco's geschokte uitdrukking zei me dat hij inzag dat ik gelijk had. Er was iets anders aan de hand en ik was van plan uit te zoeken wat.

Ik was ook woedend op mijn tante. Vanwege haar betovering had ik beloofd een gangster om te leggen. Het was levensgevaarlijk en illegaal.

Maar een belofte was een belofte, en ik hield altijd mijn woord.

Ik moest gewoon een andere manier vinden om mijn belofte waar te maken.

HOOFDSTUK 14

*R*occo's levensgeluk was de afgelopen tien jaar dramatisch veranderd. Misschien gold dat ook wel voor zijn karakter. Ik moest hem een kans geven. Hij had me net het hele verhaal verteld over de panden die de familie Racatelli in hun bezit hadden, en blijkbaar was Hotel Babylon maar een klein onderdeel van hun imperium. Ze moesten in totaal honderden miljoenen aan vastgoed hebben.

Ik besloot dat de aanval de beste verdediging was. 'Hoe verdien je precies geld met je bedrijf?'

'Als ik je dat zou vertellen, zou ik je moeder vermoorden.' Rocco lachte voor het eerst sinds lange tijd. 'Maar even serieus, daar hoef jij je niet mee bezig te houden.'

'Ik maak geen grapje, Rocco. Ik kan je niet helpen tenzij je me alles vertelt.' Terwijl ik voorover leunde, realiseerde ik me dat ik precies datgene deed wat tante Pearl had gewild. Ik was compleet in haar val getrapt.

Rocco nam een slokje van zijn drankje. 'Oma versloeg de concurrentie. Niet met angst of geweld, maar door hogere lonen en bonussen te betalen. De medewerkers waren haar daarom heel trouw. Het is niet dat ze het beste vastgoed opkocht; juist niet. Ze kocht waardeloze gebouwen en maakte ze met veel hard werk tot fantastische panden. Bones vond dat niet leuk. Hij wilde het beste voor zichzelf. Maar dat was het niet alleen: Bones hield er niet van om door Carla afgetroefd te worden.'

'Omdat ze een vrouw is?'

Rocco haalde zijn schouders op. 'Ik denk het. Het werd erger toen ze zijn vrouw werd. Ik weet het niet. Oma vertelde me dat het gewoon een verstandshuwelijk voor haar was, maar ik denk dat Bones de dingen anders zag.'

Mijn mond viel open. 'Zij gebruikte hém?'

'Waarom niet? Hij gebruikte haar ook. Ze wilden allebei beter worden van hun "afspraak", hoor.' Rocco maakte met zijn vingers aanhalingstekens. 'Oma wilde gewoon een *casual* relatie.'

Het was nooit bij me opgekomen dat grijsharige senioren zoals Carla of tante Pearl ook affaires hadden of trouwden met mensen op wie ze niet verliefd waren. 'Je laat het zo... zo smerig klinken.'

'Je klinkt als een oud wijf. Jij hebt een beetje Las Vegas-magie nodig om je wat losser te maken.'

Ik keek Rocco woedend aan. Hoe durfde hij zo snel over me te oordelen! 'Ik vind mezelf prima zoals ik ben, dank je hartelijk.' En ik had nu mijn buik al vol van die zogenaamde magie hier.

'Oma was gewoon een vrije geest. Ze wilde daten. Bones was degene die aandrong op het huwelijk.'

Ik hapte naar adem. Dat klonk absoluut niet als de Carla die ik me herinnerde, maar goed, ik had haar niet meer gezien sinds ik een tiener was.

'Maar uiteindelijk trouwde ze dus toch met hem. Waarom die plotselinge ommeslag?'

'Oma dacht dat ze daarmee kon voorkomen dat het geweld escaleerde. Hem geven wat hij wilde, of hem althans in die waan laten. Ze liet hem echter wel een contract met huwelijkse voorwaarden tekenen. Ze was bang dat Bones alleen met haar trouwde om de controle over ons bedrijf en vastgoed te grijpen.'

'Zoals dit hotel?' Veel mensen wilden waarschijnlijk iets van de Racatelli-rijkdom meepikken. Ik was verrast dat Bones nog steeds akkoord was gegaan met de bruiloft als er huwelijkse voorwaarden waren. Aan de andere kant kende ik niet alle juridische details. Misschien dacht Bones nog steeds dat hij er iets mee kon winnen, zelfs met dat contract. Het leek erop dat Rocco meer dan wie dan ook profiteerde van Carla's dood. Als hij niet zelf ook het loodje zou leggen, tenminste.

Rocco knikte en zijn ogen werden vochtig van de tranen. 'Dat, en nog een paar andere dingen. Oma kreeg later toch bedenkingen en wilde de bruiloft afblazen, maar Bones bedreigde haar. Dus ze zei ja. Maar ze heeft alles aan mij nagelaten.'

'Dat klinkt voor mij niet echt als ware liefde.' Ik had opeens heel veel medelijden met Rocco. Crimineel of niet, zijn hele familie was van hem afgenomen. Contract of niet, Bones was duidelijk op zoek geweest naar iets anders dan Carla's genegenheid.

'Waar is Bones? Heb je hem laatst nog gezien?'

'Ik vermijd hem waar mogelijk,' zei Rocco. 'Hij zal natuurlijk bij de begrafenis zijn om de rouwende echtgenoot te spelen.'

'Dat is ongemakkelijk, zeg.'

Rocco knikte langzaam. 'Degene die dit heeft gedaan, gaat ervoor boeten. Maar dat zal moeten wachten tot na de begrafenis.'

Een ober bracht martini's voor Rocco, mij en de twee beveiligers aan de volgende tafel, hoewel we niets hadden besteld. Het laatste dat ik nodig had of wilde, was nóg meer alcohol.

Rocco reikte over de tafel en pakte mijn hand vast. 'Over de begrafenis: zie ik je daar morgen?'

Ik knikte, niet wetend wat ik nog meer moest zeggen. Ondanks de geruchten over de georganiseerde misdaad die de familie altijd hadden omringd, had ik nooit vermoed dat Carla erbij betrokken was. Nu was mijn interesse gewekt. Ik wilde van mijn stoel opspringen en naar boven rennen om alles uit te zoeken wat ik kon over de familie Racatelli, hun geheime leven en de vroegtijdige dood van de familieleden.

De begrafenis had voor mij een nieuwe betekenis gekregen en ik wilde doen wat ik kon om Rocco te helpen. Wat zijn werk ook inhield, hij was nog steeds dezelfde jongen met wie ik was opgegroeid. Zelfs criminelen hielden van hun oma's, en niemand verdiende het om door een koelbloedige moordenaar te worden uitgeschakeld. Bovendien was ik nog nooit bij een maffia-begrafenis geweest.

Ik dacht terug aan Tylers waarschuwing. Ach, zolang ik voorzichtig was, zou alles wel loslopen.

HOOFDSTUK 15

'Alles is toegestaan in liefde en oorlog,' zei tante Pearl. 'En we kunnen Rocco best een handje helpen in zijn liefde en oorlog.'

Ik was terug in de suite waar mam ergens lag te slapen, Christophe in de keuken iets stond te koken en tante Pearl aandachtig naar de tv staarde. Het was een soort pokertoernooi waar ze naar zat te kijken.

Ik sloeg mijn armen over elkaar en ging voor de televisie staan, waardoor ik haar zicht blokkeerde. 'Je verspilt je tijd met je gekke spreuken. Wat je Rocco en mij ook hebt aangedaan, het is nu ongedaan gemaakt.'

'Waar heb je het over? Ik heb nooit iets gedaan.' Tante Pearl wuifde onschuldig met haar hand. 'Ga nu uit de weg, zodat ik niets van de actie mis. Ik denk dat iemand op het punt staat met zijn kaarten *all-in* te gaan en alles te verpesten.'

Ik draaide me om en keek naar het scherm. Drie mannen en een vrouw staarden aandachtig naar hun kaarten. Wauw, dit was nog saaier dan een slow motion-herhaling van een golftoernooi. Ik pakte de afstandsbediening en zette de tv uit.

'Hé! Ik zat te kijken.' Tante Pearl probeerde de afstandsbediening van me af te pakken, maar ik hield hem net buiten haar bereik.

'Het is één ding om me te ontvoeren, maar me betoveren en mijn leven in gevaar brengen? Dat is niet oké, tante Pearl. Gelukkig werd de betovering verbroken.' Als ik midden in een turfoorlog zat, wilde ik minstens mijn gezonde verstand kunnen gebruiken.

'Heb je de spreuk zelf ongedaan gemaakt? Goed gedaan!' Ze klaarde meteen op. 'Zie je nu, het enige wat je hoefde te doen, was je best doen.'

'Ik heb niets gedaan. De betovering ging vanzelf weg omdat hij niet sterk genoeg was. Ik ben het in elk geval niet eens met je koppeldrang en al dat bemoeien van je.' Ik legde de afstandsbediening op de salontafel.

Tante Pearl stak pruilend haar onderlip uit. 'Ik probeerde alleen maar te helpen, Cen. Je bent zo chagrijnig sinds je je bruiloft hebt afgezegd dat ik dacht dat ik je leven een beetje zou kunnen opfleuren. Je hoeft er niet zo ondankbaar over te zijn.'

Net weer iets voor tante Pearl om me te herinneren aan mijn bijna-huwelijk met Brayden Banks, die mij en mijn familie had verraden om zijn eigen zakken te vullen. Geld leek de basis te zijn van al het kwaad in de wereld. Carla's rijkdom was ook haar ondergang geweest.

'Ik ben niet ondankbaar, en ik heb heus wel een leuk leven...' Oeps, bijna had ik te veel gezegd.

Tante Pearl rolde met haar ogen, pakte de afstandsbediening en zette de tv weer aan. 'Nou, je had mij voor de gek kunnen houden met je gesikkeneur.'

'Je had die betovering nooit over Rocco en mij mogen uitspreken. Nu heb ik hem iets beloofd dat ik niet kan waarmaken.' Ik vertelde haar over Rocco's verkeerde overtuiging dat hij Carla's erfgenaam was. 'Hij is natuurlijk op de hoogte van het huwelijk, maar hij zei dat Bones huwelijkse voorwaarden heeft getekend.'

Tante Pearl lachte. 'Bones zou zoiets nooit ondertekenen. Maar het is niet echt een probleem. We zullen wel iets bedenken.'

'Maar hoe? Rocco staat op het punt zijn fortuin te verliezen. En Bones heeft zojuist een heel nieuw zakenimperium in zijn schoot geworpen gekregen.' Ik herhaalde Rocco's relaas over Carla's liefdesgeschiedenis - als je het zo mocht noemen, tenminste - en het gedwongen huwelijk. 'Rocco vertelde me dat de politie Carla's dood als een ongeluk ziet.'

'Dat kan niet,' zei tante Pearl.

'Dus het is Bones? Denk je dat hij haar heeft vermoord?'

'Bones?' De blik van tante Pearl werd duister. 'Laat maar. Over hem hebben we het later nog wel.'

Iets in de stem van mijn tante zei me dat ik niet verder moest vragen, maar dat deed ik toch. 'Carla moet hopen vijanden hebben gehad, gezien haar werk. Zelfs Rocco had een motief.'

'Nee, Rocco niet.' Tante Pearl schudde haar hoofd. 'Rocco hield echt van zijn oma. Maar je hebt gelijk dat andere mensen haar dood wilden hebben. Ik wilde dat we hier eerder waren aangekomen. Toen dingen uit de hand begonnen te lopen, smeekte ze me om hulp. Maar ik was te laat.' Er liep een eenzame traan over haar wang.

Ik plofte naast mijn tante op de bank neer en legde een arm om haar schouders. Tante Pearl was altijd een steunpilaar voor me geweest, ondanks haar kleine gestalte. Nu leek ze ineens zo klein en kwetsbaar.

'Zeg me alsjeblieft dat jij niet óók een gangster bent.' Ik had het gevoel dat ik mijn tante niet eens meer kende. Nog meer geheimen kon ik er niet bij hebben. Vooral alles wat met schietgrage gangsters te maken had. We waren veel te betrokken geraakt bij andermans zaken. Zaken van meedogenloze mensen, die voor niets zouden terugdeinzen om van ons af te komen als we in de weg liepen.

Ze trok zich terug. 'Natuurlijk niet. Maar ik ben een vriendin van Carla. Of je me nu helpt of niet, ik zal er alles aan doen om Rocco te beschermen en Carla's dood te wreken. Nu, doe je mee of niet?'

'Natuurlijk doe ik mee,' zuchtte ik. Tante Pearl had me als een viool bespeeld en ik had geen andere keus dan haar liedje te laten horen.

HOOFDSTUK 16

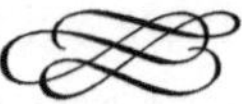

*H*et had niet heter kunnen zijn op de middag van de begrafenis. We stonden op de oprijlaan van asfalt, een paar meter bij het mausoleum vandaan waar de familie Racatelli lag en dat de andere grafstenen volledig overschaduwde. Een stuk of tien rouwende mensen stonden er somber en stilletjes bij terwijl we allemaal wachtten tot de ceremonie zou beginnen.

Ik draaide me naar tante Pearl. 'Zou Bones niet op de begrafenis moeten zijn? Ik zie hem nergens.'

Ze haalde haar schouders op. 'Wie zal het zeggen?'

Hij had zeker een motief gehad om Carla te vermoorden, zelfs met de ondertekende huwelijkse voorwaarden. Nu Carla dood was, had hij een concurrent minder. Toch kon ik me niet voorstellen dat Carla's eigen man de begrafenis zou missen, maar Bones was tot nu toe nergens te bekennen. Misschien was hij al op de vlucht, ondanks dat de politie beweerde dat Carla's dood een ongeluk was. Of misschien was hij al bezig een netwerkje op te bouwen binnen het familiebedrijf terwijl Rocco's aandacht op de begrafenis was gericht.

'Zeg het even als je hem ziet opduiken,' zei ik.

Tante Pearl stond naast me, maar ze had net zo goed een miljoen kilometer ver weg kunnen zijn. Misschien was het de hitte van de zon, of misschien was ze in beslag genomen door herinneringen aan Carla. Ik tikte op haar arm.

'Huh?'

'Als je Bones ziet, zeg het dan, oké?' De begrafenisstoet liep achter op schema en ik werd geroosterd in deze hitte van veertig graden. De zwarte, wollen jurk die tante Pearl voor me had uitgekozen, was absoluut niet luchtig. Mijn benen waren gekleed in een dikke, zwarte panty en ik had verdorie te kleine pumps aan, ook met dank aan tante Pearl. Zoals gewoonlijk waren haar kledingkeuzes bedoeld om mij te straffen en tegelijkertijd te stimuleren om mijn eigen tovervaardigheden te verbeteren. Haar keuze voor wol in een stad midden in de woestijn was bedoeld om me de hitte te laten voelen.

'Niet te hard praten, Cendrine.' Tante Pearl vernauwde haar ogen. 'Zeg zijn naam niet hardop, anders trek je te veel aandacht.'

De ernst van de situatie trof me plotseling. Ik was op een echte maffiabegrafenis. Maar misschien was mijn vleugje opwinding bij het ervaren van een *real life Godfather*-scenario misplaatst. We zouden gemakkelijk in het kruisvuur van de familieoorlog van de maffia terecht kunnen komen.

'Misschien hadden we toch niet naar de begrafenis moeten komen,' zei ik. 'Wat als er iets gebeurt?' Hoe meer ik erover nadacht, hoe minder zin het voor ons had om deze begrafenis bij te wonen en ons omringd te weten door beruchte criminelen. 'Wat als die gangsters uit de lobby hun respect komen betuigen?'

Tante Pearl haalde haar schouders op. 'Des te meer reden voor ons om aanwezig te zijn. Rocco heeft meer nodig dan menselijke lijfwachten. Hij heeft een magisch schild nodig als hij deze dag wil overleven.' Ze kneep geruststellend in mijn arm. 'Alles komt goed, Cen. Ontspan gewoon. We móéten hier zijn. Carla was praktisch familie.'

Ik wendde me tot mam, die er cool en elegant uitzag in een mouwloze, zwarte linnen jurk die net onder haar knieën eindigde. Hij was eenvoudig, elegant en veel beter geschikt voor het klimaat in Las Vegas dan mijn wollen jurk. 'Ik kende Carla Racatelli amper toen ze in Westwick Corners woonde. Ze heeft mij geen moment gemist toen ze tien jaar geleden verhuisde. Ze zal heus niet merken dat ik er niet ben op haar begrafenis.'

'Misschien niet, maar jouw aanwezigheid zal een groot verschil maken voor Rocco, dan weet hij dat hij jouw steun heeft.' Mam klopte op mijn hand.

Rocco. Ik had beloofd dat ik bij de begrafenis zou zijn, maar hij had zoveel anders aan zijn hoofd dat hij me waarschijnlijk al was vergeten. Als de betovering van tante Pearl voor mij was verbroken, was die zeker ook voor hem verdwenen. Dat stelde me op een of andere gekke manier teleur.

'Waarom heeft Rocco mijn steun nodig? Ik heb hem al jaren niet meer gezien of gesproken.'

Mijn hartslag versnelde toen ik me zijn hand op de mijne herinnerde. Ik voelde me vreemd lichamelijk tot hem aangetrokken, hoewel mijn hersenen me vertelden dat hij helemaal niet goed was voor me. Misschien was de betovering toch niet helemaal verdwenen.

Ik wilde Tyler, niet Rocco, maar dat zou pas kunnen als ik Las Vegas weer verliet. Ik dacht terug aan Tyler toen hij ons op de snelweg inhaalde. Zijn stralende glimlach en hoe knap hij eruit had gezien in zijn uniform.

Het drong plotseling tot me door dat tante Pearl waarschijnlijk wel wist van mijn geheime *crush* op Tyler. Misschien had ze me ontvoerd met twee redenen: niet alleen om Rocco te helpen, maar om mij bij Tyler weg te houden. Als sheriff was hij een grote lastpak voor haar. Ze verkende altijd de grenzen van de wet en kwam dan in de problemen. Ze zou gek worden bij de gedachte dat ik met hem zou uitgaan. Maar we hadden ons uiterste best gedaan om ons geheim voor iedereen te bewaren, ook voor tante Pearl, dus het was ook mogelijk dat ze niets wist.

Of misschien wist ze alles. Ik kreunde.

'Oh, Cen?'

'Ja?'

'Had ik al gezegd dat je een van de lijkdragers bent? Je kunt maar beter achter Rocco gaan staan.' Ze wees naar Rocco, die naast vier oudere mannen stond. Ik vroeg me af of ze bij de familie Racatelli hoorden. Als ze dat inderdaad waren, zagen ze er veel ouder uit dan Carla was geweest.

'Wat? Nee!' viel ik tegen haar uit.

Ineens werd iedereen stil en waren alle ogen op mij gericht. Zelfs het verkeer in de nabijgelegen straat leek tot stilstand te zijn gekomen.

'Cendrine West, doe wat ik zeg en ga in de rij staan.' Tante Pearl duwde me naar de mannen toe. Voor het eerst zag ik de kist op een standaard achter hen.

Iedereen staarde nu naar me. Ik liep met frisse tegenzin naar de mannen toe en nam mijn plaats in, aangezien ik geen keus had.

Ik schrok op van iemand die zacht naar me floot. Tante Pearl, die me een duim omhoog liet zien. Dat trok de aandacht van twee breedgebouwde mannen die eruit zagen alsof ze eigenlijk op een rugbyveld moesten staan. Ik herkende ze onmiddelijk als de twee beveiligers van Rocco en vroeg me zuur af waarom ík die doodskist moest dragen als er ook mensen waren die zo afgetraind waren.

Dat lag voor de hand: zij moesten hun handen vrij hebben voor als er echt een aanslag op Rocco zou plaatsvinden.

Ik huiverde. Iedereen die op Rocco schoot, zou ook op mij richten. Ik zou bijna pal achter hem staan als kistdrager.

Dit was te veel gevraagd van wie dan ook en ik was niet bereid mijn leven in de waagschaal te leggen door de doodskist van een of andere maffiabazin te dragen. Ik liep terug naar tante Pearl. Ze had haar rug naar me toe omdat ze met mijn moeder stond te praten, dus ze zag me pas toen ik op haar elleboog tikte.

'Cendrine West, ga terug naar je plek.' Tante Pearls ogen werden groot. Schiet op!'

Ik schudde mijn hoofd. 'Nee, tante Pearl. Ik hoor hier niet thuis, ik wil terug naar Westwick Corners.' Zonder auto en zonder geld voor een vliegticket waren mijn opties echter beperkt. Ik keek mam hulpeloos aan. Kon zij niets doen?

Mam schudde een beetje haar hoofd, in de hoop dat haar zus het niet zou merken.

'Nee, je moet blijven, Cen.' Tante Pearl tuitte haar lippen. 'De stoet heeft jou nodig als drager. Ik heb ook je hulp hard nodig.'

'Waarom?' Ik voelde me schuldig dat ik bij zo'n plechtige gelegenheid een heel drama schopte, maar ik voelde ook dat er meer speelde. Wat tante Pearl ook in petto had, het was ongetwijfeld gevaarlijk of beschamend... of allebei.

'Jij bent een afleiding.' Ze stopte een weggeglipte lok haar achter mijn oor. '*Eye candy*, snap je. Om de aandacht vast te houden van die schietgrage jongens met geweren terwijl Ruby en ik aan onze magie werken.'

'Ik snap niet waarom ...'

'Maak nou geen ruzie met me. Denk eraan, ik heb mijn enkel verstuikt, dus jíj neemt mijn plaats in als kistdrager.' De onderlip van tante Pearl stak overdreven uit toen er plots op magische wijze een rollator voor haar verscheen. 'Dat is het verhaal. Ik zal het goedmaken, dat beloof ik.'

Ik fronste. 'Ik kan me niet herinneren dat je iets verstuikt hebt. Je zag er eerder vandaag behoorlijk fit uit.'

'Dat was maar toneelspel, Cen. Kijk dan, ik kan amper lopen.' Tante Pearls onderlip trilde. 'Als je mijn plaats niet inneemt, ruïneer je Carla's begrafenis.'

'Ik betwijfel of ze het zal merken.'

'Help me nou gewoon,' drong tante Pearl aan. 'Je hoeft maar een paar meter te lopen en het is al voorbij.'

Ruzie maken met mijn tante had geen zin. Ze won altijd, en ik was te moe om er een hele discussie van te maken.

De andere kistdragers staarden me gepikeerd aan. Blijkbaar zorgde ik voor oponthoud.

Ik wist niet wat ik de afgelopen dagen erger vond: het dragen van een lijk bij een maffiabegrafenis of die schijnbaar oncontroleerbare aantrekkingskracht die ik tot Rocco had gevoeld. Wat ik wél wist, was dat tante Pearl een scène zou schoppen als ik haar verzoek niet zou inwilligen.

Het laatste wat ik wilde, was een nauwere band met iemand die aan de schimmige rand van de samenleving zijn zaakjes afhandelde. Want als er één ding was dat ik wist over de familie Racatelli, dan was het wel dat ze verbonden waren met een aantal zeer machtige mensen in de misdaadwereld. Mensen waarvan ik niet wilde dat ze zelfs maar wisten dat ik bestond.

Nog verontrustender was de kennelijk zo hechte band van tante Pearl met de familie Racatelli. Ze had Carla niet één keer genoemd sinds de plotselinge verhuizing van de familie Racatelli uit Westwick Corners, meer dan tien jaar geleden, en ze was niet echt iemand voor langeafstandsvriendschappen. Er was iets anders aan de hand, ik was er zeker van.

HOOFDSTUK 17

De begrafenis begon uiteindelijk een uur te laat zonder dat er een verklaring voor de vertraging werd gegeven. Terwijl Rocco en zijn gevolg wachtten in zijn limousine met airconditioning, stonden tante Pearl, mam en ik op het hete asfalt met de rest van de rouwenden te wachten tot de ceremonie zou beginnen. De middagzon brandde genadeloos en ik voelde mijn huid al rood worden. Ik veegde het zweet van mijn voorhoofd en verplaatste mijn gewicht van de ene voet in oncomfortabele schoen naar de andere.

Rocco stapte uit zijn limousine, geflankeerd door vier stevige lijfwachten. Twee herkende ik van eerder, de andere twee had ik nog niet eerder gezien. We keken toe terwijl Rocco en zijn gevolg langzaam de asfaltweg op liepen naar de plek waar we buiten het gebouw stonden te wachten.

Het was een dag die meer vroeg om topjes zonder mouwen en korte broeken, geen winterse wollen jurken, en ik voelde me bijna flauwvallen door de hitte. Ik kon niet wachten tot deze dienst voorbij was.

De begrafenisondernemer schoof de kist uit de lijkwagen en wenkte de dragers om hun plaatsen in te nemen. In plaats van achter Rocco te gaan staan zoals gepland, stond ik ingeklemd tussen twee breekbaar uitziende mannen van in de zeventig. Allebei hadden ze een kromme rug en ze zagen eruit alsof ze zelfs nog eerder aan de hitte zouden bezwijken dan ik.

Ik was nog nooit eerder een lijkdrager geweest en was nogal zenuwachtig. Het was niet echt iets wat je op zomaar enig moment zou kunnen oefenen. Gelukkig had ik een van de middelste plekken, dus ik keek gewoon wat de andere dragers deden. Ze waren allemaal jaren ouder dan ik, dus ik nam aan dat ze dit soort dingen waarschijnlijk eerder hadden gedaan.

Ik nam mijn plaats in en greep de metalen handgreep vast. Ik had de kist aan mijn rechterkant. Ik had weinig vertrouwen in de fysieke kracht van mijn mededragers, die er allemaal uitzagen alsof ze zelfs al moeite zouden hebben om een tas met boodschappen te dragen van de supermarkt naar de auto. Ik hoopte maar dat we collectief sterk genoeg zouden zijn. De afstand tot het graf was maar vijftig meter, maar er kon van alles misgaan.

Het was vreemd dat ik de enige vrouwelijke drager was, vooral omdat ik op het laatste moment tante Pearl had vervangen. Ze was minder dan anderhalve meter lang en het was onmogelijk dat zij dit had kunnen doen zonder haar toevlucht te nemen tot hekserij. Ze was sowieso al een vreemde keuze voor dit klusje. Dat waren we allebei, gezien alle jonge, stevig uitziende mannen die hier ook waren. Er waren iets van honderd mensen aanwezig, waarvan er velen waarschijnlijk dichter bij Carla of Rocco hadden gestaan dan ik. Ik kon nog begrijpen waarom de lijfwachten niet konden helpen, maar hoe zat het met de andere gasten die in de kracht van hun leven waren? Waarom waren die niet uitgekozen als dragers?

Ik veegde met mijn vrije hand het zweet van mijn voorhoofd toen ik me realiseerde dat tante Pearl al die tijd mijn taak als kistdrager zo had gepland. Zoals gewoonlijk had ze een plan. Ik wilde gewoon dat ík wist wat het plan was.

Bij elke stap raakte ik meer uitgeput. Ik worstelde om Carla's kist op gelijke hoogte te houden met de andere dragers die, hoewel ze minder sterk waren, een stuk langer waren dan ik. Ik hield mijn armen ongemakkelijk hoog om gelijk te blijven met de anderen.

Carla's kist was ongelooflijk zwaar en ik had het gevoel dat ik elk moment zou kunnen instorten. Te oordelen naar onze langzame tempo hadden de andere dragers ook problemen om het gewicht goed omhoog te houden.

We vervolgden ons tergend langzame pad over het oneffen asfalt. Ik telde elke stap terwijl we slingerden en probeerden ons evenwicht te bewaren. We sjokten naar de begraafplaats, nog steeds ruim veertig meter verderop. Ik ging steeds meer zweten toen de scherpe metalen handgreep van de kist in mijn hand werd gedrukt. We waren ongeveer halverwege, maar de pijn in mijn hand was ondraaglijk geworden.

In dit tempo zou ik vast flauwvallen voordat we het graf überhaupt bereikten. Ik wierp een blik op mijn tenger gebouwde, oudere mannelijke metgezellen en vroeg me af of we dit voor elkaar konden krijgen.

Een, twee, drie…

Ik telde stilletjes mijn stappen. Ik moest er hoogstens nog honderd zetten voordat ik de zware houten kist mocht neerzetten.

Veertien, vijftien…

De man voor me struikelde over een scheur in het asfalt en slingerde naar voren en opzij. Hij viel bijna op zijn knieën en hield de kist nog steeds met één hand vast.

Mijn knieën spanden onder het gewicht en ik deed er alles aan om niet bovenop hem te vallen. Ik had meteen spijt van de sportschool waar ik nooit meer heen ging. Mijn rechterbeen trok samen toen ik naar voren sprong. Dat zorgde ervoor dat ik uit het ritme van mijn mede-dragers en hun schuifelende tempo schoot. Ik wankelde even en hervond toen mijn evenwicht. We bleven allemaal even staan toen de kist vervaarlijk naar voren helde.

Iemand hielp de gestruikelde man weer overeind. Tot mijn verbazing nam hij zijn plaats voor mij weer in. Ik had verwacht dat iemand het wel van hem zou overnemen, maar nee hoor.

'Wauw, dit is zwaar,' zei ik zachtjes. 'Carla moet wel een hoop zijn aangekomen.' Als een van de andere dragers me al hoorde, dan lieten ze het niet merken.

'Staan jullie klaar? Een, twee, drie.' De man vooraan sprak precies hard genoeg zodat ik het kon horen. 'Laten we deze keer langzamer gaan.'

Ik kreunde inwendig. Nóg langzamer? Ik vond eigenlijk dat we moesten versnellen voordat we ons doorzettingsvermogen zouden verliezen. Ik durfde echter niets te zeggen.

We deden braaf wat hij zei en schuifelden over het asfalt naar de begrafenisondernemer als een soort gepensioneerde militaire colonne die in slow motion werd afgespeeld. De begrafenisondernemer droeg ons op om rechtsaf te slaan en het gras op te gaan. We sjokten over de oneffen grond langs een rij grafstenen. Het werd steeds moeilijker om in formatie te blijven, mijn evenwicht te bewaren en tegelijkertijd de kist recht te houden.

Ik concentreerde me op mijn voetstappen en zette de ene voet voor de andere.

Het lukte ons nog een paar meter over het gras te lopen toen ik mijn evenwicht verloor. Het handvat van de kist drukte nog harder in mijn hand en sneed alle bloedsomloop af. Mijn hand werd gevoelloos en ik kon het metalen handvat van de kist niet eens meer voelen. Ik dwong mezelf om dóór te gaan. Nog een paar stappen en dan was ik er.

Het was lang geleden dat ik Carla Racatelli voor het laatst had gezien, maar zelfs als ik er vanuit ging dat ze tien jaar lang elke avond uit eten was geweest in Las Vegas, was de kist ongelooflijk zwaar.

Dat was vreemd, want de Carla die ik me herinnerde was een iel mensje net als tante Pearl, die amper vijftig kilo woog. Als Carla wat was aangekomen zou dat gewicht over ons alle zes worden verspreid, dus dit zou geen bovenmenselijke kracht moeten kosten. Opnieuw knikten mijn knieën onder het gewicht.

Mijn hand bonkte van de pijn terwijl ik me op het gras en de laatste paar stappen concentreerde. Ik telde de seconden tot we Carla's laatste rustplaats bereikten, waar ik eindelijk mijn pijnlijke hand zou kunnen verzorgen.

Een kleine groep mannen en vrouwen gekleed in donkere kleding verzamelde zich rond het open graf, de rest van de processie was achter ons. We kwamen in een stroomversnelling naarmate we dichterbij kwamen.

Nog maar drie meter voordat ik kon loslaten.

De momenten die erop volgden waren een waas toen de bodem van de kist brak en er iets doorheen kwam. Ik bleed met een ruk staan toen het gewicht verschoof.

Een vrouw schreeuwde en wees in onze richting.

Ik wierp een blik op de kist en mijn mond viel open van afgrijzen.

Naast me stak een stel benen uit de bodem van de kist.

Ik schreeuwde.

Hárige benen. Absoluut mannelijke kuiten die uit omhoog gegleden broekspijpen staken. De benen hoorden bij een lichaam dat onmiskenbaar mannelijk was, met een dikke buik die nauwelijks in het zwarte pak met krijtstrepen waarin het lijk gekleed ging.

Dit was Carla niet.

Het lijk bonkte op de grond als een testpop die verstijfd was door de rigor mortis.

De kist vloog omhoog door het plotselinge gewichtsverlies. Ik probeerde mezelf recht te houden. Deze keer was het echter te laat. De kist vloog uit onze handen, viel voorover op het gras en kantelde zijwaarts. Hij landde met een plof bovenop het lijk.

Mam schreeuwde en wees naar de kist. 'Dat is Carla niet!'

Dat was helemaal waar, tenzij Carla Racatelli in een man met overgewicht was veranderd.

Tante Pearl viel half flauw en stortte naar de grond in een menigte van mensen die om de kist heen was komen staan. Twee forse dertigers in zwarte pakken grepen haar en hielpen haar naar de achterkant van de lijkwagen, waar ze tegen de achterklep leunde.

Een scharnier piepte toen het deksel van de kist openzwaaide. Carla Racatelli lag nog wel in de kist en glimlachte sereen naar de menigte, haar armen keurig over haar stijve lichaam gevouwen. Ze was er op de een of andere manier niet uit gevallen en daarvoor was ik dankbaar.

Een paar tienerjongens maakten foto's met hun telefoons. Ik huiverde bij de gedachte aan wat ze zouden posten op Facebook, Instagram of waar dan ook. Carla en haar ongenode gast stonden ondanks hun dood op het punt viraal te gaan.

'Hé, stop die telefoons weg en help ons de kist recht te zetten!' Ik wees naar de jongens en zei dat ze de kist moesten oppakken en naar het graf moesten dragen.

Ze waren zo geschokt door mijn uitbarsting dat ze met tegenzin hun telefoon in hun zak stopten en gehoorzaamden.

'Het is haar verdiende loon,' mompelde een gebochelde man helemaal in het zwart gekleed. 'Ze kreeg wat ze verdiende.'

Er brak een ruzie uit tussen twee mannen die achter hem stonden, terwijl weer anderen speculeerden over wie er als volgende aan de beurt zou zijn. De eerst zo sombere begrafenis was veranderd in een Italiaanse wedstrijd wie er het hardst kon schreeuwen. Ik vroeg me af wanneer ze met dingen naar elkaar zouden gaan gooien.

Of nog erger, dacht ik toen ik Rocco's lijfwachten zag die allemaal in de binnenzak van hun colbert reikten.

'Wat is er in godsnaam aan de hand?' Rocco Racatelli stapte voor de begrafenisondernemer en blokkeerde zijn pad. 'Wat heb je met mijn oma gedaan?'

'Ik ... ik begrijp het niet. Ik heb mevrouw Racatelli zelf in de kist gelegd.' De begrafenisondernemer werd rood en het zweet brak hem uit terwijl hij op het gras knielde. Hij haalde diep adem en sloot het deksel van de kist. 'Alles in orde. Ze is er nog steeds.'

'Mijn oma heeft voor een fatsoenlijke begrafenis betaald,' riep Rocco. 'Geen Groupondeal waar ze een kist met iemand anders moest delen! Hier ga je spijt van krijgen.'

De twee mannen die tante Pearl hadden geholpen, kwamen plotseling dichter bij de begrafenisondernemer staan. Hij beefde en was zichtbaar bang.

'Nu niet, jongens.' Rocco wuifde ze weg.

Tante Pearl verscheen plotseling naast me. 'Carla zou gekwetst zijn. Ze vloog nooit *economy class*, laat staan dat ze ooit zoiets goedkoops doen als een gedeelde kist.'

De begrafenisondernemer verbleekte. 'Iemand heeft met de kist geknoeid. Hij heeft een valse bodem.'

'Bedoelt u een dubbeldekkerdoodskist?' vroeg ik. Nu snapte ik waarom hij zo zwaar was geweest. Samen wogen Carla en de mysterieuze man waarschijnlijk meer dan honderdvijftig kilo. Het was absoluut een ingenieuze manier om van een lichaam af te komen, en het had alleen gewerkt vanwege Carla's kleine gestalte.

Nou ja, het had dus niet helemaal gewerkt.

Carla's lichaam lag bovenop, dus zonder het kistfiasco zou niemand hebben geweten dat er twee lichamen in de kist lagen. Mensen zochten zelden naar vermiste personen op een kerkhof.

Maar wie was dit niet-geïdentificeerde lijk? Iemand moest de man toch missen. 'Weet iemand wie deze man is?'

Iedereen staarde me aan alsof ik een idioot was.

'Weet je dat niet?' Rocco aarzelde voordat hij antwoord gaf. 'Danny, oftewel Bones Battilana.'

'Bones?' stamelde ik. Deze dikbuikige man leek in niets op zijn bijnaam (er was tenslotte weinig bot te zien). Ik kon niet geloven dat hij degene was die mams hart had gebroken. Ik wierp een blik op mijn moeder, die in een Kleenex haar neus snoot.

'Oh. Ik nam aan dat je hem kende.' Rocco trok verbaasd zijn wenkbrauwen op.

Ik schudde mijn hoofd, een beetje geïrriteerd dat ik blijkbaar de enige was die niets wist van mams geheime affaire. 'Ik heb van hem gehoord, dat wel.'

De dood gaf Bones natuurlijk een ijzersterk alibi. Te oordelen naar de toestand waarin zijn lijk verkeerde, was hij al langer dood dan Carla. Het kogelgat in het midden van zijn voorhoofd suggereerde ook dat hij geen natuurlijke dood was gestorven.

Als Bones Carla niet had vermoord, wie dan wel? Misschien had dezelfde persoon ze allebei wel vermoord. Ze stonden allebei aan het hoofd van hun respectievelijke misdaadfamilies, dus het was duidelijk dat iemand ze had omgelegd in een strijd om de macht.

Ik speurde de menigte af en voelde me plotseling heel kwetsbaar. Wie de moordenaar ook was, hij of zij was waarschijnlijk hier bij de begrafenis. Ik stapte weg van Rocco, voor het geval hij het volgende doelwit was.

Ik schrok toen iemand mijn elleboog aanraakte. 'Wat de...'

'Cen, doe niet zo zenuwachtig.' Mam pakte mijn arm vast. De tranen stroomden over haar wangen en ze was duidelijk radeloos. Ze leunde tegen me aan. 'Wie zou zoiets doen?'

Moest ik doen alsof ik niets van Bones en haar af wist? Ik keek naar tante Pearl om ondersteuning, maar ze had het te druk met Rocco om het op te merken. Ik besloot dat nu niet het moment was om haar te ondervragen over haar geheime minnaar. 'Iemand die een moord wil verbergen, denk ik zo.'

'Waarom zouden ze hem eigenlijk in Carla's kist hebben verstopt?' Mam fronste haar wenkbrauwen. 'Ze zien eruit alsof ze samen in slaap zijn gevallen.'

'Het spijt me.' Het was niet aan mij om het haar te vertellen, maar mam had geen idee hoe dicht ze bij de waarheid zat. Ik hoopte dat niemand dat zou doen, gewoon om haar de pijn te besparen. 'Je lijkt er goed mee om te gaan.'

'Huh? Tja, dit soort dingen gebeuren in Vegas.' Mam haalde haar schouders op. 'We kunnen er niet veel aan doen.'

Ik barstte bijna van nieuwsgierigheid om meer te weten te komen over mams geheime relatie met Bones Battilana, maar ik durfde er hier niets over te vragen voor het geval er iemand mee zou luisteren. Als mensen te weten zouden komen dat hij en moeder stiekem met elkaar waren omgegaan zouden ze misschien ook achter háár aan gaan, er vanuit gaan dat ze zijn geheimen kende. Je hoefde geen Einstein te zijn om te snappen dat een vergeldingsoorlog tussen twee maffiakartels al snel uit de hand zou lopen. Ik moest proberen dat te voorkomen, voor er nog meer slachtoffers zouden vallen.

HOOFDSTUK 18

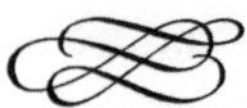

Rocco had kosten noch moeite gespaard voor Carla's begrafenis. Er was genoeg vijfsterrenvoedsel om een leger aan rouwende mensen te laven, en gangsters met verdriet leken wel eetlust voor tien te hebben. Een gestage stroom gasten schuifelde de feestzaal in en uit om hun respect te betuigen aan Rocco. Hij stond bij de deur te kletsen met drie vrouwen die ongeveer Carla's leeftijd leken te zijn.

Veel mensen liepen rond een grote buffettafel beladen met hapjes, luxe kleine sandwiches, gebakjes en exotisch fruit. Maar het grootste deel van de menigte stond bij de bar, waar een barman royale shots whisky, cognac en Italiaanse likeuren inschonk. De gesprekken werden luider na elk gedronken glaasje en waren het meest over het fiasco van de dubbele bodem in de doodskist en speculaties over hoe Bones precies aan zijn dramatische einde was gekomen.

Het was moeilijk om dat kogelgat in zijn voorhoofd te negeren.

Ik stond in een hoek van de zaal en probeerde tevergeefs op te gaan in de achtergrond van houtskoolkleurige gordijnen die de grote ramen omlijstten. Daarachter was er vrij zicht op de begraafplaats en de afgezette plaats delict, waar de politie druk bezig was bewijsmateriaal te verzamelen.

Vreemd genoeg bleef de politie buiten. Niemand kwam binnen om ons te ondervragen. Ik kreeg het gevoel dat de politie een tamelijk korte lijst met verdachten had, van wie de meesten waarschijnlijk hier in deze zaal waren. Niemand binnen leek echter op de activiteiten buiten te letten. De gasten leken zich niet veel aan te trekken van het politieonderzoek.

Ik was nog steeds in shock dat ik de kist had laten vallen. Het was gênant om de zwakste schakel te zijn van de dragers, die allemaal minstens veertig jaar ouder waren dan ik. Ik had mezelf al beloofd om opnieuw te starten in de sportschool zodra ik thuis was.

Maar mijn blunder had ook een positieve kant. Als ik er niet was geweest, zou Bones Battilana verdachte nummer één zijn gebleven in de moord op Carla, waardoor het onderzoek in de verkeerde richting was gegaan. Nu hij niet meer op de verdachtenlijst stond, konden we ons concentreren op andere aanwijzingen, in plaats van aan te nemen dat Battilana schuldig was en op de vlucht was geslagen. Ik voelde me een soort onbezongen heldin, omdat ik het lichaam had "ontdekt". Vreemd genoeg leek niemand anders mijn gevoelens te delen.

Ik had vreselijk veel medelijden met mam. Het was één ding om te ontdekken dat je vriendje overleden was, maar hem uit een kist te zien vallen was nog veel heftiger. Mam had zichzelf buitengewoon goed onder controle; ze zag er evenwichtig en waardig uit. Op dat moment kwam ze naast me staan, net haar tweede portie tiramisu oplepelend.

'Weet je zeker dat alles goed met je gaat?' Ik bestudeerde haar aandachtig.

'Waarom zou het niet goed met me gaan?' Mam veegde haar lippen af met een servet. 'Gratis reisje naar Vegas, heerlijk eten en een fantastisch penthouse om in te verblijven. Wat wil je nog meer?'

'Je weet wat ik bedoel. *Bones*.'

'Wat is er met hem?' Ze fronste.

'Hij was toch een, eh, vriend van je? Ben je dan helemaal niet van streek?'

'Huh? Nee hoor, ik kende hem nauwelijks. Ik snapte al nooit wat Pearl toch in hem zag. Ze was verliefd op hem.'

HOOFDSTUK 19

*W*át? Ik geloofde haar niet.

Mam en ik stonden aan het ene uiteinde van de bar, waardoor we duidelijk zicht hadden op de zaal en ook op het politiewerk buiten. Afgezien van verschillende politieagenten die de boel bewaakten, leek er niet veel te gebeuren.

Ik wendde me tot mam. 'Met hoeveel vrouwen had Bones een relatie? We hebben dus Carla, tante Pearl en jij.' Ik telde ze op mijn vingers af. 'Mis ik iemand?'

'Nee, Cen. Zoals ik al zei, ik heb nooit iets met Bones gehad,' zei mam. 'Ik kon hem niet uitstaan. Maar Pearl en Carla waren allebei gek op hem. Dat heeft waarschijnlijk hun vriendschap verpest. Bones verliet Pearl voor Carla, en toen konden ze elkaars bloed wel drinken. Die vent is het niet waard, als je het mij vraagt.'

Mijn mond viel open. 'Maar tante Pearl zei ...'

Mam wuifde mijn bezwaren weg. 'Je weet hoe ze is. Nooit een duidelijk antwoord, en ze verzint constant dingen. Ze houdt ervan om controverse aan te wakkeren.'

Tante Pearl had dus niet alleen gezwegen over haar romantische rivaal Carla, maar ze had blijkbaar ook tegen me gelogen over dat mijn moeder een relatie met Bones had. Ik geloofde mam, niet tante Pearl, en ik was opgelucht door deze nieuwe informatie.

Maar mams verhaal vormde ook meteen een probleem. Het betekende dat tante Pearl een motief had om zowel Carla als Bones te vermoorden. Ik wist dat ze het niet in zich had, maar niemand anders zou dat geloven over mijn chagrijnige, knorrige tante.

Ik zou tante Pearl een alibi kunnen verschaffen voor de tijd van onze road trip, maar niet voor een eerder tijdstip. De politie kon de kogel in Bones' voorhoofd niet negeren, wat betekende dat ze op zoek zouden gaan naar verdachten. Het was alleen een kwestie van tijd voordat ze zich zouden richten op de *lovers* van Bones, zoals mijn tante Pearl.

Ik wendde me weer tot mam. 'Weet je zéker dat je niet op date bent geweest met Bones? Zelfs niet één keer?' Ik wilde absoluut zeker zijn van de feiten.

'Over mijn lijk! Ik kon die man niet luchten of zien.'

'Ssst. Niet over lijken praten. We willen niet dat iemand het verkeerde idee krijgt.' Een paar mensen aan de bar keken in onze richting, waaronder tante Pearl, die aan de andere kant van de bar gelukkig buiten gehoorsafstand was. Ze zat praktisch op de schoot van een man van in de zeventig. Hij droeg een duur uitziend, roze, op maat gemaakt overhemd onder een zwart pak met bijpassende roze krijtstrepen. Blijkbaar waren krijtstrepen een tijdloze modeklassieker in de wereld van de maffia. 'Met wie praat tante Pearl?'

'Dat is *The Man*.'

'Huh?' Ze had duidelijk niet veel tijd nodig om verdrietig te zijn om Bones.

'Ja. Manny "The Man" La Manna,' legde mam uit. 'Pearl is verliefd op hem. Ik denk dat het gevoel wederzijds is.'

Ik volgde haar starende blik naar de andere kant van de bar, waar de twee hun armen in elkaar verstrengeld hadden en hun glas geheven om te proosten. 'Tante Pearl heeft ook gevoelens voor hém? Sinds wanneer?'

Mam haalde haar schouders op. 'Sinds een paar maanden geleden. Ze is mannengek geworden, Cen. Ik weet ook niet wat haar de laatste tijd bezielt. Misschien komt het door die rare groene smoothies die ze drinkt.'

'Ik ga kijken wat ze van plan is.' Ik liep naar het midden van de bar en trok de aandacht van de barman. Ik wilde eerst mijn wijnglas bijgevuld hebben met Sauvignon Blanc. De hemel wist dat ik een steuntje in de rug nodig had om de waarheid uit mijn tante te krijgen. Ik vermoedde dat tante Pearl, mam, óf allebei een beetje tegen me hadden gelogen over Bones, en ik zou net zolang volhouden tot ik alles uit had gezocht.

Een paar seconden later kwam tante Pearl naast me staan. 'Verpest dit niet door je ermee te bemoeien, Cen. Houd je met je eigen zaken bezig en stel geen vragen.'

'Oh? Ik dacht dat je me daarom hierheen had gebracht. Om jou te helpen. Om me met dingen te bemoeien.' Ik had genoeg vragen die beantwoord moesten worden. In minder dan een etmaal was ik over de kop gevlogen in een camper, betrokken geraakt bij een vuurgevecht, een dode man uit een kist gekieperd en nu was ik omringd door een kamer vol met *America's Most Wanted*. Ik was het meer dan zat. 'Als jij me de waarheid niet vertelt, zal iemand anders dat misschien wél doen. Die andere vriend van jou bijvoorbeeld. Meneer La Manna.'

'Je laat Manny hierbuiten.'

'Maar ik sta te pópelen om hem te ontmoeten. Ik heb zóveel over hem gehoord,' zei ik sarcastisch.

De ogen van tante Pearl werden groot van verbazing. Ze keek naar mam aan de andere kant van de bar en maakte een heksenteken.

Mam haalde nonchalant haar schouders op, hoewel ik zwoer dat ik een zweem van een glimlach op haar lippen zag.

'Ik zal je een andere keer aan hem voorstellen. Ik ga nu voor schadebeperking, ik probeer te voorkomen dat hij achter Rocco en het Racatelli-imperium aan gaat. Die onderhandelingen worden mijn dood nog eens.'

'Manny is ook al een maffiabaas?' Tante Pearl in de rol van vredeshandhaver verraste me. Diplomatie was niet haar sterkste punt, en optreden als de Henry Kissinger van de maffiawereld leek zowel gevaarlijk als volkomen onnodig. Afgezien van haar totale gebrek aan tact en overtuigingskracht was het heel onwaarschijnlijk dat een onderhandelde wapenstilstand meer dan een paar uur zou duren met dit soort mannen in het spel.

Tante Pearl knikte. 'Nu Carla en Bones uit de weg zijn geruimd, zal Manny geen tijd verspillen en een bod uitbrengen. Hij is bereid een genereus bod te doen, maar Rocco kan geen nee zeggen. Dat is geen optie.'

Ik kon niet geloven dat mijn tante deze mensen allemaal bij hun voornaam noemde. 'Denk je dat Manny Carla en Bones heeft vermoord? Misschien is Rocco de volgende.' Ik begon al net als mijn tante te klinken. Wat vreselijk.

'Daarom kunnen we maar beter snel handelen.'

'Het ziet er anders niet naar uit dat al dat geflirt van je toneelspel is. Je lijkt het opperbest naar je zin te hebben.'

'Oh, doe toch niet zo kinderachtig, Cendrine. Dit is een groot persoonlijk offer. Het is wat het beste is voor ons allemaal.'

Ik sloot mijn hand om haar arm. 'Nee, tante Pearl. Ik denk dat we ons met onze eigen zaken moeten bemoeien. Laten we gaan.'

Tot mijn verbazing was tante Pearl het daarmee eens. 'Oké, prima. Laten we gaan.'

HOOFDSTUK 20

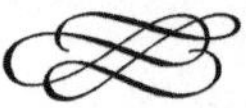

Ik speurde de receptiezaal af naar Rocco. Ik wilde afscheid nemen, maar zonder dat iemand het merkte. Als Rocco in gevaar was, wilde ik niet met hem geassocieerd worden.

Bij nader inzien was het idee dat ik onder de radar zou kunnen vliegen tamelijk dom. Ik had al zo'n beetje alle mogelijke aandacht getrokken van elke persoon die hier aanwezig was met mijn gestunt met de doodskist. Iedereen wist inmiddels wel dat ik een band had met Rocco en de familie Racatelli.

Rocco ving mijn blik en liep door de zaal op me af. 'Ben je weer bijgekomen van je val?'

Mijn gezicht werd rood. 'Het spijt me echt. Het moet de hitte zijn geweest of zo. Ik moet gewoon terug naar het hotel om uit te rusten.' Ik had het perfecte excuus om te vertrekken. Afgezien van de hitte in Las Vegas hadden mijn wollen jurk en bejaarde mededragers me ook niet bepaald een dienst bewezen.

'Het was jouw schuld niet.' Zijn intens blauwe blik boorde zich in de mijne.

Ik knikte naar de bar. 'Carla had wel veel vrienden.' De gasten gedroegen zich meer feestelijk dan somber, maar ach, iedereen rouwde op zijn eigen manier. Bendeleden rouwden waarschijnlijk vaker dan de meeste mensen, dus het was begrijpelijk dat ze zich zo gedroegen.

'Vrienden?' grinnikte hij. 'Meer *frenemies*. Ze komen hier om de dood van mijn oma te herdenken, maar hopen ook een graantje mee te pikken nu ze er niet meer is. Het is een meedogenloos spel met hoge inzet. Mensen gaan hier over lijken. De moordenaar van mijn oma is ongetwijfeld ergens in deze zaal.'

'Misschien opent de politie het onderzoek opnieuw.'

Rocco staarde me verward aan.

'Nou ja, door die kist met dubbele bodem en zo. Het is wel heel toevallig dat zowel Carla als Bones zo plotseling omkomen. Misschien wilde iemand ze allebei dood hebben.'

Rocco zuchtte. 'Waarschijnlijk minstens de helft van de mensen hier. Een of meer van hen weten wat er met oma in haar zwembad is gebeurd. Ze was bang voor water en kwam nooit in de buurt van dat zwembad. Ze liet het zwembad altijd half leeg. Je hebt gezien hoe klein en ondiep dat ding is.'

Ik fronste. 'Nee, hoezo?'

'Natuurlijk wel, Cen. Je logeert in haar suite.'

'Wat? Oh ja, dan wel natuurlijk.' Ik dacht terug aan het zwembad en werd opnieuw woedend op tante Pearl omdat ze zo'n belangrijk detail had weggelaten. Ik had niet kunnen vermoeden dat uitgerekend onze suite de plaats delict was, dat Carla daar de dood had gevonden. 'Misschien kunnen we beter ergens anders verblijven.'

'Niet nodig. De politie heeft hun werk in de suite al gedaan. Het is daar gewoon veilig. In zekere zin is het zelfs beter. Ik voel me beter als ik weet dat jullie daar allemaal veilig zijn.'

'Want we zijn in gevaar?'

'Nee, niet echt. Maar om eerlijk te zijn, houdt het feit dat je met mij omgaat wel een risico in. Ik heb Pearl ervoor gewaarschuwd, maar ze hield vol dat het geen probleem was.'

Tante Pearl had nu echter wel een ander probleem: mij. Ik werd gek van haar gebrek aan transparantie en ik was vast van plan haar erop aan te spreken.

'Maar als de politie denkt dat ze per ongeluk verdronken is en dat het niet is, betekent dat dat er nog steeds een moordenaar op vrije voeten is. Misschien is Bones door dezelfde persoon vermoord.'

'Mogelijk, maar we zullen het nooit weten.'

De politie kon een lichaam in een zwembad nog wel wegredeneren, maar een lijk in een "geleende" kist met een kogel in zijn voorhoofd was een ander verhaal. 'Maar de politie kan toch niet ontkennen dat...'

'De politie wordt omgekocht.' Hij maakte een wegwerpgebaar. 'Ik weet wat je denkt. Bones Battilana was duidelijk een vergeldingsdood. De politie zal ook een manier vinden om die zaak "netjes" af te sluiten. Misschien geven ze de schuld aan een andere man die al dood is. Iemand wil een deel van ons lucratieve bedrijf en alles draait hier om geld.'

'Dat is wel... heftig, zeg.' Over het Racatelli- familiebedrijf was nooit gesproken in Westwick Corners, vooral omdat we het vage vermoeden hadden dat het om illegale activiteiten ging en we er niet bij betrokken wilden raken. Ons kleine stadje werkte op basis van beleid dat er geen vragen werden gesteld over dit soort dingen zodat er ook niemand hoefde te antwoorden. Toch verraste Rocco's directe opmerking over de zaakjes van zijn familie in de misdaadwereld me behoorlijk.

Rocco staarde naar buiten, naar het stuk van de begraafplaats dat met politietape was afgezet. 'Het gemakkelijkste wat de politie kan doen, is de plaats delict besmetten. Ze doen dat waarschijnlijk nu meteen, om ervoor te zorgen dat niemand anders meer genoeg bewijs kan vinden om een rechtzaak te starten.'

'Ze moffelen het gewoon weg?' Ik was er niet van overtuigd dat de politie het onderzoek opzettelijk zou verknoeien, maar misschien werkte het anders in Las Vegas. 'Bones had een kogel in zijn hoofd. Dat moeten ze in ieder geval onderzoeken.'

Rocco knikte. 'Dat zullen ze ook wel doen, maar niet al te nauwkeurig. Of ze gaan proberen mij ervan te beschuldigen.'

'Maar welk motief heb jij nu om ...' Ik wist het antwoord al voordat ik mijn zin af had gemaakt. Als nieuwe echtgenoot van Carla had Bones Rocco in de weg gestaan als hij de activiteiten van het familiebedrijf over wilde nemen. 'Laat maar. Zeg, waarom had Carla eigen een zwembad als ze zo doodsbang was voor water?' Ik kromp even bij mijn ongelukkige woordkeuze, maar Rocco leek zich er niet van bewust.

'De penthousesuite had dat zwembad al toen we het hotel kochten. Ze stond erop om in het hotel te wonen. Je kunt niet echt een zwembad uit een betonnen hoogbouw slopen. Het zou lelijk zijn geweest als we het hadden opgevuld, dus oma liet het gewoon half leeglopen. Behalve natuurlijk op de dag dat ze stierf. Op die dag was het zwembad helemaal vol. Daarom denk ik dat er opzet in het spel was.' Rocco zweeg even en staarde voor zich uit. 'Gelukkig was ik degene die haar vond.'

'Het spijt me echt voor je, Rocco.'

'En de politie kan zoveel zeggen, ik weet dat het geen ongeluk was. Het moet wel door een maffiabaas van een ander syndicaat zijn gedaan.'

Ik had zoveel vragen dat ik niet wist waar ik moest beginnen. Ik was helemaal vergeten dat ik zo snel mogelijk naar huis wilde. 'Misschien is het nog niet te laat om een autopsie te eisen. Gezien de omstandigheden...' Ik wierp een blik naar buiten. Dat lijk van Bones vroeg gewoon om meer onderzoek, en Carla's graf was ook nog niet dicht.

Rocco haalde zijn schouders op en hield zijn handen in de lucht. 'Zelfs als ze er eentje deden, zouden ze de resultaten niet met ons delen. Ze stellen alles uit en ik weet precies waarom.'

'We moeten een autopsierapport zien te bemachtigen, Rocco.' Hoe erg ik me ook had voorgehouden dat het mijn zaken niet waren, ik wilde net zo goed als Rocco gerechtigheid.

HOOFDSTUK 21

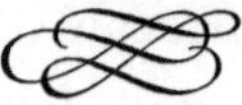

Ondanks mijn eerdere voornemen bleef ik op de uitvaartreceptie. Ik stond met Rocco in een hoek van de kamer. Ik kon er niets aan doen. Ik voelde me wéér tot hem aangetrokken. Misschien had tante Pearl ons weer betoverd. Maar het was niet alleen een fysieke aantrekkingskracht die me naar Rocco trok. Nu had ik echt medelijden met hem.

Toen de gasten eenmaal allemaal Rocco hadden gecondoleerd, begon het een stuk interessanter te worden. Iedereen werd namelijk dronken aan de bar.

Tante Pearl en mijn moeder vonden het niet erg. Ze stonden allebei ook het ene glas na het andere achterover te slaan.

'Zie je die vent daar?' Rocco wees tante Pearls *toy boy* aan. Hij had de bar verlaten en stond aan de buffettafel en laadde een tweede portie dessert op zijn bord. 'Dat is Manny 'The Man' La Manna. Hij probeert de concurrentie uit de weg te ruimen en ons bedrijf over te nemen.'

La Manna was niet echt een overheersende persoonlijk, zelfs niet in de rij bij het buffet. Hij was amper anderhalve meter lang en leek me niet sterk genoeg om iemand te intimideren, laat staan om een heel bedrijf van iemand af te pakken. Maar ik ging ervanuit dat hij anderen het vuile werk voor hem liet doen.

'Hij daar?' Ik knikte en wilde niet laten merken dat ik al wist wie Manny was. Ik keek toe toen hij zijn vingers aflikte en vervolgens zijn handen afveegde aan zijn krijtstreeppak. Bah. Ik begreep niet wat tante Pearl zo aantrekkelijk aan hem vond. Afgezien van zijn twijfelachtige "beroep" had hij slechte manieren, iets waar tante Pearl, typisch genoeg, altijd zo'n voorstander van was. Haar fascinatie voor deze misdaadbaas maakte me onrustig. 'Denk je dat hij erbij betrokken was?'

'Ongetwijfeld.'

'Waarom heeft iedereen trouwens van die rare bijnamen?'

We keken allebei toe hoe Manny terugliep naar de bar met een groot bord tiramisu.

'Iedereen heeft een bijnaam. Het is bedoeld als bescherming, voor als we door de politie worden afgeluisterd.'

Dat bevestigde het feit dat ze bij criminele activiteiten betrokken waren. Aangezien dit Vegas was, hield dat waarschijnlijk in dat ze de uitslag van sportwedstrijden beïnvloedden, illegaal gokten of geld witwasten. Het was op dit moment een beetje ongevoelig om Rocco om meer details te vragen, dus vroeg ik in plaats daarvan naar Manny La Manna's zaken. Ze moesten in dezelfde lijn zijn, gezien Manny's vijandige overnameplannen. 'Wat is zijn specialiteit?'

'*Loan sharks*, afpersing, witwassen van geld, noem maar op. Vrijwel alles wat hier achter de schermen gebeurt.'

Ik concentreerde me weer op Manny, die bij de bar stond. Hij viel zijn tiramisu aan met zo'n enthousiasme dat ik bijna verwachtte dat hij het bord af zou likken.

De man die naast Manny stond, trok plotseling mijn aandacht.

'Ik ken die man.' Ik wees naar Christophe, die naast Manny stond. 'Wat raar dat onze butler op de begrafenis is. Maar goed, het is ook wel logisch. Hij was tenslotte Carla's butler.'

'Butler?' Rocco fronste. 'Oma heeft nooit een butler gehad.'

'Hij is bij de prijs van de suite inbegrepen. Dat is tenminste wat hij ons vertelde.'

Rocco wierp me een verbaasde blik toe. 'Crisco heeft niets te zoeken in jullie suite. Hij is zeker geen butler.'

'Crisco? Wat voor naam is dat nou weer?'

'Je wilt het niet weten. Crisco werkt voor Manny. Hij klaart alle klusjes die niemand anders wil aanpakken.' Rocco krabde bedachtzaam aan zijn kin. 'Misschien is dit niet zo'n ramp. Als hij in jullie suite logeert, kun je hem in elk geval inde gaten houden.'

Manny leek overal zijn tentakels uit te spreiden, en die tentakels strekten zich blijkbaar zelfs uit tot mijn eigen familie. Ik huiverde, hoewel het warm was in de zaal. Mijn hartslag versnelde. Welke reden Christophe ook had om in onze suite te zijn, het had vast niets met hapjes of cocktails te maken. Hij wilde iets van ons. 'Nee. We moeten daar weg. Ik moet mijn moeder en tante Pearl waarschuwen.'

Rocco klemde zijn hand om mijn arm. 'Dat kun je niet doen. Dan weet hij meteen dat je hem door hebt. Bovendien zit hij niet achter jou aan. Hij zit achter mij aan. Hij denkt dat ik jullie kom bezoeken in de suite.'

'Maar wat als hij ...'

'Jou en je familie interesseren hem niet, Cen. Niet lullig bedoeld, maar hij zet waarschijnlijk een val voor mij uit. Geef me gewoon wat tijd voordat je iets doet. Je moet daar blijven logeren. Anders wordt hij achterdochtig. Houd hem in de gaten totdat ik een plan heb bedacht. Ik kan hem niet bij me in de buurt laten komen.'

'Dat slaat nergens op. Hij is hier, op de begrafenis. Hij kan je nu toch ook aanvallen als hij dat zou willen?'

Rocco leidde me de gang op. 'Niemand zal me in het volle zicht neerschieten op een begrafenis. Te veel getuigen. Bovendien is het een begráfenis. Er zijn een aantal ongeschreven regels die zelfs maffiajongens niet zullen breken.'

Ik kon de redenering van Rocco niet geloven. Elke zichzelf respecterende maffioso zou er dan toch zijn mond over houden? Als een maffiamoord geen reden genoeg was voor *omerta*, zwijgplicht, dan zou ik niet weten wat wél.

Woede borrelde in me op. 'Hoe kon je ons in de suite laten logeren zonder het ons dit vertellen?'

'Pearl kende het plan al en Crisco is niet zo'n groot probleem. Jullie kunnen hem in de gaten houden terwijl ik me op Manny concentreer.'

'Daar ben ik niet zo zeker van. Christophe heeft misschien al een voorsprong op ons.' Ik dacht terug aan Christophes krachtige wijn: een uitstekende methode om een heks of drie te neutraliseren. Hoe had hij überhaupt toegang tot de suite gekregen? Hoelang geleden al? Misschien had Christophe Carla wel vermoord.

Aan de andere kant: Christophe hield ons misschien wel in de gaten, maar we konden hem óók in het nauw drijven nu we wisten wie hij was.

'Wees voorzichtig,' zei Rocco. 'Maar ik heb echt alle hulp nodig die ik kan krijgen. Manny's plan is vrij duidelijk. Eerst oma, dan Bones Battilana. Dat betekent dat ik de volgende op zijn *hit list* ben. Zodra hij van ons af is, ligt heel Las Vegas voor het oprapen.'

Rocco leek te weten waar hij het over had.

Ik concentreerde me weer op Christophe, maar hij glimlachte niet langer naar me. Zijn glimlach was veranderd in een frons toen hij naar Rocco keek. Christophe hield zijn hoofd schuin en sprak met Manny, die ook naar ons staarde. Manny stootte een forse man aan die zich bij hen had gevoegd. De man maakte bijna ongemerkt een snijdende beweging over zijn keel.

De drie mannen lachten.

Ik kreeg het vermoeden dat ik voorlopig niet meer van Christophes "geweldige" cocktails zou gaan genieten.

HOOFDSTUK 22

Ik stapte de lift uit achter mam en tante Pearl aan. Toen ik de marmeren foyer van onze suite binnenstapte, bleef ik staan. Ik had even nodig om mijn gedachten te ordenen. In plaats daarvan werd ik met een of ander olieverfschilderij geconfronteerd van een echtpaar dat regelrecht uit het Capone-tijdperk leek te stammen. Ze leken me recht aan te staren. Nu besefte ik dat ze waarschijnlijk de ouders van Carla of Tommy waren. De intens blauwe ogen van de vrouw waren net als die van Rocco en de man zag eruit als de tweelingbroer van Rocco, gekleed in kleding uit de jaren dertig van de vorige eeuw.

Onze suite leek intussen meer een gevangenis dan een luxe verblijf, maar het was te laat om iets anders te zoeken. Of ik het nu leuk vond of niet, mijn tante vond dat we het Rocco min of meer verplicht waren om te helpen.

Mijn schouders ontspanden zich een beetje toen ik de suite afspeurde. Christophe was godzijdank nergens te bekennen, maar ik verwachtte dat hij elk moment op zou duiken.

De koude rillingen liepen over mijn rug. Welke redenen Christophe ook had om hier rond te hangen, ik moest ervoor zorgen dat ze verdwenen. Mijn zenuwen gingen tekeer bij de gedachte dat ik hem ging confronteren. Het was niet wat Rocco wilde, maar ik móést weten wat er aan de hand was, en het Christophe vragen leek de enige optie te zijn. We hadden een plan nodig en we moesten snel handelen.

Tante Pearl plofte op de bank neer, moe maar ogenschijnlijk ontspannen en onbezorgd. Mam strompelde naar de openslaande deuren, giechelend na iets te veel drankjes op de begrafenisreceptie.

De airconditioning van de suite koelde me lichamelijk af, maar deed helaas niets voor mijn zenuwen. Ik liep door naar boven, waar ik mijn ongemakkelijke wollen jurk omruilde voor een korte broek en een t-shirt. Ik hees mijn koffer op het bed en schoof mijn spullen erin. Ik wilde alles ingepakt hebben en klaar zijn om te vertrekken. Ergens hoopte ik dat Christophe niet meer terug zou komen, maar de kans daarop was klein. Manny wilde van Rocco af en alle vrienden van Rocco waren waarschijnlijk ook een doelwit. We konden als pionnen worden gebruikt, of nog erger. Ik had op de terugweg naar het hotel geprobeerd op mam en tante Pearl in te praten, maar ze deden mijn gedachten af als belachelijk.

Nou, of mijn moeder en tante Pearl nu wel of niet zouden meekomen, ik was vastbesloten naar huis te gaan. Wat mij betreft stond Rocco er alleen voor. Alleen hij kon zich losmaken van het misdaadleven dat hij voor zichzelf gekozen had. Ik had ernstige bedenkingen bij mijn moeder en tante Pearl achterlaten midden in een maffiaoorlog, maar ik kon ze niet overhalen.

Ik dacht weer aan Rocco's verhaal over zijn grootmoeder en haar vermoedelijke doodsoorzaak. Carla was verdronken, maar ze was met haar gezicht naar boven in het zwembad ontdekt. Dat detail had me eerder gestoord, maar pas nu besefte ik waarom.

Verdrinkingsslachtoffers lagen normaal gesproken met hun gezicht naar beneden. Iedereen verdronk zo. Een lichaam bleef van nature in dezelfde positie drijven na de dood, tenzij het werd omgedraaid. Dode mensen bewogen zichzelf niet; tenzij er een stroming was, of iets anders om ze te verplaatsen.

Of iémand anders.

Dat detail ondersteunde Rocco's verhaal. En ik werd er bang van, want de enige persoon met vrije toegang tot de suite waar Carla eerder gewoond had, kon elk moment hier binnenwandelen.

Ik klapte mijn koffer dicht en roffelde de trap af. 'Tante Pearl!'

'Wat is er nou weer?'

'Als je weigert hier weg te gaan, moeten we in elk geval zorgen dat we Christophe onschadelijk maken. Hij kan hier echt niet blijven.' Ik vertelde nogmaals wat ik van Rocco had gehoord. Nu ik wist dat hij helemaal geen butler was, vreesde ik dat hij met iets sinisters op de proppen zou komen dat veel erger was dan cocktails waar je snel dronken van werd.

Tante Pearl lachte. 'Doe niet zo belachelijk. Chris is ongevaarlijk. Hij doet gewoon wat Manny hem opdraagt.'

Ik hief mijn hand op in protest. 'Dat is het hele probleem. Christophe werkt voor Manny, en Manny wil Rocco vermoorden.' Ik kon mezelf er niet toe brengen hem Crisco te noemen. Het was gewoon te griezelig.

'Ja, en Manny doet wat ík wil dat hij doet.' Tante Pearl duwde een pluk grijs haar achter haar oor en knipoogde naar me.

'Waarom heb je een relatie met een gangster?' Ik gooide mijn handen in de lucht. 'Dit is ernstig, tante Pearl. We zitten midden in een maffiaoorlog en we zijn niet onsterfelijk. Je brengt ons allemaal in gevaar.'

'Natuurlijk is het ernstig. We zijn hier met een reden, Cen. Om de échte moordenaar te vinden en op te laten sluiten.'

Ik knikte met mijn hoofd naar het terras, waar mijn moeder bij het zwembad zat en haar tenen in het water doopte. In hetzelfde water waar Carla aan haar einde was gekomen. Ik huiverde.

'Het gaat goed met haar.' Tante Pearl stak een vinger op. 'Een ogenblikje.'

Ik volgde haar naar de keuken. 'Alleen omdat de politie hun werk niet doen, wil nog niet zeggen dat wíj het moeten oplossen. Straks worden wij nog vermoord. Dat brengt Carla niet terug naar het land der levenden.'

'We gaan gewoon aan de slag zodat we de politie een duwtje in de rug geven.' Ze haalde twee glazen uit de kast en knipte met haar vingers. Een gekoelde karaf met aardbeienmargarita werd langzaam zichtbaar voor onze neus.

AL DIE ALCOHOL KON NIET GOED VOOR ONS ZIJN. Niet alleen werden onze menselijke zintuigen er zwakker door, we konden er ook minder goed door met onze heksenkrachten overweg.

Tante Pearl schonk twee glazen in en schoof er een naar me toe. 'De politie is overal hetzelfde.'

Ik negeerde zowel het glas als haar niet zo subtiele verwijzing naar Tyler. Ik was de enige met gezond verstand en ik kon het me niet veroorloven om me met nog meer alcohol te laten benevelen. 'We zijn niet opgewassen tegen de georganiseerde misdaad.'

'Ik zou dat bedrijf van Rocco eerder "ongeorganiseerde" misdaad noemen. Wat een chaos. Wie dit heeft gedaan, moet ervoor boeten, daar bestaat geen twijfel over. Zelfs Jimmy Hoffa hoefde nooit een kist te delen.' Tante Pearls ogen werden vochtig toen ze haar glas naar haar lippen bracht. Ze dronk het in een keer leeg en zette het glas op het aanrecht. 'Ik weet niet zo goed waar ik moet beginnen.'

Ik wenkte haar en we liepen terug naar de woonkamer. Ik keek naar buiten, waar mam nog steeds bij het zwembad zat. Ze zag er tevreden en ontspannen uit, niet alsof haar hart gebroken was. Hoewel ze zich achteraf gezien de afgelopen dagen een beetje vreemd had gedragen. 'Vertel het me snel, voordat mam weer naar binnen komt.'

De verhalen van mijn moeder en tante Pearl klopten niet met elkaar, dus een van hen (of mogelijk zelfs allebei) loog tegen me.

Tante Pearl rolde met haar ogen. 'Zoals ik al eerder zei: Bones had een weg gevonden naar Carla's hart. Hij overrompelde haar en trouwde met haar, allemaal in een tijdsbestek van ongeveer drie weken.'

Ik schudde mijn hoofd. 'Mam komt hier toch vroeg of laat achter? Het wordt vast in het nieuws genoemd.'

'Ja. Carla's geheime huwelijk zal aan het licht komen. Dat geldt ook

voor het feit dat alle eigendommen van Carla Racatelli gemeenschaps-
eigendommen worden.'

'Dus Bones had echt alles geërfd in plaats van Rocco?' vroeg ik
verbluft. 'Bedoel je dat ze het casino op haar eigen naam had staan, in
plaats van het als een bedrijf te registreren? Hoe kon ze nou zo, zo...'

'Dom zijn? Ik weet het niet, Cen. Liefde zorgt ervoor dat iedereen
weleens dom doet. Dat Danny een echte charmeur was staat vast. Je
kon het effect dat hij op vrouwen heeft pas echt waarderen als je hem
persoonlijk ontmoette. Daar is het nu natuurlijk te laat voor.' Ze stak
haar hand in haar tas en haalde er een foto uit. 'Deze jongens houden er
niet van om op de foto te gaan, maar het is me gelukt om ons allemaal
tijdens een dubbele date op de foto te krijgen. Dit was maar een paar
maanden voordat Danny Ruby verliet om met Carla verder te gaan.'

Ik griste de foto uit haar handen. Moeder en tante Pearl waren
ergens in Vegas bij een show. Ze zaten met twee mannen aan een tafel
op de eerste rij. De ene was Manny La Manna en de andere was
Danny "Bones" Battilana, zonder kogelgat in zijn voorhoofd.

Manny zat naast tante Pearl, nonchalant gekleed in een sportshirt,
terwijl Bones onberispelijk was gekleed in een wit linnen overhemd
en blazer. Hij glimlachte hartelijk naar de camera, zijn arm om mam
heen geslagen. Ze leunde tegen hem aan, stralend van liefde en geluk.

Mijn hartslag versnelde. Ondanks de ontkennende woorden van
mijn moeder, zag het er op deze foto wel heel knus uit. Zij en Bones
hadden op zijn minst een romantische relatie gehad, en ze leken
allebei gelukkig. Maar binnen een paar maanden was Bones blijkbaar
met Carla getrouwd. Ik had die margarita misschien toch nodig. Ik
pakte mijn glas en nam een slok.

'Wat dacht Rocco toen Bones een relatie met zijn oma kreeg?'

'Hij was er niet blij mee. Hij probeerde Carla te waarschuwen. Ze
wilde niet luisteren, omdat ze dacht dat Rocco gewoon boos was over
haar liefdesleven.'

'Rocco had een reden om Bones te vermoorden,' zei ik. 'Hij wilde
de controle terug.'

Tante Pearl knikte. 'Rocco verzette zich. Dat is waarom het vuurgevecht in de lobby begon. Bones wilde de medewerkers van Hotel Babylon afschrikken en hen vervangen door zijn eigen mensen. Dan zou hij alles onder controle hebben.'

'Het lijkt erop dat dat niet zo goed uitpakte voor Bones. Maar wacht even... Bones was niet in de lobby. Hij was toen al dood. En als hij al vermoord was, waarom dan het vuurgevecht?'

Tante Pearl haalde haar schouders op. 'Zijn mannen voerden gewoon zijn bevelen uit. Die had hij vast al eerder gegeven.'

Ik dacht terug aan het lijk. 'Ja, want Bones zag eruit alsof hij al een tijdje dood was.' Mijn hand vloog naar mijn mond. 'Rocco had Bones kunnen doden. Hij heeft een motief.'

'Klopt.'

'Je lijkt niet zo bezorgd?'

'Ik maak me meer zorgen over wie het eerst stierf: Bones of Carla,' zei tante Pearl. 'Als Bones werd gedood uit wraak vanwege Carla, dan heeft Rocco een probleem. Dat zou betekenen dat Bones langer leefde dan Carla. Hij zou Carla's erfgenaam worden, niet Rocco. Maar ik weet zeker dat je het tegendeel zult bewijzen.'

'Ik?'

'Ja, jij. Je bent goed in onderzoek doen en je hebt goed contact met de politie. Jij kunt ons binnen de kortste keren uit de problemen krijgen.'

Het was de eerste keer dat tante Pearl sheriff Tyler Gates ter sprake had gebracht en ik wist niet zeker waarom. Hij werkte tenslotte in Westwick Corners, niet in Las Vegas, dus ik snapte niet wat dat hiermee te maken had.

'Nee, tante Pearl. We moeten hier echt weg.' Ik dempte mijn stem tot een fluistering. 'Hoe zit het met Christophe? Die vent maakt me serieus bang.'

'Doe niet zo gek. Christophe heeft het veel te druk met het bereiden van cocktails en hapjes om moorden te plannen. Ruby kan nog een voorbeeld aan hem nemen op het gebied van gastvrijheid.'

Ik probeerde me voor te stellen hoe Christophe voor ons de bar zou beheren in Westwick Corners en zette het toen net zo snel uit mijn hoofd. 'Doe niet zo belachelijk. Ik vind het niet leuk dat je zulke dikke maatjes bent met die gangsters. Het is gevaarlijk.'

'Je overdrijft. Crisc - ik bedoel, Christophe - is hier alleen om ons te beschermen, Cen. Manny heeft hem gestuurd om over ons te waken.'

'Weet je dat zeker? Deze suite heeft gewoon beveiliging op de deur en ik wed dat Rocco..'

'Rocco weet niet wat hij op dit moment doet. Hij is te afgeleid. Bovendien zei ik niet dat ik Manny geloofde. Ik klets gewoon met hem mee, zodat hij denkt dat ik aan zijn kant sta.'

'Oh, want je bent ineens een soort geheim agent?'

'Jij begrijpt me, Cen.' Tante Pearl grijnsde. 'We houden onze vrienden dichtbij, maar onze vijanden nóg dichterbij.'

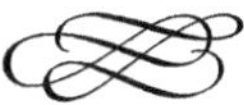

Tante Pearl staarde voor zich uit. 'Ruby wilde niet dat je ooit iets over Danny te weten zou komen, maar ik heb niemand anders om in vertrouwen te nemen.' Ze trok haar benen op en kwam zo dichtbij dat ik de alcohol op haar adem kon ruiken. 'We moeten Ruby de waarheid vertellen over haar vriend. Het gaat pijn doen, maar misschien ziet ze de positieve kant. Bones had stiekem een relatie met Carla, maar alleen om te profiteren van haar casino als middel om geld wit te wassen.'

'Ik snap niet helemaal hoe zijn bijbedoeling om geld wit te wassen haar een beter gevoel moet gaan geven.' Ik dacht terug aan de begrafenisreceptie. Als je erachter komt dat je vriend met iemand anders is getrouwd, moet dat je dag wel verpesten. 'Mam moet nog steeds van streek zijn. Waarom moeten we haar überhaupt iets vertellen? Hij is nu dood, dus dat doet er allemaal niet meer toe.'

'Natuurlijk maakt het uit,' snauwde tante Pearl. 'Laten we het eens hebben over Carla. Zij weerhield Danny ervan zijn geld wit te wassen via het casino.'

'Ik snap waarom,' zei ik. 'Carla had waarschijnlijk haar eigen geld om wit te wassen. Als ze nog meer geld zou toevoegen, was er meer risico om betrapt te worden.' Oh, fijn. Nu begon ik zelf ook als een crimineel te denken. 'Het was slim van Bones om met Carla te trouwen. Als zijn vrouw zou ze nooit in de rechtbank tegen hem hoeven te getuigen.'

'En kijk eens waar dat hem heeft gebracht, Cen. Hij is dood.' Tante Pearl snoof. 'Bones is niet echt Carla's echtgenoot, hoor. Nooit geweest ook.'

'Maar de bruiloft in Las Vegas...'

'Allemaal een schijnvertoning. Carla is - ik bedoel, was - een gehaaide tante.' Tante Pearl's ogen werden vochtig en haar stem brak. 'Ze wist precies wat Bones van plan was. Daarom kreeg ze het idee om een nepbruiloft in elkaar te zetten. Bones zou denken dat ze getrouwd waren en dat leverde Carla wat extra tijd op. Ze wilde een complete turfoorlog vermijden.'

'Wauw, dat is briljant gelukt, zeg.'

'Ze liet Danny haar verleiden, terwijl ze wist dat hij gewoon mee wilde doen in het bedrijf. Daarna regelde ze een snelle bruiloft, compleet met getuigen en nepdocumentatie. Alleen híj dacht dat het echt was. Het leek me een goed idee,' zei tante Pearl. 'Maar misschien was het toch te laat voor haar.'

'Bones - ik bedoel Danny - moet er op de een of andere manier achter zijn gekomen en haar hebben vermoord.'

Tante Pearl snoof. 'Wie weet? We hebben nog steeds geen solide bewijs dat naar wie dan ook wijst. Bones had een motief, maar zijn dood zorgt voor een ijzersterk alibi.'

'Dat hangt af van de timing.' Het was waar dat het lijk van Bones in veel slechtere staat was geweest dan dat van Carla, maar misschien was er een goede reden. 'Carla's lichaam was gebalsemd, maar ik vermoed dat Bones niet dezelfde behandeling heeft gekregen: zijn lichaam is gewoon in de dubbele bodem van Carla's kist gedumpt.'

'Dus?'

'Dus ziet hij eruit alsof hij eerder is overleden, maar dat is alleen omdat hij behandeling van de begrafenisondernemers met alle make-up en balseming niet heeft ondergaan.' Ik keek naar buiten en schrok omdat mijn moeder uit het zicht was verdwenen. Ik haalde diep adem en probeerde mezelf voor te houden dat ik overdreven reageerde. Het terras liep aan drie kanten langs de suite, dus ze was waarschijnlijk net uit het zicht gestapt en genoot gewoon van het uitzicht.

Ik wendde me weer tot tante Pearl. 'Ik wilde dat ze een autopsie op Carla zouden doen. Dat ze verdronken zou zijn slaat gewoon nergens op.'

'Dat is gemakkelijk te regelen. Jouw wens is mijn bevel.' Tante Pearl zwaaide met haar hand in de lucht en keek naar het plafond. 'Ik zie dat je eindelijk mee wilt doen, Cen. Beter laat dan nooit.'

Een stapel papieren viel van bovenaf in mijn schoot. Ik legde de papieren op volgorde. 'Heb je dit nou serieus net verzonnen?'

'Doe niet zo belachelijk. Ik zou zoiets nooit doen.'

'Maar de keuringsarts heeft niet eens...'

'Jawel hoor, hij heeft gewoon onderzoek gedaan. De autopsie is weggemoffeld, net als al het andere.'

Ik hield het autopsierapport omhoog. 'Waar heb je dit vandaan?'

Tante Pearl rolde met haar ogen. 'Maakt niet uit. Dat kun jij mooi lezen terwijl ik een beetje speurwerk doe in het casino.'

'Niet gokken, tante Pearl, alsjeblieft. Je weet wat het met je doet.' De impulsiviteit van tante Pearl en haar gokprobleem waren een dodelijke combinatie. Zelfs als haar winnende lot in de loterij echt was, had ze waarschijnlijk een klein fortuin uitgegeven om het te bemachtigen. Heksen konden zo ongeveer alles tevoorschijn toveren, behalve bergen met geld. Een winnend lot was echter vrijwel hetzelfde als contant geld. Een lot tevoorschijn toveren stond gelijk aan bovennatuurlijke fraude. Dat was een schending die ernstig genoeg was om een levenslang WICCA-verbod aan je broek te krijgen.

Mijn tante brak hier en daar kleine regels, maar ze zou nooit haar status als heks in gevaar brengen, wat er ook gebeurde. Aan de andere kant moesten dwangmatige gokkers hun verslaving nu eenmaal voeden, dus misschien had ze er geen controle over.

Tante Pearl haalde haar schouders op. 'Het zal wel. Doe met deze info wat je wilt. En vergeet niet: ik heb de loterij gewonnen. Ik kan het me best veroorloven om te gokken als ik dat wil.'

Ik stond op het punt tante Pearl voor de zoveelste keer te vragen hoeveel ze had gewonnen, toen mam ineens schreeuwde.

'Help!'

We renden allebei naar buiten om mam tot haar middel in het zwembad te zien staan. Haar haar was doorweekt en haar mascara was helemaal uitgelopen. Ze moest op de een of andere manier in het water zijn gevallen.

'Hoe ben je ...?' Ik stak mijn hand uit.

'Ik weet niet. Ik ben op de een of andere manier in slaap gesukkeld, denk ik. En ineens lag ik met mijn gezicht naar beneden in het zwembad.' Mama sprak onduidelijk en haar tanden klapperden ondanks de hitte.

We trokken haar uit het zwembad en tante Pearl pakte een handdoek om die om mams schouders te wikkelen.

Mam viel opzij. 'Au ... ik denk dat ik mijn enkel heb verstuikt toen ik erin viel.'

Het ongeluk bij het zwembad was nog meer bewijs dat mijn moeder niet haar normale, voorzichtige zelf was, en dat terwijl ik me niet kon herinneren dat ze meer dan een glas wijn of twee had gedronken tijdens de begrafenis. Zeker niet genoeg om flauw te vallen, hoewel ze er wat wankel uit had gezien. Wat de reden ook was, het was totaal niets voor haar.

Ik huiverde omdat het kantje boord was geweest. Eén zwembadongeval was wel genoeg, wat mij betreft. Als dat echt was wat er was gebeurd, tenminste...

Tante Pearl en ik pakten elk een arm en hielpen mam naar de bank, waar ze prompt weer flauwviel. Nou ja, ze ademde tenminste normaal. Ik legde een kussen achter haar hoofd en bedekte haar met een deken.

Ik concentreerde me opnieuw op Carla's autopsieresultaten. Het was gortdroge info, vooral omdat ik niet bekend was met veel van de medische termen. Eén ding was echter duidelijk: Carla's ware doodsoorzaak was niet verdrinking geweest.

Volgens het rapport bevatten Carla's longen geen water, wat betekende dat ze al dood was tegen de tijd dat ze in het zwembad terechtkwam. Ik bladerde door het rapport tot ik bij het gedeelte kwam dat de doodsoorzaak aangaf. De keuringsarts had "dood door wurging" opgeschreven.

Ik keek op naar tante Pearl, die haar schoenen aan het aantrekken was. Ze maakte zich klaar om naar het casino te gaan. 'Wacht. Heb je dit gelezen?'

'Hoe heb ik het nou kunnen lezen? Jij hebt het de hele tijd in je handen gehad.' Ze liep terug naar de bank en ging naast me op de armleuning zitten. 'Hoezo?'

'Kijk hier eens naar.' Ik wees naar het gedeelte met de doodsoorzaak. 'Carla is gewurgd. Het zwembadongeluk is in scène gezet, zodat het leek alsof ze verdronken was.'

'Ik heb je al verteld dat het een dekmantel was. Het was in elk geval geen ongeluk.'

'Dat weet ik, tante Pearl, maar ik dacht dat de lijkschouwer haar dood ook als een ongeluk had bestempeld.' Ik hield de papieren omhoog. 'Dit bewijst dat mensen de ware doodsoorzaak proberen te verduisteren, maar alleen de politie, niet de keuringsarts. Hoe en waarom verzwijgt de politie dit?'

'Ze zijn omgekocht.'

'Dat is misschien zo, maar waarom zegt de keuringsarts dan niets?'

Tante Pearl haalde haar schouders op. 'Die is vast ook omgekocht.'

Ik schudde mijn hoofd. 'Nee. Als dat het geval was, zou het autopsierapport haar dood als ongeluk hebben staan. We kunnen maar beter een bezoekje brengen aan die keuringsarts.'

De ogen van tante Pearl werden groot. 'Zij is óók in gevaar.'

Ik knikte terwijl ik op mijn horloge keek. Het was al na zevenen. 'Het is na sluitingstijd, dus ik neem aan dat het tot morgen zal moeten wachten.'

'In de tussentijd kunnen we Rocco beter beschermen,' vond tante Pearl. 'Ik heb de komende vierentwintig uur een beschermend schild om hem heen gelegd. Alleen een andere heks kan het breken.'

Tante Pearl was koppig en niet te stoppen als ze een doel had, en vanavond was dat niet anders.

'Rocco heeft geen bescherming nodig, tante Pearl. Denk nou eens na. Mensen vallen bij bosjes om, maar híj ontsnapt steeds ongedeerd. Waarom?' Nu de aantrekkingskrachtbezwering van mijn tante was uitgewerkt, kon ik helderder nadenken. Hij moest hier op de een of andere manier bij betrokken zijn. Ik snapte niet dat tante Pearl dat niet zag.

'Tot nu toe gewoon geluk, denk ik.' Tante Pearl vermeed mijn blik. 'Maar ooit houdt dat een keer op.'

'Het is geen geluk. Hij is waarschijnlijk op de een of andere manier bij de zaak betrokken, in ieder geval bij de dood van Bones.'

'Hoe kun je die arme Rocco beschuldigen? Hij is ook gewoon een slachtoffer.' Ze schudde teleurgesteld haar hoofd.

'Je bent niet meer objectief, tante. Je emoties winnen het van je.'

Tante Pearl kwam voor me staan. 'Ik moet mijn belofte nakomen, Cen. Het was Carla's laatste wens dat ik voor Rocco zou zorgen.'

Ik schudde mijn hoofd terwijl ik terugdacht aan Rocco en zijn gewapende lijfwachten. 'Rocco heeft jou niet nodig. Hij is oud genoeg om voor zichzelf te zorgen. Wacht even. Ben jij niet zijn ... '

'*Godmother.*' Tante Pearl maakte mijn zin af. 'Ja, ik ben zijn peet-tante. Zodra we dit probleem hebben opgelost en de moordenaar opsluiten, moeten we Rocco weer op de been krijgen. Hij heeft mijn advies nodig in zijn nieuwe rol als hoofd van het familiebedrijf.'

Ik hoopte echt dat ze zichzelf als feeënmoeder zag en niet als *godmother* in de zin van de maffia. Tante Pearl als een misdaad *don*, of *donna*, zoals je het in het Italiaans zei, was een ronduit eng idee.

'Het misdaadsyndicaat van de Racatelli's is geen gewoon bedrijf, tante Pearl. Ik vraag me af of Carla wilde dat je hem dáárbij zou helpen.' Ik vond het jammer dat Carla's dood nodig was geweest om eindelijk openlijk over de criminele ondernemingen van de famili Racatelli te praten. 'Het zijn gevaarlijke mensen waar je een spelletje mee speelt.'

'Niet zo gevaarlijk als een heks met een vendetta. Dat is waar jij kunt helpen.' Tante Pearl wreef haar handen over elkaar. 'Jij houdt Rocco bezig terwijl ik aan mijn magie werk.'

Ik hield mijn handen omhoog in protest. 'Oh nee. Ik raak hier níét bij betrokken. Je neemt je hele peettante-rol veel te serieus.'

Tante Pearl stond uitdagend voor me met haar handen op haar heupen. 'Ik ben geen peettante in de normale zin van het woord, Cendrine. Carla stelde me aan nadat Rocco's ouders stierven toen hij een tiener was. Ze wist dat ze niet eeuwig zou leven. Rocco, als haar bedrijfsopvolger, moest er klaar voor zijn. Ze dacht dat ik de geschikte vrouw was voor de klus.'

'Je bent zelf niet bepaald jong,' merkte ik op. Tante Pearl was ook in de zeventig, maar een paar jaar jonger dan Carla. Haar verhaal klonk als een grove overdrijving of een regelrechte leugen. Toch kon ik niemand bedenken die meer gefocust was dan mijn tante, dus dat deel klopte tenminste. Maar wat wist ze over de georganiseerde misdaad? Niets, voor zover ik wist. 'Ik denk dat je je iets te veel laat meeslepen. Als jij zijn peettante bent, ben je dan technisch gezien niet het interim-hoofd van het Racatelli-bedrijf?'

Tante Pearl knikte. 'Daarom moesten we allemaal naar Vegas komen. We zijn allemaal nodig om het succes van Rocco te verzekeren.'

'Waarom ik? Ik heb geen sterke krachten.' En het laatste wat ik wilde, was een crimineel helpen om zijn greep op de macht te verstevigen. Jeugdvriend of niet, dat maakte mij niet uit.

'Precies.'

Ik wachtte op tante Pearl om alles verder te verklaren, of in ieder geval me de les te lezen over hoe ik beter mijn best moest doen, maar dat deed ze niet. 'Geen magie, maar je bent heel aantrekkelij.'

'Aantrekkelijk? Oh nee. Echt niet. Je gaat me niet koppelen met Rocco.' Het was op zijn zachtst gezegd beledigend om me als een soort lokaas te gebruiken. Toen dwaalden mijn gedachten af naar de ontmoeting in de lobby. Die gespierde borst en doordringende blauwe ogen en …

Verdomme. Wat was er in hemelsnaam met me aan de hand? Ik wilde Tyler, niet Rocco. Daar was ik zeker van. En toch leek mijn magnetische aantrekkingskracht tot Rocco mijn andere gevoelens voor Tyler te vernietigen.

'Jij bent precies het soort afleiding dat Rocco op dit moment nodig heeft. Je bent ook in de buurt om garant te staan voor zijn veiligheid. Je kunt hem beschermen voor het geval er iets misgaat.'

'Zoals wat?' vroeg ik ongemakkelijk.

'Ik weet het niet, Cen.' Tante Pearl zweeg even en koos haar woorden zorgvuldig. 'Bedenk dat alleen een heks het beschermende schild kan doorbreken dat ik om Rocco heen heb opgroepen. Je bent niet de beste heks aller tijden, maar je kunt tenminste in actie komen als dat nodig is.'

'Wacht, hoezo in actie?'

'Geen tijd om in details te treden. Je merkt het wel als het nodig is.'

'Misschien weiger ik wel.'

'Dat kan niet. Wat is gedaan, is gedaan, Cen. Je kunt er niet veel aan doen. Vertrouw me nu maar.'

'Je hebt me wéér betoverd!' Opnieuw voelde ik die vreemde aantrekkingskracht tot mijn oud-klasgenoot. Had ik maar meer met magie beoefend; dan had ik misschien de betovering van mijn tante kunnen verbreken. Ze had me voor haar eigen doeleinden gebruikt en slaagde erin me tegelijkertijd een lesje te leren. Allemaal omdat ik mijn hekserijlessen had verwaarloosd, was ik weerloos tegenover mijn machtige tante.

Ik moest een betere heks worden, al was het maar om de manipulatie van tante Pearl tegen te gaan. Ze had me weer bedrogen. Ik keek haar woest aan. 'Verwijder die spreuk, nu meteen.'

'Nee, jongedame. Pas als we Carla's moordenaar hebben gevangen en ervoor hebben gezorgd dat het Racatelli-bedrijf in Rocco's handen blijft.'

'Ik weet zeker dat Rocco liever niet wil dat je je ermee bemoeit.' Ik wilde ook niet dat ze dat deed. Dit kon helemaal verkeerd uitpakken.

'Maakt niet uit. Er zijn eh ... zakelijke problemen waarvan Rocco zich nog niet bewust is. Enne, persoonlijke problemen.' De gezichtsuitdrukking van tante Pearl was vreemd. 'Carla had wat problemen als het op relaties aankomt.'

'Die problemen zijn neem ik aan verdwenen nu ze dood is.'

'Dat zou je denken, maar ...'

'Maar wat?'

'Carla had een relatie met iemand anders. In een passionele bevlieging heeft ze misschien iets gedaan waar ze spijt van had.'

'Had ze naast Bones nóg een man? Waar haalde dat mens de tijd vandaan?' Carla runde blijkbaar een criminele miljoenenonderneming, hield bendeleden bij zich vandaan en had met meerdere mannen tegelijk een relatie. Mij zou niet eens een van die dingen lukken en ik was zo'n beetje vijftig jaar jonger. Ik was een mislukkeling vergeleken met haar. Aan de andere kant: ik leefde tenminste nog.

'Het is haar op de een of andere manier gelukt.'

'Wie was het - een andere misdaadbaas?' Ik maakte een grapje.

'Uh-huh. Manny,' zei tante Pearl.

'Jóúw Manny?'

Tante Pearl knikte. 'Zij en Manny traden in de echt, en dat huwelijk was wél echt.'

'Maar jij en Manny ...'

'Allemaal toneel, Cen. Ik wist dat Manny in het geheim met Carla was getrouwd, maar hij wist niet dat ik het wist. Hij weet het nog steeds niet.'

'Ben je niet jaloers?'

Tante Pearl haalde haar schouders op. 'Niet echt. Ik wilde gewoon een affaire. Geen verplichtingen.'

Ik bedekte mijn oren, want ik wilde niet nóg meer details over mijn tantes seksleven horen. Allerlei beelden kwamen onuitgenodigd in mijn hoofd op. 'Waarom wilde Carla zo graag opnieuw trouwen? Ze was al jarenlang vrijgezel.'

'Denk je dat jullie jonkies de enigen zijn die van een beetje romantiek houden? Carla was volwassen, maar ze was niet te oud voor af en toe een beetje plezier.' Tante Pearl zuchtte. 'Dat is het hele probleem. Ze werd meegesleurd in een golf van passie en vergat aan dat huwelijk ook voorwaarden te stellen. Haar dood betekent dus dat alles naar Manny La Manna gaat. Inclusief dit hotel.'

Carla's maffioso *toy boy* was ineens een stuk rijker. 'Dan moet Manny haar hebben vermoord.'

'Kan zijn. Ik weet echt niet wat ik ervan moet denken,' zei ze. 'Het zou me niets verbazen. Ze was waarschijnlijk ongeveer vijftig miljoen waard. En dan zijn er nog alle andere Racatelli-bedrijfjes die ze beheerste...' De ogen van tante Pearl werden nat van de tranen. 'Carla zou het vreselijk vinden dat dit allemaal gebeurt.'

'Laten we de politie bellen en hen het laten afhandelen. Vertel ze over je vermoedens.'

Tante Pearl schudde nadrukkelijk haar hoofd. 'Absoluut niet. We kunnen ze er niet bij betrekken, want Carla heeft veel illegale ondernemingen. We kunnen het Ruby ook niet vertellen. Zij keurt de duistere wereld af waarin de Racatelli's zich bewegen.'

'Natuurlijk moeten we het haar wel vertellen.' Ik betwijfelde of mam zich echt totaal niet bewust was van Carla's zaakjes. Ze was gewoon te beleefd om er iets over te zeggen.

Een ding waar ik in elk geval wél zeker van was, was dat tante Pearl meer gevaar liep dan ze zich realiseerde.

Carla's dood had meer gedaan dan de toekomst van Rocco of Manny beïnvloeden. Nu waren alle ogen op tante Pearl gericht omdat zij zogenaamd in Manny was geïnteresseerd. Ik begon me af te vragen wat die Christophe écht in onze suite te zoeken had.

HOOFDSTUK 24

Tante Pearl en ik zaten op de bank, terwijl mam aan de andere kant vredig lag te slapen. Wilt zat een paar meter verderop aan een klein bureau. Hij zat voorovergebogen met zijn hoofd in zijn handen en zag er neerslachtig uit. Als ik had gekund, had ik een terugspoelspreuk gedaan om hem een beter gevoel te geven. Maar dat loste niets op. Jimmy zou hem nog steeds komen opzoeken om zijn pokergeld te komen halen, wat er ook gebeurde.

Christophe was pas een paar minuten geleden naar de suite teruggekomen en deed alsof de hele begrafenis nooit had plaatsgevonden. Hij liep meteen naar de keuken – mij best.

Na vijf minuten in de weer te zijn geweest met kletterende borden, kwam hij tevoorschijn met een dienblad vol snacks en zette dat voor ons op de salontafel. 'Heeft er iemand honger?'

Ik was op mijn best al niet zo goed in over koetjes en kalfjes praten, en kletsen met een van Manny La Manna's trawanten maakte me ongemakkelijk. Ik was zo bang om iets verkeerd te zeggen dat ik alleen maar een bedankje bromde en een stuk kaas aan een vork prikte.

'Hoe laat is het?' Mam kwam overeind en keek de suite rond. Ze stond op maar vergat haar pijnlijke enkel. Ze zakte snel weer terug op de bank met een grimas van pijn op haar gezicht. 'Ik wilde dat ik weer naar het zwembad kon. Dat is zo ontspannend.'

'Ik denk echt niet dat dat een goed idee is, mam.'

'Laat mij dit maar afhandelen.' Christophe tilde mam op in zijn armen als een of andere romannetjesheld en droeg haar naar een comfortabel uitziende divan bij het raam. Hij zette haar voorzichtig neer en gaf haar een zachte, witte handdoek. 'Van hieruit kun je in ieder geval het uitzicht bewonderen.'

Mam giechelde en genoot duidelijk van Christophes aandacht. 'Ik denk dat het wel gaat. Misschien is mijn enkel een beetje gekneusd door de val.'

De kuiltjes in Christophes wangen werden dieper toen hij glimlachte. Hij deed alsof er niets bijzonders was gebeurd. 'Mag ik jullie dames een drankje aanbieden? Je moet wel moe zijn van de begrafenis.' Hij knipoogde naar mam.

Mam bloosde. 'Ach, waarom niet?'

Ik boog me naar tante Pearl. 'Waarom houdt hij dit toneel vol? Hij weet dat we hem met Manny hebben gezien. We weten dat hij geen butler is.'

'Sssh.' Tante Pearl legde een vinger op haar lippen.

Christophe negeerde ons en hield zijn blik op mijn moeder gericht. 'Ik haal wat ijs voor je enkel.'

'En een Cosmo voor mij, Chris,' riep tante Pearl Christophe na terwijl hij naar de keuken liep. 'En een witte wijn voor Ruby.'

Mam zweeg, wat ik zag als toestemming.

'Ik wil gewoon wat water. Het is nog niet eens vijf uur,' protesteerde ik.

'We zijn in Vegas, Cen. Deze stad slaapt nooit en dat zou jij ook niet moeten doen. Doe eens gek.' Tante Pearl streek met een hand door haar grijze haar. 'Doe wat andere mensen van jouw leeftijd doen.'

Christophe verdween om de hoek en kwam slechts seconden later weer terug met een groot dienblad volgeladen met gekoelde drankjes en verschillende bordjes met kaas, hartige taart en crackers. Hij gaf me een glas gekoelde witte wijn. 'Ik heb de vrijheid genomen om een heel mooie *Sonoma Valley Chardonnay* voor je uit te kiezen, Cendrine.

Omdat Pearl en Ruby alcohol drinken, dacht ik dat jij misschien ook wat wijn wilde.'

Mijn wilskracht brokkelde af. Ik pakte de wijn van Christophes dienblad en nam een slok. De Chardonnay voelde soepel aan op mijn tong en wakkerde mijn eetlust aan. Ik knabbelde aan een stukje kaas en voelde me plotseling totaal uitgeput. Ik was te moe om me nog ergens druk om te maken. We hadden de hele nacht gereden om hier te komen en waren vervolgens geconfronteerd met een schietpartij, gangsters en een moord die ontdekt werd tijdens een begrafenis. Ik had amper geslapen en ik had de energie niet meer om te protesteren tegen de plannen van tante Pearl, of zelfs maar een oogje in het zeil te houden wat betreft Christophe en zijn drankjes.

'Je bent razendsnel, Chris.' Tante Pearl tankte haar Cosmo in rap tempo naar binnen en zette haar lege glas op de salontafel. 'Kun je toveren of zo?'

Ik verslikte me in mijn drankje en spoog Chardonnay over mijn kleren. Ik herstelde me en keek mijn tante boos aan. Wat was ze nou stom aan het doen met haar bovennatuurlijke toespelingen?

Als Christophe al beledigd was, dan liet hij het niet zien. 'Dat is een vakgeheim. Als je wilt, kan ik ook een diner regelen.' Hij stond op en wachtte onze instructies af. Misschien was hij toch niet zo'n gangster als ik had gedacht.

'Lekke, Chris, bedankt!' Tante Pearl sprong overeind. 'Ik denk dat we wel wat te eten lusten. Waarom verras je ons niet?'

'Goed. Ik ga even snel wat boodschappen doen dan.' Christophe liep naar de hal. Zijn rubberen zolen piepten op de marmeren vloer.

Ik wachtte tot de liftdeur dichtging en draaide me naar mijn tante toe.

'Als hij echt voor Manny werkt, willen we toch niet dat hij terugkomt?'

Mam nam een slokje van haar wijn en trok haar pluchen witte badjas om zich heen, zich niet bewust van ons dilemma.

'Oké dan, we doen de deur op slot of zoiets.' Tante Pearl schudde langzaam haar hoofd. 'Hoewel... Ik weet een manier waarop jij in elk geval kunt voorkomen dat hij hier terugkomt.'

'Wat het ook is, ik doe het. Wat is je manier?'

Tante Pearl glimlachte. 'Een beschermingsspreuk rond de kamer. Heb je die geoefend? Of heb je het te druk gehad met andere dingen?'

Ze wist net zo goed als ik dat ik niet had geoefend, en nu stond ze op het punt me te laten boeten voor die verkeerde inschatting. Alwéér.

'Kun jij niet ...'

'Nee, Cen. Je moet op eigen benen staan.'

'Hallo! We zitten hier in een noodsituatie. Kun je niet voor een keer een uitzondering maken?'

Ze wuifde mijn bezwaren weg. 'Wat is er nu beter dan het leren in de praktijk? Nu heb je tenminste genoeg motivatie.'

Ik zuchtte. 'Jouw houding jaagt ons nog eens de dood in. Doe het dan voor mam.'

'Je maakt je teveel zorgen, Cen. Geniet gewoon van de suite, want je gaat waarschijnlijk nooit meer op zo'n mooie plek verblijven.'

'We kunnen in de camper slapen,' zei ik.

Tante Pearl zwaaide met haar vinger. 'Voel je je soms veiliger in een blikken vehikel in die ondergrondse parkeerplaats? Geen slimme zet als de maffia achter je aan zit.'

Ze had gelijk, en het was vanavond hoe dan ook te laat om nog iets aan de kamer te doen. 'Laten we hier dan maar de nacht doorbrengen. We blijven binnen en gaan morgen uitchecken.'

'Ik blijf echt niet de hele avond op mijn kamer zitten. Dit is Vegas, lieverd. Ik ga naar beneden, naar het casino. Wil je met me mee?'

Ik schudde mijn hoofd en zag dat tante Pearl al de wenteltrap oprende die naar de slaapkamers leidde.

Misschien had tante Pearl gelijk en moest ik er het beste van maken, maar ik wilde alleen maar slapen. Die zogenaamde missie van haar leek gewoon niet zo belangrijk meer.

Nu de begrafenis achter de rug was, kon er niet veel meer gebeuren voordat we morgen vertrokken. Wat zou er mis kunnen gaan?

Ik nam een slokje van mijn wijn en keek even naar mijn moeder, die weer in slaap was gevallen. Ze lag zachtjes op de divan te snurken. Ik liep naar haar toe, haalde voorzichtig het lege wijnglas uit haar hand en zette het op een bijzettafeltje. Ik trok de kussens wat omhoog en legde haar gezwollen enkel iets beter. Wauw, ik voelde mijn ogenleden zwaar worden.

Mams slapende toestand en mijn gebrek aan magische vaardigheden lieten ons vrijwel weerloos achter. Tante Pearl was zich daar terdege van bewust. Ach, ze zou ons hier niet achterlaten als we écht in gevaar waren. Dat geloofde ik niet. Ondanks alle problemen die ze veroorzaakte, was ze loyaal en beschermend naar ons toe.

Maar misschien had tante Pearl gelijk. Als ik dan ergens gestrand was, waren er veel ergere plekken te bedenken dan in deze suite, omgeven door luxe, zonder dat ik ergens heen hoefde. Dat was mijn laatste gedachte, voor dat de slaap me inhaalde.

HOOFDSTUK 25

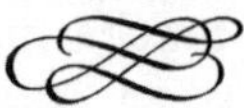

Ik schrok wakker op de bank, totaal gedesoriënteerd. Te oordelen naar het zwakke licht buiten was het al schemerig. Ik moest zijn ingedommeld.

Ik draaide mijn hoofd naar de richting van een geluid.

Een bonzend geluid.

Bons, bons, bons.

Ik kon me niet herinneren dat ik in slaap was gevallen, maar dat moest wel, want ik was helemaal versufd. Ik had ook last van een bonkende hoofdpijn, hoewel ik zeker wist dat ik maar een paar slokjes wijn had gedronken. De alcohol in combinatie met uitdroging en te veel zon op de begrafenis had me gevloerd.

Ik had de sleutelkaart van de hotelsuite nog steeds in mijn hand en ik realiseerde me in paniek dat ik Tyler helemaal niet meer had gebeld sinds de begrafenis. Het was die stomme spreuk waardoor ik aantrekkingskracht tot Rocco voeldee. De ene helft van de tijd kon ik niet helder denken en de andere helft was ik bezig met het in de gaten houden van tante Pearl.

Nog een gebroken belofte.

Bonk, bonk.

Elke kans die ik had met de man waar ik al maanden naar

verlangde, was waarschijnlijk verkeken. Allemaal vanwege mijn bemoeizuchtige tante en haar ontvoeringsstunt.

Ik was ervan overtuigd dat ze al die tijd gewoon van onze date had afgeweten. Ze zou er alles aan doen om hem van me weg te jagen, inclusief het op elke mogelijke manier saboteren van onze prille relatie. De Racatelli-problemen waren toevallig een handig excuus geweest.

Bonk, bonk.

De afkeer die tante Pearl voor Tyler voelde was niet persoonlijk. Ze vond hem gewoon irritant omdat ze eindelijk iemand had ontmoet die haar tegengas gaf. Hij was de enige sheriff die ze de stad niet uit kon pesten. Ze had me waarschijnlijk expres gekidnapt om elke kans op een romantische relatie tussen hem en mij te dwarsbomen.

Nog meer gebonk.

Terwijl mijn ogen geleidelijk aan de duisternis wenden, richtte ik mijn blik op plek waar het geluid vandaan leek te komen. Mijn blik ging de wenteltrap op en kwam uit bij een paar naaldhakken die aan welgevormde voeten zaten.

'Joehoe! Hoe zie ik eruit?' De stem van tante Pearl weerkaatste tegen het hoge plafond terwijl haar gemanicuurde hand de reling van de wenteltrap vastgreep. Vanaf mijn uitkijkpunt op de bank beneden zag ik alleen de onderste helft van een karmozijnrode avondjurk met lovertjes, glinsterend onder de halogeenlampen.

Ik schoot rechtop en vloekte zachtjes terwijl ik het tafereel in me opnam. Mijn onbezorgde stemming van eerder was van korte duur geweest. Het was tante Pearl helemaal niet: het was Carolyn Conroe. 'Je kunt hier geen Carolyn spelen.'

Carolyn Conroe was het alter ego van tante Pearl, een magische Marilyn Monroe-kloon die mijn tante als gestalte gebruikte wanneer ze plezier wilde maken. Carolyn was zelfs nog roekelozer dan tante Pearl, met een slinkse, onvoorspelbare kant. De gedachte aan een Carolyn die ongecontroleerd en zonder toezicht in Las Vegas rond zou lopen, maakte me bang.

'Waarom niet? Carolyn houdt zelfs nog meer van Vegas dan ik.' Een dijhoge split liet haar goed gevormde benen zien terwijl tante

Pearl - of liever gezegd Carolyn - langzaam en wat stijfjes de trap afdaalde op haar onmogelijk hoge hakken.

Carolyns jeugd zat natuurlijk alleen aan de oppervlakte; die moest worden meegetorst op de zeventig jaar oude, jichtige benen van tante Pearl. Zelfs hekserij kon niet alles mooier maken.

'*What happens in Vegas, stays in Vegas.*' Ze hield een paar treden boven me halt en knipoogde. 'Project Vegas Vendetta, fase twee.'

'En hoe zit het met Christophe? Je kunt dit soort trucjes niet uithalen met hem in de buurt. Hij mag er niet achter komen dat we heksen zijn.' Ik had geen idee wanneer hij van plan was terug te komen. Omdat we vanmorgen pas waren aangekomen, had ik geen idee of hij een inwonende butler was of dat hij aan het einde van zijn werkdag naar huis ging.

Tante Pearl schudde haar hoofd toen ze de begane grond bereikte. 'Wat maakt het uit? We zullen hem na dit weekend nooit meer zien. Als hij Carolyn ziet, zeg dan gewoon dat ze een vriendin van je is.'

Alsof ik een keuze had. 'Hoe zit het met Wilt?'

'Wilt is zo geobsedeerd door gokken dat hij er niets van merkt. Maak je geen zorgen over andere mensen, Cen. Tjongejonge.' Carolyn pakte een zilveren handtas van de salontafel en klapte hem open terwijl ze naar de hal liep. Ze tuitte haar lippen en deed bloedrode lippenstift op. 'Ik heb haast.'

De blije bui waarin tante Pearl verkeerde leek niet op zijn plaats bij iemand die rouwde om haar onlangs overleden vriendin. Ik wierp een blik naast me op de bank waar mijn moeder nog steeds lag te snurken, zich niet bewust van ons gesprek. 'Nou, ik zie dat de dood van Carla je erg heeft aangegrepen,' zei ik spottend.

'Carla zou absoluut dol zijn geweest op deze vermomming', zei ze. 'Maar maak je geen zorgen, ik zal rouwen als mijn gewone zelf. Ik wil eerst even ontspannen in het casino.'

'Verander terug voordat iemand je ziet.' Mijn hoofd bonsde, alsof ik een zware kater. Ik wierp een blik op mijn halfvolle glas margarita op de salontafel. Christophe was niet de enige die drankjes aanlengde met dingen. Ik vermoedde dat tante Pearl mijn margarita met iets had versterkt.

'Meisjes willen gewoon lol hebben, Cen. *Girls just wanna have fun.* Wees niet zo'n partypooper. Doe met me mee.'

Mijn hoofd klopte nog erger toen ik eenmaal stond. Tante Pearl leek volkomen nuchter, hoewel ze veel meer te drinken had gehad dan ik. Ik wees naar mijn moeder op de bank. 'Ik kan mam niet zo achterlaten. Ik weet niet wat ze te drinken heeft gehad op de receptie, maar het is duidelijk niet goed gevallen.'

Carolyn negeerde me en strompelde op haar tien centimeter hoge hakken naar de deur.

'Tante Pearl?' Ik kwam achter haar aan in de hal. 'Hoelang blijf je weg?'

'Hangt af van hoe leuk het beneden in het casino is.'

'En als Christophe terugkomt?'

Ze rolde met haar ogen. 'Weet ik veel. Laat hem wat drankjes voor je mixen, eten klaarmaken, wat dan ook. Houd hem gewoon bezig.'

Ik hief mijn handen in de lucht. 'Je kunt ons hier niet zomaar achterlaten. Je hebt me bedrogen en me hier onder valse voorwendselen naartoe gelokt. Ik heb mijn sollicitatiegesprek al gemist en de date die ik daarna had. Ik word gek van je gedrag!'

'Het enige wat ik wilde was dat je de begrafenis zou bijwonen. Wat doe ik dan? Ik geef toe dat niet elke dag iemand de kist laat vallen, maar al met al vind ik het wel meevallen.'

'Je verandert van onderwerp.' Ik stampte met mijn voet op de grond. 'Je hebt dit met opzet gedaan, gewoon om mijn kans op een normale baan te verpesten en om te voorkomen dat ik met Tyler uitga.' Ik wíst gewoon dat ze het wist; ik kon het net zo goed zeggen.

'Oh, Cendrine! Stop met zeuren. Stop met je obsessie voor die man. Hij is het niet waard.' Ze zette haar handen in haar zij. 'Waarom heb je eigenlijk de moeite genomen om hierhee te komen?'

'Jij hebt me ontvoerd, weet je nog?'

Carolyn streek langs haar valse wimpers. 'Je doet zó dramatisch. Het draait niet altijd allemaal om jou, hoor.'

Mijn mond viel open. 'Ik? Jíj bent hier de dramakoningin.'

'Je hebt gelijk. Dat ben ik inderdaad.' Ze grijnsde. 'Misschien is het

het beste als je toch teruggaat naar Westwick Corners. We praten verder als ik terug ben.'

'Zou je me willen helpen met een spreuk?' Ik klaarde op bij de gedachte. Een beetje magische hulp van tante Pearl betekende dat ik binnen een paar minuten naar huis kon teleporteren. Ik zou vanavond weer in mijn eigen bed kunnen liggen.

'Waarom oefen je je magie niet alvast, dan zien we wel wat we kunnen doen als ik terug ben.'

'Kunnen we het nu niet doen?'

Carolyn tikte op haar horloge. 'Sorry, geen tijd. Misschien later. Ik heb dingen die ik moet afhandelen voordat het te laat is.'

Mijn schouders zakten naar beneden van teleurstelling toen ik haar de deur uit zag stappen. Ik liep terug de woonkamer in en dacht dat ik in het ergste geval een vlucht naar huis zou kunnen boeken. Misschien niet vanavond, maar morgenochtend. Ik zou mams creditcard lenen en haar later terugbetalen. Ik zou binnen een paar uur thuis kunnen zijn.

Ik voelde hoop toen ik mams laptop op de eettafel zag liggen en hem openklapte. Die verdween snel weer toen ik ontdekte dat onze suite geen wifi had. Maar er moest wel internet zijn in de lobby. Misschien zat er zelfs een touroperator die een vlucht naar huis voor me zou kunnen boeken.

Mam lag vredig op de bank te snurken met haar gezwollen enkel omhoog op een kussen. Ik wilde haar liever niet wakker maken, maar ik aarzelde ook om haar zomaar achter te laten.

Ach, ze had tenminste een butler tot haar beschikking. Christophe zou snel terugkomen en haar alles kunnen brengen wat ze nodig had in de korte tijd dat ik weg was. Of hij nu voor Manny werkte of niet, hij leek ons, en vooral mijn moeder, hoffelijk te behandelen.

Nou ja, die "geweldige" cocktails waren een minpuntje.

Het was niet ideaal om mam achter te laten, maar het idee om tante Pearl haar gang te laten gaan was nóg erger.

Ik krabbelde iets op een briefje en liet het op de salontafel liggen voor het geval mam wakker werd, en vertrok toen naar het casino.

HOOFDSTUK 26

Ik was nog maar net in het casino toen ik Rocco tegenkwam bij de bar. Hij zat aan dezelfde tafel als voorheen. Hij zat met zijn rug tegen de muur, waardoor hij een duidelijk zicht had op al het komen en gaan in de lobby, inclusief mij. Hij ving mijn aandacht en wenkte me.

Mijn hartslag versnelde toen mijn ogen de zijne vonden. Bezwe ring of niet, ik voelde me overweldigend tot hem aangetrokken. Aan zijn blik te zien leek het wederzijds. Ondanks dat ik me bewust was van het bedrog van tante Pearl, stond ik machteloos om ertegen te vechten.

'Cen - we moeten praten.' Hij gebaarde dat ik moest gaan zitten.

Ik ging zitten en keek naar de twee zware jongens die de vorige keer ook aan de tafel naast de onze hadden gezeten. Het voelde als déjà vu, hoewel het logisch was als je erover nadacht: als hoteleigenaar had Rocco zijn eigen permanent gereserveerde tafel.

Rocco dronk zijn glas leeg en boog zich naar me toe. 'De dood van mijn oma was geen ongeluk. Ze had veel vijanden, mensen met genoeg macht om een onderzoek te stoppen. Het probleem is dat de politie wordt omgekocht.'

Oh, de ironie van een crimineel die klaagde over corruptie bij de politie. 'Door wie dan?'

'Oom Manny. Ik denk dat hij achter oma's dood zit.' Rocco's blik werd weemoedig. 'Hij is eigenlijk niet mijn bloedverwant, maar voordat de oorlog begon, waren onze families vrij hecht. Dat veranderde allemaal toen de ambities van oom Manny groeiden. Het veroorzaakte een kloof tussen onze families. Het is één ding om om territorium te vechten, maar ik had nooit verwacht dat hij er een moord voor zou plegen.'

Tja. Dat was precíés wat misdaadfamilies deden, voor zover ik wist dan. Rocco zat duidelijk in de ontkenning. Ik wist niet precies bij wat voor soort dealtjes de Racatelli's betrokken waren en ik wilde het ook niet weten. Maar of ik het nu leuk vond of niet, tante Pearl had me er al bij betrokken. 'Carla kende duidelijk de risico's van haar criminele activiteiten.'

Rocco knikte. 'Dat klopt, maar ze wilde gewoon wat meer geld verdienen en voor een comfortabel pensioen zorgen. Voor haar en voor mij allebei, want ik wilde ook uit het familiebedrijf stappen. Ik was van plan het hotel en andere investeringen te behouden, maar de dingen die buiten de wet om liepen aan de kant te schuiven en het rechte pad te kiezen. Oma probeerde een deal te sluiten met Manny, zodat we legaal verder konden gaan. Maar hij wilde meer. En in deze branche is er maar één uitweg: liggend in een kist.'

Rocco maakte geen opmerking over de geheime bruiloft van Manny en Carla, dus ik wist niet zeker of hij ervan af wist. Zo niet, dan wilde ik niet degene zijn die het hem zou vertellen.

'Denk je dat Manny verantwoordelijk was voor Carla's dood?' De omstandigheden rond haar dood waren verdacht, maar ze wezen niet noodzakelijkerwijs op Manny. 'Heeft hij een alibi?'

'Hij zegt dat hij rond de tijd van haar verdrinking in het casino was, maar ik heb alle bewakingsbeelden bekeken en hij is op geen van die tapes te bekennen. Al heeft hij een aantal getuigen die zeiden dat hij zat te pokeren en hoog inzette. Op basis van mijn videomateriaal liegen ze duidelijk.'

'Heb je dit aan de politie verteld?'

'Natuurlijk, maar ze hebben het gewoon naast zich neergelegd. Ze denken nog steeds dat het een ongeluk was, dus onderzoeken ze het niet eens.'

Ik herinnerde me plotseling het autopsierapport dat ik boven op de salontafel had laten liggen. Wat als Christophe terugkwam naar de suite en het ontdekte?

Ik stond op. 'Ik bedenk me plotseling iets. Ik moet gaan, Rocco.'

'Nee, wacht.' Hij pakte mijn pols, maar liet hem net zo snel weer los. 'Ik denk wel dat ik ze zover kan krijgen dat ze de zaak weer openen.'

'Dat zou geweldig zijn.' Ik deed een stap achteruit.

'Ja en nee. Als ze het onderzoeken en iemand een moord in de schoenen moeten schuiven, arresteren ze mij in plaats van Manny. Ik heb geen alibi, en ik had van alles te winnen bij oma's dood. Ik zou alles erven.'

Ik schudde mijn hoofd. Die arme Rocco tastte echt in het duister. 'Dat is niet genoeg reden. Ze hebben bewijs tegen je nodig.'

'Blijkbaar hebben ze al iets, of in ieder geval een motief.'

'Hè? Maar waarom...'

'Ze zullen beweren dat ik het zat was om te wachten tot oma met pensioen ging. Niet alleen dat, maar ik zou ook profiteren van haar ondergang. Het is waar dat ik alles zou erven, maar ze had alles wat ze had al met me gedeeld. Ik ken het bedrijf niet zoals zij, en het laatste wat ik wilde - óók vanuit zakelijk perspectief - is dat ze dood zou gaan. Ik kan de zaak onmogelijk net zo goed leiden als zij, geen denken aan. Maar misschien met jouw hulp...' Rocco's stem brak.

'Het spijt me, Rocco. Ik snap echt niet hoe ik kan helpen. Je hebt een advocaat nodig, geen verslaggever uit een of ander provinciestadje.' Een werkloze verslaggever, zelfs. Ik zette een stap naar achte.

'Nee – Cen, wacht. Ik... ik weet af van jullie familiegeheim, net zoals jij het mijne kent. Jij bent de enige die me kan helpen. Als ik de corruptie niet kan stoppen, heb ik hulp nodig om hem in elk geval aan het licht te brengen. Precies het soort hulp dat je mij als heks kunt geven.'

Mijn mond viel open toen ik me realiseerde dat Rocco écht wist hoe groot het geheim van de familie West was. 'Een spreuk zal Carla niet terugbrengen, Rocco.'

'Dat weet ik, maar misschien kun je me op een andere manier helpen. Bewijs vinden dat Manny niet was waar hij zei dat hij was.'

'Ik zie niet in hoe...'

'Je kunt de tijd een stukje terugdraaien, zijn gangen nagaan en precies de gebeurtenissen zien die tot de moord hebben geleid. Dan kunnen we zijn alibi op een andere manier tenietdoen, de politie dwingen ernaar te handelen.'

'En wáárom denk je precies dat ik dat kan?'

'Pearl heeft een keer een terugspoelspreuk voor me gedaan. Als een gunst, toen ik een hoop geld verloor dat niet van mij was. Ze heeft die dag mijn leven gered.'

Tante Pearl had zoals gewoonlijk weer eens de regels overtreden. 'Waarom vraag je tante Pearl dan niet om hulp?'

'Ik durf het niet,' zei Rocco. 'Ze is nog steeds erg boos over het lot van mijn oma. Ik wil haar niet blootstellen aan de waarheid over hoe ze werkelijk tot haar einde is gekomen. Wat die waarheid dan ook blijkt te zijn.'

Ik draaide me om en keek rond of ik Carolyn Conroe ergens zag, maar het alter ego van mijn tante was nergens te bekennen. Dat was in zekere zin goed, aangezien ze niet bepaald de vriendin-in-rouw was waar Rocco haar voor aanzag.

'Ik zou graag willen helpen, maar de waarheid is dat ik niet zo'n heel erg goede heks ben. Zeker niet als het gaat om de tijd terugspoelen. Dat is behoorlijk geavanceerde magie.' Technisch gezien zou ik een spreuk kunnen doen, maar er zou veel mis kunnen gaan. Het leek me een slecht idee om magie te mengen met gangsters. Eerlijk gezegd vond ik het idee nogal angstaanjagend. Als ik het wél goed zou uitvoeren, zou Rocco nog meer gunsten van me willen. En als ik faalde, wat zouden dan de gevolgen zijn?

Rocco keek me aan. 'Ik heb vertrouwen in je, Cen. In feite ben je op dit moment de enige persoon die ik kan vertrouwen.'

HOOFDSTUK 27

$\mathcal{I}$k verliet de bar nadat ik Rocco had overgehaald om eerst een advocaat te bellen en daarna de keuringsarts te bezoeken.

Misschien kon hij het echte verhaal uit de keuringsarts weten te krijgen. Ik hoopte dat hij de waarheid kon achterhalen zonder zijn toevlucht te nemen tot extreme maatregelen. Kon hij maar op een legitieme manier een kopie van dat autopsierapport krijgen! Dat zou ons allebei helpen. Het was het proberen waard.

Als hij geen antwoorden kreeg, zou hij ook nog kunnen vragen om Carla's lichaam te laten opgraven voor een tweede autopsie, maar daar wilde ik liever niet aan denken.

De diagnose "overlijden door verdrinking" was gewoon idioot. Ik dacht terug aan het fiasco met de kist. Afgezien van het gebrek aan water in Carla's longen was haar serene uitdrukking een rode vlag. Verdronken slachtoffers hadden nooit zo'n vredige uitdrukking op hun gezicht. Ze waren onherroepelijk angstig en wanhopig, bevroren in dat laatste moment dat ze beseften dat ze het laatste gevecht in hun leven hadden verloren.

Ineens voelde ik me zo verdrietig. Hoe Carla's daden in haar leven ook waren geweest, ze waren vast zó erg dat ze het had verdiend om op deze manier te eindigen. Ik had ook medelijden met mijn tante omdat ze haar vriendin was verloren, ook al koos ze enigszins ongepaste manieren om haar verdriet te uiten.

Dan waren er mijn vreemde gevoelens voor Rocco. Ik had me nooit tot hem aangetrokken gevoeld, maar ik merkte dat ik constant aan hem dacht. Bijna net zoveel als ik aan Tyler dacht, eigenlijk.

Tyler.

Hij had me gewaarschuwd om me niet mee te laten slepen in deze onzin, en hij had gelijk. Ik zou gewoon naar boven moeten gaan om te genieten van onze luxe suite en op mam passen tot ze wakker werd. De belofte van tante Pearl om me terug naar huis te brengen hield vrijwel zeker in dat ik erna ook verplichtingen zou hebben, maar op dit moment was het mijn enige haalbare optie.

Ik liep verdwaasd rond en probeerde nog steeds te beslissen of ik tante Pearl moest opsporen en haar uit de problemen moest halen waar ze ongetwijfeld in zat, of gewoon terug moest gaan naar onze suite. Ik wist het allemaal niet meer. Even later bevond ik me in de lobby, een paar meter van de liften vandaan, waar zich gek genoeg een menigte had verzameld.

Ik rekte mijn nek uit om de bron van de opwinding beter te kunnen zien. Het gefluit en het opgewonden gemompel van de menigte deden me vermoeden dat er een of andere rockster of Hollywoodacteur in ons midden was. Ik vroeg me af wie er vanavond optrad in de showlounge.

Een flits van rode pailletten en lang blond haar trok mijn aandacht en ik kreeg een misselijk gevoel.

Mijn angsten werden bevestigd toen tante Pearl – of liever gezegd haar alter ego Carolyn Conroe – in zicht kwam. Ze draaide een halsketting van strass-steentjes om haar vingers terwijl ze met zwoele stem *Diamonds Are a Girl's Best Friend* zong.

'Wie is dat?' Een tienermeisje gaf me haar telefoon en gebaarde naar haar en haar moeder. 'Wilt u een foto van ons maken?'

Fantastisch. Tante Pearl was niet alleen veranderd in Carolyn Conroe, maar ze pronkte er ook mee en deed net alsof ze een beroemdheid was. Ik nam een paar foto's van het meisje en haar moeder aan weerszijden van een grijnzende Carolyn voordat ik de telefoon aan het meisje teruggaf.

Ik staarde naar Carolyn en wist niet waaraan ik me meer ergerde: haar fanclub of mijn (zo bleek) misplaatste medelijden. Ze leek zich niet bewust van de problemen die zich om ons heen opstapelden. In plaats daarvan leek het alsof ze er alleen op uit was om lol te trappen.

Carolyn knipoogde brutaal.

Ik sloot mijn hand om Carolyns arm en stuurde haar weg van de menigte. 'We moeten praten.'

'Heb jij dan nooit eens lol?' gromde Carolyn zachtjes. 'Wat gebeurt in Vegas, blijft in Vegas. Dat weet je toch?'

Ik negeerde haar opmerking en greep haar arm steviger vast. 'We gaan nu naar boven!'

'Cen, wacht. We kunnen niet weggaan zonder Wilt. Ik denk dat hij in de problemen zit,' pruilde Carolyn.

Haar gezichtsuitdrukking zag er oprecht uit, hoewel ik beter zou moeten weten. Ze bedroog me elke keer weer. 'Hij is volwassen. Hij kan voor zichzelf zorgen,' zei ik.

Carolyn schudde haar hoofd. 'Nee, niet echt. Hij is een dwangmatige gokker. Ik had hem nooit hier mee naartoe moeten nemen.'

'Je had wel meer dingen achterwege moeten laten,' zei ik bits tegen mijn tante. 'Je hebt míj hier ook tegen mijn wil naartoe gebracht.'

Er speelde een lichte glimlach om Carolyns lippen. 'Je moet gewoon een beetje plezier hebben. Laat me eerst Wilt zoeken. Dan gaan we naar boven.'

EEN PAAR MINUTEN LATER VONDEN WE WILT AAN EEN POKERTAFEL MET HOGE INZETTEN. Zelfs op zes meter afstand was het voor ons overduidelijk dat hij in de problemen zat. Zijn normaal bleke wangen waren rood en hij zweette hevig. 'Hij heeft niet echt een pokerface, hè?' merkte ik op.

'Maakt niet uit. Je hebt gewoon goede kaarten nodig.' Carolyn wuifde mijn bezwaren weg. 'Bemoei je met je eigen zaken en laat Wilt een beetje plezier hebben.'

Wilt leek me nou niet bepaald plezier hebben, hoewel hij aanzienlijk blijer keek toen hij Carolyn eenmaal zag. Ik was meteen achterdochtig. 'Je hebt Wilt geholpen met winnen, zeker?'

'Misschien heel even.' Carolyn glimlachte en liet de split van haar jurk iets meer openvallen om de aandacht van de drie andere mannen aan Wilts tafel te trekken. Ze lachten terug. 'Ik had ze allemaal zo afgeleid dat het me zonde leek om er geen gebruik van te maken.'

'Je weet dat dit niet mag, tante Pearl.' Ik schudde mijn hoofd. 'Het is in strijd met de WICCA-regels om magie te gebruiken om er geld mee te verdienen.' De regels waren bijzonder streng als het ging om magie voor persoonlijke verrijking. Geld tevoorschijn toveren was ten strengste verboden. Hoewel ik niet op de hoogte was van specifieke regels voor gokken, was ik er vrij zeker van dat dezelfde regels van toepassing waren. Tante Pearl was natuurlijk geen bankbiljetten aan het drukken, maar wat ze deed leek er wel verdomd veel op.

Mijn tante rolde met haar ogen. 'Ik ken de regels, Cen. Wie zei dat ik magie gebruikte? Dat had ik niet eens nodig. Gewoon eenvoudig rekenen.'

'Je hebt kaarten geteld?' Waarschijnlijk had het casino overal camera's hangen. Ik kende mijn tante een beetje en waarschijnlijk had ze het opvallend gedaan.

'Zoiets.' Carolyn schoof dichter naar de tafel toe, waar ze meteen de aandacht trok van een zwaargebouwde man. Zijn dikke, gouden armband sneed in zijn vlezige pols toen hij zijn kaarten uitwaaierde. Hij was een karikatuur van een personage dat rechtstreeks uit een gangsterfilm leek te komen. Zijn zelfvoldane uitdrukking was ofwel een teken dat hij blufte, ofwel een indicatie dat zijn kaarten die van Wilt zouden overtroeven. Zijn andere hand rustte op zijn dij, dicht bij zijn wapenholster.

'Het is best leuk om die zware jongens voor de gek te houden. Ze denken dat ze slimmer zijn dan iedereen. Je moet het gewoon eens proberen.' Carolyn gooide haar blonde haar met een overdreven zwier naar achteren terwijl ze om de tafel heen liep.

Kaarten tellen was al erg genoeg, maar de kaarten van Wilts tegenstander stiekem bekijken was nog veel erger. Ik pakte Carolyns arm vast en trok haar achteruit, zodat we een paar meter achter Wilt stonden. 'Dit blijft niet lang leuk meer. Wilt kan het zich niet veroorloven om zoveel geld te vergokken, niet met zijn minimumloon.' Ik ontmoette haar blik toen Wilt een stapel fiches van vijftig dollar naar het midden van de tafel duwde. Ik dempte mijn stem. 'Hij heeft écht problemen.'

Ik wist heel weinig van poker af, maar zelfs ik zag dat hij een vreselijke verzameling kaarten had. Hij had geen enkel plaatje en niet eens een paar kaarten met een laag nummer. Hij was een vreselijke bluffer zonder hoop op overwinning. Of hij nu zijn eigen geld uitgaf of een deel van de loterijwinst van tante Pearl over de balk smeet, het zou niet lang duren voor hij alles kwijt was.

Carolyn negeerde me.

Ik stapte dichter naar de tafel toe. 'Wilt, leg die kaarten neer. Laten we gaan.'

Hij draaide zich een fractie van een seconde om, net lang genoeg om me boos aan te kijken. 'Laat me met rust. Je verstoort mijn concentratie.'

Tante Pearl vloekte zachtjes. 'Je hebt hem gehoord. Bemoei je met je eigen zaken, Cendrine.'

Ik klemde mijn tanden op elkaar. 'Focus, tante Pearl. Onthoud waarom we hier zijn.'

'Kennen jullie elkaar?' Wilt trok zijn wenkbrauwen op in verbazing.

Ik knikte, geïrriteerd omdat ik de dubbele identiteit van mijn tante moest verbergen.

'Ook toevallig.' Wilt keerde zich terug naar de tafel en zijn trieste verzameling kaarten.

'Toevalliger dan je misschien denkt.' Hoewel ik opgelucht was dat Wilt geen idee had dat Carolyn eigenlijk tante Pearl was – en een heks – stoorde het me dat ze zich zo stiekem gedroeg. Wilt voelde zich duidelijk aangetrokken tot het alter ego van tante Pearl en Carolyn deed er duidelijk moeite voor om hem het gevoel te geven dat het wederzijds was.

Ik wendde me weer tot Carolyn. 'Ik doe het voor zijn eigen best-wil, tante Pearl.'

'Sssh - noem me niet zo.'

'Je zei dat hij een gokprobleem had.'

'Is dat zo? Ik kan me dat niet herinneren.'

'Jij zou toch beter moeten weten.' Ik hield mijn adem in toen de andere spelers aan tafel ook hun fiches neerlegden en de inzet van Wilt nog verder verhoogden. Ruzie maken was zinloos. Dit drama zou er alleen maar langer door gaan duren.

Carolyn kwam achter Wilt staan en legde een hand op zijn schouder.

Wilt keek om naar haar en glimlachte duidelijk verliefd naar haar. Hij schepte zelfs een beetje op met zijn "liefje" in de buurt, waardoor zijn spel alleen nog maar roekelozer werd. Het was duidelijk dat Wilt nooit veel aandacht van vrouwen had gehad, laat staan van een lekker ding als Carolyn. Hij genoot van de aandacht van Carolyn en de jaloezie van zijn tegenstanders.

'Dit heb ik.' De gangsterkarikatuur liet zijn kaarten op tafel vallen en grijnsde.

Een *Full House*, drie azen en twee tienen.

Ik pakte Carolyn bij haar arm. 'Ze gaan Wilt helemaal inmaken. Laat hem nú stoppen.' Ik kon het allemaal niet meer aanzien.

'Wil je dat ik hem stop voordat hij de kans krijgt om zijn geld terug te winnen?' Ze knipperde met haar nepwimpers naar me in schijnbare onschuld.

'Je snapt me wel.'

Ze haalde haar schouders op, ving de aandacht van de dealer en knipoogde.

Hij glimlachte geboeid terug.

Voordat ik nog een woord kon zeggen, staarde iedereen aan tafel haar als betoverd aan.

Letterlijk.

Carolyn Conroe had iedereen in de tijd teruggespoeld. Een fractie van een seconde later speelde dezelfde scène zich voor ons af. Alleen had Wilt deze keer een paar azen.

'Tante Pearl!' Ik greep haar arm. 'Dit is nog veel erger dan kaarten tellen! Verander alles weer terug zoals het was.'

'Nee, jongedame. Je klaagde eerder ook niet toen je me smeekte om je te helpen met een spreuk.'

'Maar dat was alleen om me weer thuis te krijgen. Daar drijf ik toch niemand een financiële afgrond mee in?'

'Iedereen die gokt, weet dat er een risico is.'

Ik sloeg mijn armen over elkaar. 'Wat je aan het doen bent, klopt niet. Verander nu alles terug of ik rapporteer je bij WICCA. Je kent de regels.' En die regels breken was een reden voor onmiddellijke levenslange uitsluiting. Geen enkele zichzelf respecterende heks zou het risico willen lopen haar krachten te verliezen.

'Je zou je eigen tante verraden?' Carolyn sloeg haar armen over elkaar en snoof. 'Waarom? Dit is geen bedrog, Cen. Ik heb Wilt alleen teruggebracht naar een eerder tijdstip. Zijn beide keuzes zijn gemaakt uit eigen vrije wil.'

'Maar hij koos dit keer anders,' protesteerde ik. 'Hij kreeg andere kaarten.

'Dat is gewoon hoe een kansspel werkt, Cen.'

'Je kunt het leven niet keer op keer terugspoelen totdat je de gewenste resultaten krijgt,' zei ik. 'Zo werkt het niet.'

'Je hebt het mis, Cen. Dat is precíés hoe het leven werkt.'

HOOFDSTUK 28

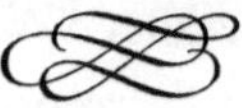

ilt stond op van de tafel en harkte zijn fiches bij elkaar. Tante Pearl en ik volgden hem toen hij naar de uitgang liep. Ik voelde veel ogen op ons gericht. Of liever gezegd op Carolyn, terwijl ze bij elke stap een schandalig stuk been en decolleté liet zien. We haalden net zes meter afgelegd toen Wilt stopte, totaal gefascineerd door een reeks gokautomaten. Hij leek zich totaal niet van ons bewust. Het was alsof hij in trance was.

'Wilt.' Ik ging voor hem staan, maar zijn glazige ogen keken voorbij mij naar de machines. Hij viste wat fiches uit zijn zak en ging bij de eerste automaat zitten.

Een voor een liet hij ze in de automaat vallen.

'Houd hem tegen, tante Pearl! Wilt kan dit niet betalen.' Een groepje dronken mannen van midden twintig waren ons vanuit het casino gevolgd. Ze stonden drie meter bij ons vandaan en fluisterden terwijl ze naar ons staarden. Te oordelen naar hun belachelijke Hawaiiaanse overhemden en strohoeden maakten ze deel uit van een of ander vrijgezellenfeest.

'Hij kan het niet betalen, maar ik wel,' zei tante Pearl. 'Hij speelt op mijn rekening.'

Ik schudde mijn hoofd. 'Maakt niet uit wie betaalt. Je maakt zijn gokverslaving alleen maar erger.' Ik snapte niet waarom ze haar gewonnen geld inzette om het leven van een gokverslaafde man te ruïneren.

Onze fanclub vormde intussen een halve cirkel om ons heen. Van wat ik op kon maken uit hun dronken gefluister waren ze een plan aan het formuleren om zichzelf voor te stellen aan mijn tantes alter ego. Ik wendde me weer tot Carolyn.

'Je hebt je lot nog niet eens verzilverd,' protesteerde ik. 'Wat als je een fout hebt gemaakt bij het opschrijven van de cijfers?' Het drong ook tot me door dat als ze haar lot niet had verzilverd, ze het geld op dit moment ergens anders vandaan moest halen. Ik was bang om te vragen waarvandaan.

'Dat lot is gewoon geldig. Ik heb een validatiemachine gebruikt, dus ik weet het zeker. Wat zou er mis kunnen gaan?' Ze zwaaide met haar hand en sloeg bijna de bruidegom van het groepje, die zich niet bewust leek te zijn van het feit dat zijn hoed bijna van zijn hoofd werd geslagen.

'Zoveel,' zei ik. 'Misschien is er een fout gemaakt met de cijfers. Wat als je dat lot verliest? Ik hoop dat je het ergens veilig hebt opgeborgen.'

Carolyn stak haar hand in haar decolleté, wat een hoop gefluit van haar "bewonderaars" opriep. Haar ogen werden groot en het zweet brak haar uit.

'Wat is er?' riep ik.

Haar hand vloog naar haar mond. 'Het was er een paar minuten geleden nog. Oh mijn god! Ik ben mijn lot kwijt!'

Mijn maag keerde zich om toen ik aan de camper dacht, de gokrekening en wat tante Pearl verder allemaal nog meer op krediet had gekocht. 'We hebben tenminste de fiches van Wilt nog.'

Ik greep Wilts arm, net toen hij zijn laatste handvol tokens in de gokautomaat gooide en aan de hendel trok.

Te laat. Ik vloekte zachtjes.

Carolyn Conroe barstte in lachen uit terwijl ze me op mijn rug klopte. 'Rustig maar, Cen. Ik maakte maar een grapje.'

De mannen van het vrijgezellenfeest keken naar Carolyn terwijl ze haar laag uitgesneden decolleté wat rechter trok en haar boezem een laatste tik gaf. Ze grijnsde naar de kerels. 'Ik heb mijn trucjes nog niet verleerd, zo te zien.'

Ik sleurde Wilt intussen weg van de gokautomaat.

'Hé! Dat is mijn geluksmachine! Het begint zijn vruchten af te werpen dat ik hier zit.' Wilt rukte zijn arm uit mijn greep.

'Gokken loont nooit,' zei ik. 'Geloof me. Nooit. Laten we stoppen nu je nog geld over hebt.'

Wilt schudde zijn hoofd. 'De eerste keer sinds lange tijd dat ik aan het winnen ben, en je wilt dat ik stop?'

'Je hébt niets gewonnen', zei ik. 'Je hebt zojuist al je fiches gebruikt.'

'Tijdelijke tegenslag,' protesteerde Wilt.

Ik wierp een blik op Carolyn, maar ze had het te druk om me op te merken. De mannen van de *stag party* omsingelden haar, elk van hen strijdend om haar aandacht. Ze genoot van iedere minuut.

Ik had nog steeds één voordeel. Wilt wist niet dat Carolyn in het echt tante Pearl was.

Ik dempte mijn stem zodat Carolyn het niet kon horen. 'Wilt, ik heb je hulp nodig. Tante Pearl wordt vermist en ik moet haar vinden. Moet jij niet haar persoonlijke chauffeur en lijfwacht voorstellen?'

Wilt verbleekte. 'Eh, ja. O mijn God. Ik kan haar maar beter gaan zoeken.'

Het leek een beetje een overdreven reactie, maar Wilt nam zijn werk in ieder geval serieus.

'Ik weet dat je gewoon wat stoom wilde afblazen na die lange rit hiernaartoe, maar we moeten haar dringend vinden. Ze moet haar medicijnen innemen.' Als iemand op dit moment pillen nodig had, was ik het wel, maar Wilt accepteerde mijn leugentje om bestwil.

Zijn mond viel open. 'Ik heb het verpest, hè? Sorry, ik weet niet wat er met me aan de hand is.'

'Het is al goed, Wilt.' Ik stapte bij de gokautomaat vandaan en gebaarde dat hij me moest volgen. Een van de *bachelors* verdrong ons, geïrriteerd omdat hij zijn plekje dicht bij Carolyn in het gedrang zag komen.

Wilt volgde me met een berouwvolle blik. 'Ik liet me helemaal meeslepen in dat kaartspelletje in plaats van op mevrouw Pearl te passen. Ik kan er niets aan doen, Cendrine. Al die flitsende lichten en geluiden... ze betoveren me. Het geeft me het gevoel dat ik drugs heb genomen of zoiets.'

'Maak je maar geen zorgen. Ga naar boven, naar de suite, en kijk of je haar kunt vinden. Ik zal hier rondkijken.' Ik was niet van plan dat te doen, maar ik moest ervoor zorgen dat Wilt het casino verliet. Ik moest Carolyn in haar eentje spreken en haar overhalen om weer in tante Pearl te veranderen. Carolyn Conroe trok veel te veel mannelijke aandacht.

Wilt knikte en draaide zich om om te vertrekken. Hij had nog maar een paar meter afgelegd toen een grote, potige man hem de weg versperde.

Mijn hart maakte een sprongetje toen ik de man herkende als "Mobster Guy", de gezette pokerspeler van even daarvoor.

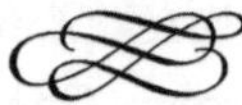

HOOFDSTUK 29

'Waarom ben je zo snel weggelopen van de tafel? We begonnen je net een beetje beter te leren kennen.' De maffiakarikatuur liet een vlezige hand op Wilts schouder neerkomen. 'We hebben een probleempje, jij en ik.'

'Ik had geen zin meer om te spelen.' Wilt stond te trillen op zijn benen. 'Ik heb iedereen betaald wat ik heb verloren, dus ik snap niet wat het probleem is.'

'Oh? Jij vindt kaarten tellen geen probleem?' De grip van de man verstevigde. 'Je houdt mij niet voor de gek. Je verloor gewoon aan het eind een keer zodat het er overtuigend uit zou zien.'

'Dat slaat nergens op,' protesteerde ik. 'Hij heeft echt veel geld verloren zonet.' Ik vroeg me af of ik niet beter Rocco erbij kon halen. Toen dacht ik terug aan de schietpartij in de lobby en besloot het maar niet te doen. Je wist nooit hoe gek deze families werden als ze elkaar als rivalen zagen.

Mr. Mafioso keek me zo indringend aan dat zijn ogen bijna uit zijn hoofd puilden. 'Niemand vroeg jou iets, schatje.'

Wilt jammerde van de pijn toen de man hem steviger vastpakte.

'Ik heb heus wel door wat jij en je vriendin van plan zijn.' De man knikte naar Carolyn. 'Zij is jouw afleiding, nietwaar? Ze leidt de rest van ons af totdat we geen aandacht meer aan het spel besteden.'

'Nee. Ik heb gewoon eerlijk gewonnen.' Wilt rukte zijn schouder uit de greep van de man. 'Ik moet gaan.'

'Jij gaat nergens heen. Je bent me veel verschuldigd.' Mobster Man greep Wilt bij de kraag en rukte hem zo hard omhoog dat Wilt bijna aan de andere kant uit zijn shirt schoot. Hij was twee keer zo groot als Wilt en zo'n honderdvijftig kilo, met een slecht humeur dat bij hem paste.

Wilt schudde zijn hoofd. 'Ik ben niemand iets verschuldigd. Zelfs mijn tijd niet.'

De uitdagende reactie van Wilt stond op het punt ons in de problemen te brengen. Ik trok aan zijn arm. 'Wilt, laten we gaan.'

De man sleurde Wilt in de andere richting en scheurde hem uit zijn hemd. Er viel een knoop van Wilts shirt, die belandde op het luxueuze casinotapijt.

Het gezicht van de gangster kreeg een rode kleur. Hij was een slechte verliezer.

'Carolyn,' riep ik. 'Kom eens.'

Tot mijn verbazing maakte Carolyn zich onmiddellijk los van haar bewonderaars. 'Wat is er allemaal aan de hand?'

'We hebben hulp nodig,' fluisterde ik. 'Dit zou een goed moment zijn om de tijd terug te spoelen.'

'Oh jee,' fronste Carolyn. 'Wilt zit écht in de problemen. Dat is Jimmy, de rechterhand van Manny La Manna. Hij is nogal... temperamentvol. Wauw, Wilt weet wel hoe hij zijn vijanden moet uitkiezen, zeg.'

'En jij herkende hem niet eerder? Hij heeft de hele tijd dat jij aan het valsspelen was met Wilt zitten kaarten aan dezelfde tafel. Hoe kon je dat missen?'

'Hij ziet er heel anders uit sinds ik hem voor het laatst zag. Hij is aangekomen. Bovendien was ik aan het multitasken, Cen. Kaarten tellen, mannen tellen ... het werd een beetje verwarrend.'

'Even luisteren, tante Pearl. We moeten dit ongedaan maken.'

'Sssh - noem me zo niet. Ik ben Carolyn, weet je nog?'

'Wat jij wilt. Haal ons gewoon uit deze puinhoop.'

Carolyn deed een stap achteruit en sloeg haar armen over elkaar. 'Je durft zo tegen mij te praten en verwacht gunsten, jongedame? Nou, je krijgt mijn medewerking niet. Wil je de tijd terugspoelen? Doe het lekker zelf.'

'Maar ik kan niet...'

'Geef gewoon toe dat je ongelijk had en bied je excuses aan.'

Een paar van Carolyns bewonderaars schuifelden naar ons toe om te zien waar het om ging. Ik wilde geen vechtpartij, maar begreep niet waarom ik me moest verontschuldigen. Ik had niets verkeerds gedaan.

Jimmy's vlezige armen waren om de nek van Wilt gewikkeld in een wurggreep. Wilts armen zwaaiden langs zijn lichaam terwijl hij probeerde te ontsnappen aan Jimmy's klauwen.

'Tante Pearl, alsjeblieft - vergeet mij maar. Doe het voor Wilt.'

'Houd op mijn echte naam te gebruiken!' Haar ogen vernauwden zich. 'Heb je spijt of niet?'

'Oké dan. Sorry. Haal Wilt gewoon uit deze ellende!' Ik kon het niet langer aanzien. Wilts ogen puilden uit door Jimmy's greep. Hij zag eruit als een insect dat op het punt stond te worden platgedrukt.

'Ik zou zó graag willen dat je je eigen magie zou beoefenen en niet altijd op mij zou vertrouwen,' mompelde Carolyn zachtjes. 'Als je je er maar toe kon zetten meer te doen met magie.'

Ik rolde met mijn ogen. Het was nu te laat om er iets aan te doen, maar voor deze ene keer was ik het met tante Pearl eens. Zodra ik terug was in Westwick Corners zou ik weer naar mijn lessen gaan, al was het maar om de onverantwoordelijkheid van tante Pearl zelf tegen te gaan.

Tante Pearl knipte met haar vingers. 'Een, twee, drie, tijd draai je terug...'

Mijn gil weergalmde door het hele casino. De spelonkachtige ruimte werd griezelig stil, zo zonder stemmen of rinkelende fruitmachines. Honderden gokkers aan gokautomaten en tafels stonden allemaal als bevroren in verschillende houdingen, niet in staat te doen wat ze hadden staan doen.

'Oh jee.' Carolyns vrolijkheid van kort geleden was vervangen door bezorgdheid.

'Hoezo, oh jee?' Ik keek op naar het plafond en vroeg me af of de terugspoelspreuk ook invloed had op andere mensen elders in het gebouw, zoals de beveiligingsmedewerkers die de camerabeelden van de casinovloer konden zien. De hekserij van tante Pearl zou worden opgeslagen voor het nageslacht als iemand toevallig de bewakingsbeelden bekeek. Ik was er zeker van dat dit regelmatig gebeurde in het casino.

Carolyn liet een grimas zien terwijl ze Jimmy's vingers uit Wilts nek probeerde te wrikken. 'Het werkt niet. Ik stopte de betovering op het verkeerde moment, precies op het moment dat Jimmy Wilt wilde wurgen, en nu weet ik niet wat ik moet doen.'

'Kun je niet gewoon een paar seconden verder terugspoelen?' Het leek zo voor de hand liggend.

'Nee. Ik kan niet precies genoeg vooruitspoelen of terugspoelen om binnen een fractie van een seconde te stoppen. Zelfs als ik snel genoeg ben, kan dit de veiligheid van Wilt in gevaar brengen.'

'Nou, we kunnen hem niet door Jimmy laten wurgen.' Ik liep naar de twee mannen toe om ze van dichterbij te bekijken. 'Geef me je schoen.'

'Het is toch niet zo erg?' Carolyn hield haar hoofd schuin terwijl ze de twee mannen bestudeerde. Wilts gezicht was verstijfd van angst en zijn handen omklemden die van Jimmy in een dodelijke greep.

'Geef me je schoen nou, snel!'

Carolyn overhandigde met tegenzin haar naaldhak. Ik klemde de puntige hiel onder Jimmy's vingers en trok langzaam aan Jimmy's vingers totdat ze loskwamen van Wilts nek. Toen leunde ik achterover en trok zo hard ik kon. Jimmy's knokkels kraakten toen zijn vingers zich losmaakten en hij Wilt eindelijk liet gaan. Ik verloor onmiddellijk mijn evenwicht en viel achterover op de met tapijt beklede casinovloer.

Een fractie van een seconde later viel Jimmy bovenop me en werd alles zwart.

HOOFDSTUK 30

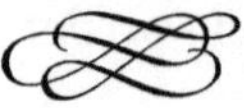

Ik ging weer overeind zitten en zag Wilt en Carolyn bezorgd op me neerkijken. 'Waar is Jimmy?' Ik hapte naar adem toen mijn ribbenkast langzaam weer wat kon uitdijen. Ik voelde me net een pannenkoek doordat ik onder Jimmy's gewicht was geplet.

'Weg,' wees Carolyn naar de deur terwijl ze haar hand naar me uitstak. Ze had haar schoen al weer aangetrokken. 'Sta op. We hebben geen tijd te verliezen.'

Ik deed wat me gevraagd werd, maar ik was tamelijk verdwaasd. Ik had ook een bonzende hoofdpijn. Ik kwam bij Carolyn staan en speurde de casinovloer af. Mensen liepen om de machines en tafels heen en plaatsten hun weddenschappen alsof er niets was gebeurd. 'Waarom hebben we zo'n haast?'

Carolyn fronste haar wenkbrauwen. 'Jimmy gaat het Manny vertellen, en als Manny achter Wilt aan komt, ontdekt hij vast dat ik er iets mee te maken had. Daar komen problemen van.'

Mijn mond viel open. 'Manny wéét dat je een heks bent?'

'Natuurlijk weet hij dat, Cen.'

'Ik dacht dat je zei dat hij maar een losse vriend van je was?' Hij moest vast meer voor haar betekenen als hij wist van de bovennatuurlijke talenten van tante Pearl. 'Hoe serieus is die relatie precies?'

'Ik ben geen roddeltante, en ik ga de details van mijn liefdesleven zeker niet met mijn nichtje delen.' Ze zette haar handen in haar zij. 'Die gaan jou namelijk niets aan.'

'Hé, jíj hebt een gangster kwaad gemaakt! Daarmee heb je ervoor gezorgd dat het me wel degelijk iets aangaat.'

Carolyn wuifde me weg. 'Daar is nu geen tijd voor. We kunnen onszelf maar beter uit de voeten maken.'

Wilt liep als een soort zombie alweer naar een nabijgelegen gokautomaat. Hij rommelde in zijn zakken en keerde ze binnenstebuiten, maar ze leeg. Carolyn wenkte hem en hij kwam verslagen achter ons aan. We liepen het casino uit, richting de lobby van het hotel.

De lobby krioelde van de hotelgasten, van wie de meesten waarschijnlijk geen idee hadden van de schietpartij die er eerder had plaatsgevonden.

'Ik hou niet op totdat je me meer vertelt over je relatie met Manny. Was dit vóórdat of nádat hij met Carla trouwde?' Ik voelde me een soort sloeber naast Carolyn met haar extravagante jurk, hoewel mijn vrijetijdskleding niet misstond bij iedereen die verder in de lobby was.

'Ervoor, maar ik snap niet waarom dat ertoe doet. We ontmoetten elkaar op een van Carla's feestjes, toen ze nog in Westwick Corners woonde. Manny was een paar dagen in de stad voor zaken. Hij voelde zich meteen tot me aangetrokken.' Carolyn glimlachte en streek met haar vingers door haar lange, blonde haar.

'Aangetrokken tot Pearl, of aangetrokken tot Carolyn?'

'Wat doet dat er toe?'

'Het maakt veel uit. Weet hij van je Carolyn-act?'

'Ja. Hij weet alles. En noem het niet zo,' snoof Carolyn. 'Carolyn is heel écht voor mij. En ik kan je verzekeren dat ze heel echt is voor nog meer mensen. Waaronder Manny. Hij vindt het best wel sexy.'

Ik bedekte mijn oren. 'Te veel informatie.' Ik wilde me niet voorstellen hoe mijn bejaarde tante – zelfs als haar alter ego Carolyn – intiem zou worden met een lid van het andere geslacht.

Ik draaide me om en zag dat twee van de mannen van de *stag party* ons nog steeds volgden, een paar meter achter ons. 'Ik weet dat je gevleid bent door alle aandacht, maar dit begint eng te worden. Het is alsof ze ons stalken.'

Wilt kreeg het ook door en marcheerde naar de mannen toe. 'Ik los dit wel even op.'

Carolyn wachtte tot hij buiten gehoorsafstand was en boog zich naar hem toe. 'Zij zullen Wilt in ieder geval een tijdje bezighouden.' Ze knipoogde naar de twee mannen en volgde me naar de liften.

Ik rolde met mijn ogen, drukte op de liftknop en hoopte maar dat de deuren open zouden gaan voordat Wilt of Carolyn nog meer problemen zouden krijgen.

Mijn gebeden werden verhoord toen de liftdeuren opengingen en ik de lege lift binnenstapte.

Carolyn volgde me naar binnen. 'Jimmy was ook kaarten aan het tellen. Daarom was hij zo woedend. Hij wilde geen concurrentie aan de tafel hebben. Manny zal denken dat ik Wilt heb geholpen.'

'Je hebt hem toch ook geholpen!' Mijn mond viel open toen het grotere plaatje van Carolyns verklaring tot me doordrong. 'Wacht even. Wil je nu zeggen dat Jimmy kaarten aan het tellen was terwijl ze dat wisten bij het casino?' Dat zou betekenen dat Rocco er op de een of andere manier bij betrokken was.

'Het casino moet het wel weten, ja. Ze houden alles in de gaten, dus hoe konden ze het niet weten?' Carolyn liet haar hoofd zakken en mompelde in zichzelf.

'Hé, wacht op mij!' Wilt sprong in de lift op het moment dat de deuren achter hem dicht gingen. Wat hij ook tegen onze bewonderaars had gezegd, het had gewerkt, want ze waren weg.

'Waarom is hekserij erger dan kaarten tellen? Het is hoe dan ook bedrog.' Ik begreep niet waarom Manny het zo erg zou vinden als tante Pearl hekserij zou gebruiken; waarom hekserij erger was dan kaarten tellen. Beiden waren vormen van bedrog in mijn ogen.

'Misschien, maar Manny ziet het niet zo. Kaarten tellen is hoe Manny en zijn jongens een deel van hun geld verdienen. Elke vorm van hekserij die zijn bedrijf ondermijnt zal hij niet tolereren.'

'Kaarten tellen lijkt me erg arbeidsintensief. Jimmy moet dan wel veel winnen om het de moeite waard te maken.' Ik vroeg me af of Rocco wist wat er gaande was in zijn eigen casino.

Carolyn rolde met haar ogen. 'Ze zoeken naar mensen die veel willen inzetten, zoals Wilt.'

'Waar hebben jullie het over?' Wilt wreef over zijn voorhoofd. 'Wie was er aan het tellen?'

'Laat maar, we praten er later wel over.' Ik wendde me tot Carolyn. 'Manny hoeft niet te weten dat je erbij betrokken was.'

Carolyn schudde haar hoofd. 'De bewakingscamera's. Iedereen die met de beelden meekijkt, zal zien dat alles hier op de vloer bevroor na mijn terugspoelspreuk. Het is duidelijk magie.'

'Ik betwijfel het. De meeste mensen zouden denken dat het een technisch probleem is met de camera of zo. Dat het beeld even stilstond.'

'Ja. Behalve dan dat we niet allemáál bevroren waren,' zei Carolyn. 'Snap je het dan niet? Dat alleen al bewijst dat wij heksen zijn. Iedereen die de bewakingsbeelden bekijkt, zal ons zien rondlopen terwijl alle anderen stil zitten.'

'Oh,' zei ik. 'Daar had ik niet aan gedacht. Maar dat is niet erg. We vertellen het gewoon aan Rocco. Hij weet al dat we heksen zijn, dus hij kan de beelden gewoon wissen.'

'Hmmm.' Carolyn fronste.

'Wat is daar mis mee? Manny werkt niet in het casino van Rocco, dus hij zou de beelden toch nooit zien.'

'Ik denk dat ik dat, ehm, vergeten ben te noemen.' Carolyn zweeg even en haalde diep adem. 'Manny is al in het casino geïnfiltreerd. Een paar van zijn mannen zitten hier bij de beveiliging. En nu Carla er niet meer is, zal niets hem ervan weerhouden zijn overname officieel te maken.'

HOOFDSTUK 31

Ik stapte de lift uit en liep achter Carolyn en Wilt aan de suite in. Na al het gekakel van de mensen beneden gaf de stilte in de suite me een vreemd gevoel van kalmte. Ik vond het vreselijk om toe te geven, maar de kamer begon als een thuis te voelen.

'We kunnen hier niet blijven. Laten we onze spullen inpakken en vertrekken.' Carolyn liep naar de trap, maar bleef plotseling staan. 'Manny's mannetjes volgen al onze bewegingen.'

Mijn mond viel open. Christophe zat naast mijn moeder op de bank met een flesje bier in zijn hand. Ik vond het nogal vreemd om tijdens je werk te drinken, maar misschien waren dingen anders in Vegas. Nog vreemder was zijn keuze voor bier, gezien zijn voorliefde voor het mixen van luxe drankjes.

Maar het was de man die tegenover Christophe in de fauteuil zat die mijn aandacht trok.

'Tyler! Je bent gewoon hier!'

Hij grijnsde en stond op om me te begroeten. 'Toen ik niets van je hoorde, maakte ik me zorgen. Die misdaadfamilies zijn gevaarlijk, dus ik dacht dat ik maar beter langs kon komen. Ik ben komen vliegen.'

Alsof dat het gemakkelijkste in de wereld was.

'Hoe heb je ons gevonden?' Ik rende naar hem toe en kuste hem op de wang.

Hij haalde zijn schouders op. 'Het was niet zo moeilijk om uit te vogelen. Gewoon daar zijn waar de Racatelli's zijn.'

Carolyn schudde haar hoofd. Ze wasduidelijk niet blij Tyler te zien. 'Daten met een dienstklopper. Hoe kon je, Cen? Je bent overgelopen.'

Tyler fronste zijn wenkbrauwen. 'Ken ik jou? Je komt me bekend voor.'

'Ik denk het niet.' Carolyn staarde Wilt na terwijl hij het terras op liep. 'Wacht even, ik ben zo terug.'

'Ik ga met je mee.' Ik liep achter Carolyn aan terwijl ze naar buiten liep.

'We moeten hier weg, Wilt.' Carolyn wenkte hem met een handgebaar.

'Luister eens, ik heb je pas net ontmoet.' Wilt bleef in de deuropening staan. 'Je bent mooi, hoor, maar ik ken je nauwelijks. Waarom zou je er met mij vandoor willen?'

Carolyn zuchtte en gooide haar handen in de lucht. 'Vertel het hem maar, Cen.'

'Wát moet ik hem vertellen?' Ik was zeker niet van plan om uit te leggen dat Carolyn een vermomming was die met magie tot stand was gekomen en was bedacht door tante Pearl. 'Jij hebt deze puinhoop veroorzaakt. Je zult je er ook zelf eruit moeten zien te krijgen.'

Wilt schudde langzaam zijn hoofd. 'Jullie twee mogen zoveel ruzie maken als je wilt, maar moet hier weg, voordat die vent me komt opzoeken. Ik vertrek gewoon met de camper. Misschien verstop ik me wel in de woestijn.'

'In een gigantische camper?' snoof Carolyn. '*Yeah, right*. Alsof niemand dat ooit zal merken.'

'Je hoeft niet zo sarcastisch te zijn, hoor.'

Ik was er intussen bij komen staan en pakte Wilt bij zijn arm. 'Ben je soms gek? Je kunt echt niet op tegen die zware jongens. Zelfs als je Las Vegas uitvlucht kunnen ze je waarschijnlijk ook daarbuiten wel vinden.'

'Doe niet zo belachelijk, Cen,' zei Carolyn. 'Wilt kan gemakkelijk voor eeuwig verdwijnen.'

'Voor eeuwig?' Wilt keek haar vertwijfeld aan. 'Ik zou niet weten hoe. Ik kan nergens heen, ik ben nergens goed in. Ik ben zelfs mevrouw Pearl kwijtgeraakt.'

Ik keek Carolyn woest aan. 'Kun jj niets doen?'

'Je bedoelt, zoals terugverand...'

'Dat is precies wat ik bedoel.' Ik wendde me tot Wilt. 'Beloof me dat je hier blijft tot ik terugkom. Ik denk dat ik misschien weet waar tante Pearl is.'

Wilt keek twijfelachtig.

'Ik kan je niet helpen tenzij je meewerkt, Wilt.'

'Doe wat ze zegt,' voegde Carolyn eraan toe terwijl ze me weer naar binnen volgde. Ze glimlachte toegeeflijk. 'Wilt heeft wat frisse lucht nodig, dus we kunnen hem even laten afkoelen. Ik denk dat hij iets te veel gedronken heeft. Daarover gesproken, ik zou wel een Cosmo lusten, Chris. Niemand mengt ze zo goed als jij.'

Christophe fronste zijn wenkbrauwen. 'Ik heb nog nooit een drankje voor je gemaakt.'

Ik kwam tussenbeide. 'Ik heb het met Carolyn over je cocktailvaardigheden gehad.' Ik keek mijn tante ondertussen boos aan.

'Een man met veel talenten.' Tyler glimlachte. 'Jullie dames zijn tenminste in goede handen geweest en Christophe heeft jullie beschermd. Het is misschien het beste om de komende paar uu in de suite te blijven.'

'Nee, dat kan niet,' zei Carolyn. 'We moeten hier weg.'

Tylers ogen vernauwden zich. 'Weet je zeker dat we elkaar nog niet eerder hebben ontmoet? Ik zou kunnen zweren dat ik je ken uit Westwick Corners.'

Mijn hartslag versnelde terwijl ik me schrap zette voor Carolyns reactie.

Carolyn knipperde met haar wimpers. 'West-wat?'

'Maakt niet uit.' Tyler wendde zich tot mij. 'Er gaan wat dingen gebeuren. Beloof je me dat je hier in de suite blijft?'

'Wij gaan nergens heen,' antwoordde ik voor ons allebei.

We liepen samen naar boven, een van de slaapkamers in. 'Verander jezelf nú terug in mijn tante,' snauwde ik Pearl toe.

'Kan het niet even wachten?'

'Nee, tante Pearl, het moet nu.'

Voor eens in haar leven luisterde ze naar me.

Ik slaakte een zucht van verlichting toen de glamoureuze Carolyn langzaam vervaagde en mijn *no-nonsense* tante Pearl voor mijn ogen verscheen. Ze droeg een witte tennisoutfit, niet bepaald haar normale kleding. De korte rok toonde slanke, gerimpelde benen met een huid die iets te vaak zon had gezien.

'Goed,' zei ik. 'Laten we naar beneden gaan en Christophe vragen om Wilt te helpen.'

'Moeten we echt de politie er ook bij halen?'

Ik keek haar woest aan. 'Ik denk niet dat we een keuze hebben.'

'Oké. Doe het op jouw manier.' Tante Pearl hees een enorme witte plunjezak van het bed en op haar schouder.

'We gaan nergens heen,' herinnerde ik haar.

'Ik weet het, ik weet het.' Ze zag eruit alsof ze op weg was naar een tenniswedstrijd met haar hele uitrusting over haar schouder.

Ik volgde mijn tante terwijl we de trap af gingen.

'Sheriff Gates, wat een verrassing!' kweelde mijn tante.

'Ga je ergens heen, Pearl?' vroeg Tyler.

Tante Pearl schudde haar hoofd. 'Nee. Ik heb gewoon mijn spullen ingepakt voor mijn tenniswedstrijd morgen.'

'Dat is goed. Ik denk dat we allemaal een tijdje binnen moeten blijven.'

HOOFDSTUK 32

Gevangen zitten in een luxe hotelsuite in Las Vegas was lang niet zo erg nu Tyler hier was. Ik zou het zelfs niet erg vinden om ons verblijf wat te verlengen. Ik was echt ontroerd bij het idee dat hij zoveel kilometers had gereisd, alleen maar om er zeker van te zijn dat ik veilig was.

Geen enkele man had ooit eerder zoiets voor mij gedaan.

Misschien hadden we toch een kans.

Ik lachte naar hem.

Tyler gaf me een glimlach terug. 'Het was niet zo moeilijk om je op te sporen, aangezien ik wist dat je op bezoek was bij Rocco Racatelli. Ik dacht dat je vroeg of laat wel in zijn hotel zou komen.'

Rocco.

Tyler.

Ik voelde niets voor Rocco op dit moment, maar dat was omdat hij niet in mijn buurt was. Zou die stomme liefdesspreuk mijn vrije wil weer overnemen? Ik maakte me zorgen over wat dat kon betekenen voor Tyler en mij.

'Maar hoe...' Mijn ogen zwierven naar Christophe en toen terug naar Tyler. Ze hadden zich blijkbaar al aan elkaar voorgesteld. Mooi zo, want ik wist niet zo goed hoe ik onze vreemde butler aan Tyler moest uitleggen.

Tyler leek mijn gedachten te lezen. 'Christophe is een oud-collega van mij. Zijn enige reden om in deze suite te werken is om jullie te beschermen.'

'Was jij ook ooit een gangster, sheriff Gates? Dat zou ik nooit geraden hebben.' Mams ogen werden wijder toen ze naar de andere kant van de bank schoof, weg van Tyler. Ze keek me hulpzoekend aan.

'Het is in orde, mam. Tyler is niet gevaarlijk.' Mijn moeders reactie was nogal overdreven, vooral gezien de andere vrienden die ze er op na had gehouden.

Tyler lachte. 'Maak je geen zorgen, Ruby. Christophe en ik werkten samen als undercoveragenten. Voordat ik naar Westwick Corners kwam, werkte ik hier in Vegas.'

'Ik wist dat je te goed was om waar te zijn.' Tante Pearl verbleekte toen ze Christophe aankeek. "Maar je maakt zulke goeie martini's. Eeuwig zonde, dit.'

Christophe glimlachte. 'Wat kan ik zeggen? Ik ben een man met vele talenten.'

'Waarom hebben we bescherming nodig?' Ik wist precies waarom, maar wilde een eerlijk antwoord van Christophe. Als de politie Carla's dood als een ongeluk beschouwde, sloeg Christophes aanwezigheid nergens op.

'Niets dat je op dit moment hoeft te weten,' zei Christophe.

'Hoe wist je eigenlijk dat we hier zouden zijn?' vroeg ik. 'Hoe zit het met Rocco? Hij is degene die nu echt bescherming nodig heeft.' Ik wilde antwoorden, maar ik kwam tot nu toe niet ver.

'Maak je geen zorgen over hem. Hij staat onder bescherming. We hebben alles geregeld. Laat me nu mijn werk doen en het komt allemaal goed,' zei Christophe.

'We hebben geen bescherming nodig,' protesteerde tante Pearl. 'We zijn perfect in staat om voor onszelf te zorgen.'

Ik pakte tante Pearl bij haar arm en trok haar de keuken in. 'Dit is onze kans om gerechtigheid te krijgen voor Carla. We moeten dat autopsierapport aan Christophe laten zien,' siste ik.

'Dat kunnen we niet doen. Hij is waarschijnlijk net zo corrupt als de rest van die agentjes. Ze zijn ervan overtuigd dat Carla's dood een ongeluk was, dus ik wil geen onrust veroorzaken. Er is niet veel wat ik aan hun incompetentie kan doen.'

'Nou zeg. Ik dacht dat juist jij wel harder zou proberen om gerechtigheid te krijgen voor je vriendin. Jij vindt dat ik niet genoeg doe aan mijn toverkunsten, maar zelf doe je niet veel moeite voor dingen in het échte leven.' Ik schudde mijn hoofd. 'Ik dacht dat Carla je vriendin was. Geef je niet genoeg om haar?'

'Natuurlijk wel. Maar er zijn andere manieren om gerechtigheid te krijgen.'

'Geen van die ideeën heeft tot nu toe gewerkt. In feite breng je ons alleen maar meer en meer in de problemen. En die arme Wilt moet nu de benen nemen, allemaal omdat je hem hebt meegesleurd in jouw idee om vals te spelen. Je moet nú stoppen met je heksengedoe, voordat je verpest wat de politie nog wel echt onderzoekt.' Het was nog steeds niet duidelijk voor me wat dat was en hoopte wat meer informatie van Tyler te krijgen. 'Geef me het autopsierapport.' Ik stak mijn hand uit.

Tante Pearl stapte weg, haar handpalmen onschuldig omhoog. 'Ik ben het volgens mij kwijt.'

'Je kunt het maar beter vinden. Tenzij dat autopsierapport iets was wat je bij elkaar getoverd hebt.'

Tante Pearls ogen vulden zich met tranen. 'Natuurlijk niet. Ik zou zoiets nooit doen. Dat zou vreselijk zijn.'

'Ik geef je één kans om het goed te maken, tante Pearl.' Ik wees naar de woonkamer. 'Aan de andere kant van die deur staan twee mensen die kunnen helpen. Ga je ze het bewijs geven dat Carla gewurgd is, of ga je verbergen wat je weet?'

'Oké, prima. We doen het op jouw manier.' Ze duwde me naar de keukendeur toe. 'We hebben geen tijd te verliezen. Manny zit achter ons aan.'

'Ik haal Wilt wel.' Ik stapte langs haar heen en ging naar het terras om Wilt te zoeken. Ik opende de deuren naar het terras en stapte naar buiten. Ik speurde de omgeving af, maar zag hem nergens. Ik begon te rennen terwijl ik alle hoeken en gaten van het terras checkte en dubbelcheckte. Ik leunde over de reling en keek naar beneden, naar de straat ver onder me, waar mensen rond de ingang van het hotel krioelden als mieren.

Wilt was spoorloos verdwenen.

Ik rende naar de deuren en knalde bijna tegen tante Pearl aan. 'Hij is weg.'

Tante Pearls onderlip beefde. 'Hoe kan dat nou?'

'Je hebt hem geholpen, of niet soms? Want het lijkt mij vrij onmogelijk dat hij van de zesentwintigste verdieping van een hotel weg kan komen zonder de lift te gebruiken, tenzij er magie in het spel was.'

'Misschien.' Tante Pearls ogen gingen heen en weer.

'Vluchten lost niets op, tante Pearl. In feite maakt het de dingen alleen maar erger voor Wilt. Hij staat er alleen voor en hij denkt niet eens helder na. Ga hem zoeken.'

Wilt was veel te slordig en ongeorganiseerd om wat voor misdaad dan ook, laat staan een moord, te plegen. Hij kon niet eens het kaart-tellingssysteem van tante Pearl helemaal volgen.

Maar misschien was dat ook helemaal niet Wilts fout. Ik dacht terug aan Wilts commentaar in de lift. Hij leek zich totaal niet bewust van het feit dat mijn tante had valsgespeeld. Tante Pearls beweringen hadden zoveel tegenstrijdigheden dat ik niet wist waar ik moest beginnen. 'Laten we naar binnen gaan en het de anderen vertellen.'

Tante Pearl kruiste haar armen. 'Nee.'

'Wilt ontloopt misschien de politie, maar hij kan niet voor altijd blijven weglopen voor de mannetjes van La Manna. Waar hij ook heen gaat, ze zullen hem vinden en wraak nemen. Dan is het te laat. Bij de politie zit hij tenminste veilig als ze hem wegstoppen in een cel.'

Voor de eerste keer zag ik tante Pearl aarzelen. 'Ik denk dat je gelijk hebt. Ze zullen hem uiteindelijk vinden en ik kan hem niet eeuwig beschermen met mijn magie.'

'Goed. We gaan het regelen.' Ik klemde mijn hand om haar benige arm en sleurde haar mee naar de deur. 'Ik wil dat je Christophe en Tyler alles vertelt.'

'Weet je het zeker? Alles?'

'Laat onze hekserij erbuiten, uiteraard. Vertel ze alles, inclusief al die geheime, romantische relaties en Carla's huwelijken, schijnhuwelijken enzovoorts.'

Ik stapte binnen en kondigde het nieuws aan. 'Wilt is ervandoor.'

'Dat is onmogelijk. Dan had hij vlak langs ons moeten lopen. En springen vanaf hier zou zijn dood worden.' Mams hand vloog naar haar mond toen ze begreep wat er écht was gebeurd.

Tante Pearl kuchte.

'Niet weer,' fluisterde mam, terwijl ze in de arm van haar zus kneep. 'Jíj hebt hem geholpen, hè?'

'Au!' Tante Pearl stompte mam tegen haar arm. 'Ik moest íéts doen. Anders zou Wilt ten dode opgeschreven zijn als Manny hem in handen krijgt.'

Tylers mond viel open. 'Je hebt Wilt helpen ontsnappen?'

'We vinden hem wel. We kunnen de details later bespreken, maar tante Pearl heeft nog meer dringend nieuws voor je. Toch, tante Pearl?'

'Eh, ja,' mompelde ze.

'Zeg op, Pearl,' zei Tyler. 'En houd niets achter. Dit zijn meedogenloze mensen waar we mee te maken hebben.'

Ik begon te zweten. 'Vertel ze over Manny's zware jongens en hoe ze de beveiliging van het hotel hebben geïnfiltreerd. Omdat Wilts ontsnapping op de bewakingsbeelden te zien is, maakt hij geen schijn van kans.'

Tante Pearl knikte. 'Het is misschien al te laat.'

HOOFDSTUK 33

ante Pearl liep met haar tas nog steeds over haar schouder naar de uitgang. 'Ik weet waar ik Wilt kan vinden.'

'Nee, Pearl,' zei Tyler. 'Jij gaat nergens heen.'

Tante Pearl keek hem vuil aan, maar liep toch terug naar de woonkamer.

Christophe liep inmiddels een stukje weg naar de deur die naar het terras leidde. Hij sprak met zachte stem in zijn telefoon. Minder dan een minuut later keerde hij terug naar de zithoek. 'Ik ben er zeker van dat we Wilt vrij snel zullen vinden. Maar onschuldige mensen verdwijnen normaal gesproken niet op deze manier. Waar is hij voor op de vlucht?'

'Manny, natuurlijk,' zei tante Pearl.

'Nou, dat vind ik op zijn zachtst gezegd vreemd,' zei Christophe. 'Ik bedoel, hij had ook hier in de suite kunnen blijven. Hij heeft nota bene politiebescherming. Waarom zou hij hier weggaan en Manny onder ogen komen, tenzij er iets anders aan de hand is?'

Tante Pearl gooide haar handen in de lucht. 'Oh, ik kan dit niet meer aan! Natúúrlijk is er iets anders aan de hand. Alleen zijn jullie te dom om het te zien. Het is de sleutel tot alles wat er gebeurd is.' Tante Pearl greep met haar handen naar haar hoofd. 'Jullie gaan er zelf niet achter komen, dus ik kan het net zo goed vertellen. Danny Battilana heeft Carla vermoord. En Wilt was er getuige van.'

Wat?

'Danny Battilana?' echode Christophe. 'Dat is onmogelijk, hij was al dood. Ik bedoel, we hebben hem zelf op de begrafenis gezien.' Christophe keek me recht aan en schraapte zijn keel.

'Dat betekent niet dat hij vóór Carla stierf,' zei ik.

Christophe schudde zijn hoofd. 'Natuurlijk wel. Hij lag al in de bodem van haar kist. Trouwens, haar dood wordt beschouwd als een ongeluk.'

'Nou, ik heb uit betrouwbare bron vernomen dat dat niet de manier is waarop de dingen zijn gegaan.' Tante Pearl sloeg haar armen op een uitdagende manier over elkaar.

'Ik zie niet in hoe. Jullie zijn allemaal na Carla's dood aangekomen, inclusief Wilt. Hoe kan hij nu getuige zijn geweest van Carla's dood?' Christophe fronste.

Ik begon al wat beter te snappen hoe. Wilt kwam dus oorspronkelijk niet uit Westwick Corners, maar uit Las Vegas. Hij was pas een paar dagen geleden in Westwick Corners aangekomen. Dat verklaarde dan ook waarom ik hem nooit eerder had gezien. Hij had dat lullige baantje bij het pompstation waarschijnlijk genomen om zich verborgen te houden en op te gaan in de omgeving tot tante Pearl hem weer nodig zou hebben bij haar snode plannen.

Ik dacht terug aan het kistdraagfiasco. 'Er is nog steeds één ding dat me dwars zit. Op de begrafenis leek Bones me zo... zo...' Ik had moeite met de juiste woorden vinden.

'Alsof hij al ver over zijn houdbaarheidsdatum heen was?' merkte mam droog op.

'Ja,' zei ik. 'Te oordelen naar de toestand van zijn lichaam was hij waarschijnlijk al dood voor Carla.'

'Nee, dat is niet zo,' zei tante Pearl. 'Carla's lichaam werd gebalsemd, maar dat van Danny niet. Daarom zag hij er zo slecht uit. Trouwens, elke begrafenisondernemer met een beetje verstand van zaken zou het kogelgat in Bones' voorhoofd hebben gecamoufleerd.'

Christophes ogen vernauwden zich. 'Je weet er wel opvallend veel van.'

Tante Pearl schudde haar hoofd. 'Niet echt. Ik ben gewoon erg opmerkzaam.'

'Eén ding is duidelijk. Rocco zou Danny nooit in de kist van zijn oma hebben verstopt,' zei mam.

'Wees daar maar niet zo zeker van,' zei Christophe. 'Mensen doen in hun wanhoop rare dingen om hun sporen uit te wissen.'

'Kunnen we ons concentreren op het onderwerp?' vroeg tante Pearl. 'Wilt belde me meteen nadat het gebeurd was.'

'Maar wanneer? We zijn pas na Carla's dood naar Vegas vertrokken,' zei ik.

'Er bestaat zoiets als telefoons en e-mail, Cen.'

Mijn tante was berucht om haar afkeer van moderne technologie, dus ik betwijfelde of ze die ook had gebruikt. Elke communicatie tussen haar en Wilt moest persoonlijk zijn geweest. 'Wanneer was je voor het laatst in Vegas?'

Tante Pearls kneep haar ogen half dicht. 'Een... tijdje geleden.'

'Wanneer precies?' Christophe maakte aantekeningen op een klein papiertje dat hij uit zijn borstzakje had gehaald.

'Een paar dagen geleden.'

Mam hapte naar adem. 'Je bedoelt, voordat Carla dood ging? Waarom heb je dat niet eerder gezegd?'

'Je hebt het nooit gevraagd.' Tante Pearl keek mam boos aan. 'Oh, en dan nog iets. Niemand vroeg je om je mening. Je maakt de zaken alleen maar ingewikkelder. Carla vroeg me om hierheen te komen. Ze zei dat het topgeheim was, maar toen ik hier aankwam, kon ik haar niet meer spreken.'

'Omdat ze dood was?' vroeg mam.

'Natuurlijk omdat ze dood was.' Tante Pearl liep heen en weer voor de schuifdeuren. 'Ik vond haar in het zwembad. Het idee dat ze maar een paar meter van ons vandaan is gestorven... vreselijk.'

'Is ze híér gestorven?' Mam sprong op uit haar stoel. 'Ik dacht dat Carla thuis dood werd aangetroffen.'

'Deze hotelsuite wás haar thuis,' zei tante Pearl.

'Maar... ik heb in dat zwembad gelegen.' Mams stem klonk gesmoord.

Christophe keek weg. Hij voelde zich duidelijk ongemakkelijk.

'De politie schreef haar dood af als een ongeluk zonder zelfs maar twee keer te kijken,' zei tante Pearl. 'Zaak gesloten. De lokale politie is ofwel incompetent ofwel corrupt.'

Tyler keek boos. 'Ga geen beschuldigingen uiten zonder bewijs, Pearl. Dit is mijn oude werkplek en ik ken de meeste politieagenten hier. Geen enkele agent die ik ken zou een moord proberen te verhullen.'

Ik haatte het om aan de kant van tante Pearl te staan, maar ze had wel een punt. 'Er was iets vreemds aan de manier waarop ze Carla hebben gevonden, met haar gezicht naar boven in haar zwembad,' merkte ik op. 'Verdrinkingsslachtoffers liggen bijna altijd met hun gezicht naar beneden.'

Dat trok zowel Christophes als Tylers aandacht. Christophe krabbelde weer iets op zijn briefje.

Het laatste wat we nodig hadden, was dat Tyler en tante Pearl ruzie zouden krijgen, maar ik moest het zeggen.

Mam sloeg haar hand voor haar mond. 'Hoe kon je me dit niet vertellen? Je liet me gewoon het zwembad in gaan.'

Pearl maakte een wegwerpgebaar. 'Dit is dus precies waarom ik niets heb gezegd. Je overdrijft altijd zo.'

'Misschien is Carla net als mam gevallen. Alleen was haar ongeluk fataal.' Ik zei het meer om tante Pearl te dwingen meer te vertellen, want die leek niet bereid om alle details te onthullen. We hadden hier domweg geen tijd voor.

'Nee. Carla werd gewurgd.' Tante Pearl haalde het autopsierapport uit haar zak en gaf het aan Christophe. 'De lijkschouwer heeft dat vermeld, hier in dit rapport.'

'Waar heb je dit vandaan?' Christophe fronste.

'Dat maakt niet uit,' snauwde tante Pearl. 'Wil je het lezen of niet?'

Christophe gaf geen antwoord. Hij liet zijn vinger langs de regels van het rapport glijden terwijl hij het las. 'Geen water in de longen. Dat is vreemd.'

'Geloof je me nu?' Tante Pearl keek hem aan.

'Ik weet niet wat ik hiervan moet denken,' zei Christophe. 'Bones was al dood. Ik ken de lijkschouwer vrij goed en ze is boven alle verdachtmaking verheven. Mijn bron vertelde me dat ze het een tragisch ongeluk had genoemd. Ik kan me niet voorstellen dat ze informatie achterhoudt of een rapport vol leugens zou opstellen.'

'Nou, ik denk dat je "bron" gelogen heeft.' Tante Pearl maakte aanhalingstekens met haar vingers. 'De lijkschouwer en Wilt zijn de enigen die de waarheid kennen. En Wilt is de enige getuige van Carla's moord. Dat is de echte reden dat hij op de vlucht is.'

'Je kunt ons beter helpen hem te vinden, Pearl,' zei Tyler. 'Het kan al te laat zijn.'

Manny en zijn trawanten stonden inmiddels onder toezicht en Christophe vaardige een opsporingsbevel uit voor Wilt. Ik vermoedde dat hij niet lang vermist zou blijven, vooral aangezien hij er vandoor was gegaan in die enorme camper. Ik voelde een sprankje hoop dat Wilt toch zou leven.

'Als Wilts verhaal waar is, dan denk ik dat Carla's man het echt gedaan heeft,' zei Tyler. 'Zo gebeurt het bijna altijd. De echtgenoten.'

'We krijgen Wilts verklaring wel als we hem eenmaal vinden.' Christophe wendde zich tot tante Pearl. 'Vertel me ondertussen alles wat je weet.'

Tante Pearl hief haar handen in de lucht. 'Er is niets ande...'

'De nepbruiloft,' onderbrak ik haar.

'Oh, ja.' Tante Pearl wierp me een vuile blik toe. 'Bones deed zich voor als de rouwende echtgenoot, maar hij wilde maar één ding: het Racatelli-imperium. Hij dwong Carla om met hem te trouwen. Als ze dat niet deed, dreigde hij Rocco te vermoorden. Ze ging akkoord, maar ze was hem te slim af. Al het papierwerk was nep. De huwelijks-vergunning, de ceremonie, alles.'

Ik dacht terug aan Rocco's bewering dat Carla huwelijkse voor-waarden had bedongen. Dat was blijkbaar niet waar, het was alleen

Carla's manier geweest om Rocco te sussen zodat hij zich niet bedreigd voelde. 'Bones dacht dat hij door Carla te vermoorden, het Racatelli-bedrijf zou erven. Hij zou Rocco financieel de pas afsnijden. '

Mam zuchtte opgelucht. 'Godzijdank was de bruiloft nep. Het betekent dat Rocco's erfenis toch veilig is. Tenminste, wel van Bones.'

Tante Pearl stak haar hand op. 'Hoe zit het met de hulpjes van Manny La Manna? Hij heeft zijn mensen al in het hotel laten infiltreren, die proberen het casino over te nemen.' Ze wendde zich tot Christophe. 'Is dat waarom je hier bent? Vanwege Manny's poging tot overname?'

'Ik kan daar geen antwoord op geven, Pearl. Het enige wat ik je kan vertellen is dat je veilig bent zolang je hier blijft.'

'Die rivaliteit tussen de Racatelli's, Battilana's en La Manna's is al langer dan vandaag aan de gang,' meldde Tyler. 'En het is niet bepaald een geheim. De schietpartij in de lobby was een van die conflict-momenten.'

Tante Pearl schudde haar hoofd. 'Wat jammer. Manny was Carla's enige ware liefde. Ze waren echt verliefd.'

Ik fronsde, want was tante Pearl niet samen met Manny? 'M-maar jij had toch...' begon ik.

'Ik zei je toch dat Manny en ik nicts scrieus hadden,' kapte ze me af. 'Toen Carla me vertelde over haar gevoelens voor hem, heb ik hem meteen gedumpt. Ik keurde haar partnerkeuze niet goed, maar wie ben ik om haar geluk in de weg te staan?'

Ik hapte naar adem. 'Was ze óók nog met Manny getrouwd? Serieus?'

Tante Pearl knikte. 'Dat huwelijk was het echte werk. En het gebeurde maar een paar uur voordat ze stierf. Het was een geheime bruiloft, en ik was een van de slechts twee getuigen. Rocco was de andere.'

Nu begonnen de dingen te kloppen. 'De schietpartij ging niet echt over het Racatelli-imperium, of wel? Het ging om de bruiloft. Rocco vond het maar niks dat zijn oma met Manny getrouwd was, en Manny liet Rocco niet in de weg lopen. Nou, Manny heeft uiteindelijk toch gekregen wat hij wilde.'

Tante Pearl begon te huilen. 'Ik heb alles gedaan wat ik kon, maar het was niet genoeg.'

Ik had mijn tante vaak meegemaakt als ze op het punt stond om te gaan huilen, vooral het afgelopen etmaal. Maar ik had haar nog nooit écht zien janken. Ik legde een arm om haar schouder en omhelsde haar. 'Het is oké. Je hebt je best gedaan. Ik wilde alleen dat je ons gelijk al de waarheid had verteld. Dat zou het voor iedereen een stuk makkelijker hebben gemaakt.'

We sprongen allebei op toen Christophes telefoon afging.

Hij stond en liep naar de keuken. Hij sprak met een lage stem, maar te oordelen naar zijn lichaamstaal bleek het goed nieuws.

'Ze zijn Wilt op het spoor, en geen moment te vroeg. Manny's mannetjes volgen hem. Ik hoop dat wij hem eerst vinden.'

Mam huiverde.

'Er zijn een paar dingen waar we voor moeten zorgen, tante Pearl,' zei ik. 'Zoals het verzamelen van Carla's documenten. De huwelijks-akten om te beginnen. Dat zal je verhaal ondersteunen.'

Mam stond op, nog steeds een beetje zwalkend op haar voeten. 'Ik zal helpen.'

Het kostte ons minder dan tien minuten om de documenten in Carla's bureaulade te vinden. 'Deze zien er in mijn ogen echt uit.' Ik wees op de huwelijksakte van Danny en Carla toen ik de papieren aan Tyler overhandigde.

'Ik zie niet in waarom dit niet echt zou zijn,' zei hij. 'Carla en Bones hadden geldige papieren en de ceremonie werd bijgewoond door zowel Rocco als de hotelmanager. Waar is het nepgedeelte?'

Tante Pearl werd bleek. 'De huwelijksakte... ik dacht dat hij vals was.'

'Nee hoor,' zei Tyler. 'Hij is van de trouwkapel hier in de straat. Hun huwelijk was echt, zo te zien.'

Christophe fronste. 'Er is nog maar één vraag over, en ik denk dat ik het antwoord al weet. Wie heeft Bones vermoord?'

HOOFDSTUK 35

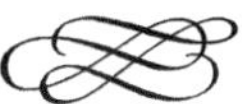

$\mathcal{A}$ls Christophe en Tyler zich al ergerden aan het steeds veranderende verhaal van tante Pearl, dan lieten ze dat in elk geval niet zien.

'We moeten het verhaal uit Wilts mond te horen krijgen,' vond Christophe. 'Misschien is hij meer dan een getuige.'

Tyler knikte. 'Ja, misschien heeft hij Carla wel vermoord. Hij heeft geen alibi en hij was de laatste die Carla zag toen ze nog leefde.' Tyler wendde zich tot tante Pearl. 'Tenminste, volgens Pearls versie van de gebeurtenissen.'

'Wat bedoel je daar nu weer mee?' zei tante Pearl pinnig.

Tyler reageerde niet.

'We komen er snel genoeg achter.' Christophe liet zijn telefoon op de tafel vallen met een tekstbericht open. 'Ze hebben Wilt. Hij is veilig.'

'Wat een opluchting,' zei mam.

'Ik heb het jullie al gezegd: Wilt heeft het niet gedaan.' Tante Pearl stampte gefrustreerd met haar voet. 'Bones heeft Carla vermoord, want hij dacht dat hij als haar overlevende echtgenoot alles zou erven.'

'Misschien heeft Rocco Bones er wel toe aangezet en daarna Bones vermoord,' opperde Tyler. 'Met Carla's man uit de weg krijgt Rocco alles.'

'Dat is nóg belachelijker,' snauwde tante Pearl. 'Stop met die idiote theorieën en zie de feiten onder ogen.'

'Misschien heeft Manny La Manna Carla wel vermoord,' zei ik.

'Nee. Manny zou zoiets nooit doen.' Tante Pearl leek beledigd door mijn suggestie.

'Denk je soms dat deze jongens normen en waarden hebben zoals wij?' vroeg ik.

Tante Pearl keek boos naar me.

'Hoe komt het dat je zoveel weet over deze mensen?' Christophe krabde aan zijn kin. 'Nu we het er toch over hebben, hoe wist je dat Manny in het hotel was geïnfiltreerd, Pearl? voor een onschuldige toeschouwer lijk je wel erg veel te weten.'

Een rilling liep over mijn ruggengraat toen ik terugdacht aan de begrafenis, waar Christophe zo knus samen had gestaan met Manny. Als Tyler hem vertrouwde, dan moest hij wel aan onze kant staan, maar ik voelde me er nog steeds ongemakkelijk bij. 'Vertel het hem, tante Pearl.'

'Ik wil eerst immuniteit tegen vervolging. '

'Het gaat niet zoals op tv, Pearl.' Christophe glimlachte. 'Trouwens, ik heb niet de bevoegdheid om dat te doen. Alleen de officier van justitie kan dat soort zaken regelen. Ik kan je wel meenemen naar het politiebureau voor een heel, héél lang verhoor.'

Stilte.

'Of je kunt meewerken en dan kunnen we de formaliteiten achterwege laten.' Christophe glimlachte minzaam. 'Ik weet wel wat ík zou kiezen.'

'Oké dan.' Tante Pearl fronste en zakte neer op de bank.

Gelukkig was Christophe niet geïnteresseerd in hoe Wilt hier precies was weggekomen, maar alleen in hem vinden. Hij haalde zijn rinkelende telefoon tevoorschijn en nam op. 'Ja? Goed. Ik zie je over tien minuten.' Christophe draaide zich naar Tante Pearl. 'Ze komen Wilt zometeen hier brengen. In de tussentijd wil ik dat je me álles vertelt wat je weet over Manny. Ik ben een en al oor. Steek maar van wal.'

TIEN MINUTEN LATER WAS TANTE PEARL KLAAR MET HAAR RELAAS, met weglating van de romantische verwikkelingen. Dat verbaasde me niet, want haar verhaal was in strijd met mijn moeders versie. Een van hen had gelogen, en ik kon wel raden wie.

Tante Pearl was verrassend open tegenover Christophe over Manny en de infiltratie van de beveiliging in het casino. Ze gaf ook vrijwillig aanvullende informatie over de misdaadorganisaties van de Racatelli's, Battilana's en La Manna's waar zelfs Christophe zich niet van bewust leek te zijn.

Nou ja, hij leek tenminste verrast. Misschien deed hij gewoon alsof. Hij was een verrassend goede acteur, wat natuurlijk van pas kwam als je een undercoveragent was. We waren er allemaal in getrapt toen hij zich voordeed als butler.

'Het is allemaal mijn schuld,' snifte tante Pearl. 'Ik probeerde alleen maar Wilt te helpen. Ik had Carla beloofd dat ik voor hem zou zorgen als er ooit iets met haar zou gebeuren.'

Mam keek haar zus verrast aan. 'Je kende Wilt al voordat hij naar Westwick Corners kwam?'

Ik rolde met mijn ogen. Had ze dat nu pas door?

Tante Pearl knikte. 'Hij vroeg me om hulp. Het enige wat ik heb gedaan is hem helpen met vluchten.'

Ik trok mijn wenkbrauwen omhoog.

'Oké, misschien heb ik hem ook een beetje gebruikt voor mijn gokspelletjes. Dit is tenslotte Las Vegas.'

'Ga door.' Christophe haalde zijn telefoon weer tevoorschijn. 'Is het goed als ik dit allemaal opneem?'

Tante Pearl knikte.

'Voor wie was Wilt op de vlucht?' Ik beantwoordde mijn eigen vraag al. 'Bones. Heeft de moord op Bones iets te maken met Wilt?'

Tante Pearl knikte langzaam. 'Zoiets.'

'Hoe bedoel je, "zoiets"?'

'Wilt had een grote gokschuld. Toen hij erachter kwam dat zijn lening uiteindelijk van Bones afkomstig was, was hij doodsbang. Hij dacht dat Bones hem wilde vermoorden. Maar Bones zou dat nooit doen, al was het maar omdat het zakelijk gezien niet zinvol was. Dode kerels betalen hun schulden nooit af, maar bange kerels wel. Dat is nooit bij Wilt opgekomen. Hij is zo goedgelovig soms. Ik moest hem wel helpen.'

Mijn mond viel open. Plotseling kreeg Wilts gokprobleem meer betekenis. 'Wilt is geen onbekende in de casino's van Vegas, hè?'

'Nee,' antwoordde tante Pearl met een klein stemmetje. 'Wilt moest het geld op de een of andere manier ergens vandaan halen, en ik dacht dat het geen kwaad kon om hem te helpen. Wilt en ik waren een team, maar Manny en Bones ontdekten allebei ons kaarttelsysteem. Bones dreigde het aan Manny te vertellen en ik wist dat Manny niet zou aarzelen ons allebei te vermoorden als we niet zouden stoppen.'

'Waarom ben je dan niet gestopt? Dat gaf jullie beiden een motief om Bones te vermoorden. Heb jij die kogel soms in zijn voorhoofd geplant?' Ik wist het antwoord al, maar ik moest het vragen.

Tante Pearl snikte zachtjes. 'Nee, maar Wilt wel.'

'Wilt is de moordenaar?' Ik kon het niet geloven. Ik stond op en ijsbeerde heen en weer.

Tante Pearl zuchtte. 'Iedereen kan breken, Cen. Vooral als er familie bij betrokken is.'

'Hoezo familie? Wie is Wilt precies?' Ik sloeg mijn hand voor mijn mond. 'Wacht even... Wilt is familie van Bones?'

Tante Pearl knikte. 'Wilt is Bones' kleinzoon. Hij had zelfs een DNA-test om het te bewijzen, maar Bones ontkende het nog steeds. Hij beweerde dat Wilt een bedrieger was, dat Wilt de testresultaten op de een of andere manier had gemanipuleerd.'

'Hoe weet je zeker dat Wilt de waarheid vertelt? Misschien heeft hij het allemaal wel verzonnen.'

Tante Pearl schudde haar hoofd. 'Wilt is niet degene die het verband heeft ontdekt. Ik herinner me dat Wilt werd geboren en zijn familie kende. Wilt was nog maar een baby toen hij en zijn moeder, Della, onschuldige omstanders, terecht kwamen in het kruisvuur van een *gangland hit*. Wilts vader stierf ook, maar hij maakte deel uit van het vuurgevecht.

'Wilt stierf die dag niet, maar dat wisten we toen nog niet. Della beschermde hem met haar lichaam tegen het geweervuur en dat redde zijn leven. Maar dat ontdekte Carla pas vele jaren later. Het was een geheim, alleen bekend bij Bones en degene die hem had geholpen het te verbergen. Om een lang verhaal kort te maken: Wilt verloor die dag zijn beide ouders.

'Bones voelde zich zo schuldig over de dood van zijn dochter dat hij het niet kon verdragen om haar zoon te zien. Officieel is Wilts lichaam nooit gevonden. Officieus werd hij onder een andere identiteit in een pleeggezin geplaatst. Wilt was te jong om te weten wat zijn echte ouders waren, of dat hij een grootvader in de buurt had die hem verstoten had. Bones stuurde het pleeggezin elke maand geld, maar hield het topgeheim. Wilt groeide op en wist niets van zijn echte identiteit.'

'Maar hoe...' vroeg ik.

'Carla kwam kort na haar huwelijk met Danny Battilana achter de geheime betalingen en vroeg zich af waar ze voor waren. Ze liet een rechercheur het pleeggezin onderzoeken. De betalingen gingen tien-tallen jaren terug, tot rond de tijd van de schietpartij waarbij Wilts ouders en zogenaamd Wilt zelf om het leven waren gekomen. Ze had zich altijd afgevraagd waarom het lichaam van het jongetje nooit gevonden was. Nu paste het allemaal in elkaar.'

'Hoe kon ze er zeker van zijn dat hij het was?'

'Die moedervlek op zijn voorhoofd is uniek. Die zag er nog steeds hetzelfde uit als toen hij een baby was,' zei tante Pearl. 'Je kunt je wel voorstellen hoe dit allemaal ging toen we hem met zijn opa herenigden.'

Ik hapte naar adem. 'Carla confronteerde hem?'

'Natuurlijk. Ze wilde dat Danny zijn kleinzoon zou erkennen. Ze verafschuwde het idee dat Wilt in armoede was opgegroeid bij pleeg-ouders, terwijl zijn opa een paar kilometer verderop een luxe leven leidde.'

'En Bones wilde het na al die jaren in de doofpot stoppen,' conclu-deerde ik. 'Hij wilde doen alsof Wilt nooit had bestaan.' Misschien was Wilt beter af geweest als hij nooit had geweten dat Danny Battilana zijn grootvader was. Het werkte op dit moment niet echt in zijn voordeel.

Tante Pearl knikte. 'Carla bleef hem vragen stellen en dus gaf hij toe dat hij van Wilts bestaan afwist. Natuurlijk leed hij daardoor reputatieschade en hij wilde niet dat het nieuws naar buiten kwam.'

Ik fronsde, omdat ik me realiseerde dat Wilt dus ook een sterk motief had gehad om Bones te vermoorden. 'En daarom heeft Bones Carla vermoord, hè? Het was niet om controle te krijgen over de Racatelli's. Het was omdat hij wilde dat Wilts bestaan ten koste van alles geheim zou blijven.'

Tante Pearl knikte. 'Bones wurgde Carla en dumpte haar daarna in het zwembad om het op een ongeluk te laten lijken. Hij kwam er ook mee weg, want hij zal nooit worden aangeklaagd.' Ze staarde naar Christophe.

'Hij is dood, dus uiteindelijk is hij met niets weggekomen,' zei ik.

'Als je me genoeg bewijs geeft, kunnen we de zaak altijd heropenen,' zei Christophe.

Tante Pearl opende het autopsierapport. Ze overhandigde het aan Christophe. 'Zoals in het rapport te lezen is, was Carla al dood voordat ze in het water terechtkwam.'

'Er zat geen water in haar longen omdat ze al dood was.' Ik wees naar de onderste regels op de pagina. 'Haar dood is duidelijk vanwege moord, maar de politie noemde het een ongeluk.' Ik hoopte maar dat tante Pearl het echte autopsierapport had gegeven en niet iets had verzonnen.

Christophe nam de papieren over van Pearl. 'Ik zal nog eens gaan praten met de lijkschouwer.'

Tante Pearl voelde zich duidelijk steeds ongemakkelijker terwijl ze praatte. Ze bleef naar haar horloge kijken en een dun laagje zweet bedekte haar voorhoofd. Als het even kon, zou ze op de vlucht slaan en ze zou zichzelf zeker niet blootgeven zonder een beetje aanmoediging. Ik legde mijn hand op haar rug en gebaarde naar haar om op de bank te gaan zitten. 'Ga door.'

'Ik weet alleen wat Wilt me verteld heeft,' zei tante Pearl. 'Wilt wilde zijn grootvader met de waarheid confronteren toen Carla hem het verhaal vertelde. Hij was gebroken toen hij hoorde dat zijn bloedeigen opa hem in de steek had gelaten. Helaas had Wilt een gokprobleem, en het werd alleen maar erger. Voordat hij de kans kreeg om Danny te confronteren, had hij al een grote gokschuld.'

Tante Pearl stond op van de bank en begon heen en weer te lopen. 'Wilt wilde me meteen na Carla's dood opzoeken. Vandaar dat hij naar Westwick Corners kwam. Ze had zich een paar dagen ervoor in het geheim herenigd met Wilt.'

'Herenigd?' echode ik. 'Ik begrijp het niet.'

'Carla was Wilts peettante. Ze was als een moeder voor Della, dus ze was erg gehecht aan Della's baby. Zij was degene die Wilt het nieuws bracht over zijn ware identiteit.' Tante Pearl veegde een traan van haar wang. 'Carla belde me en vroeg of ik Wilt wilde beschermen als dat nodig was. Toen stierf ze plotseling. Daarom kwam Wilt naar me toe. Hij was getuige van Carla's moord omdat hij hier in de suite verbleef.'

'Waarom heb je dit niet eerder tegen de politie gezegd?' Nu begreep ik waarom Wilt liever in de camper verbleef dan in de suite.

'Bones deed altijd wat hij maar wilde, en hij kreeg er nooit last mee bij de politie,' zei tante Pearl. 'Ik vertrouwde ze niet. Ik wilde Wilt niet in gevaar brengen omdat Bones nooit getuigen in leven zou laten. Natuurlijk doet dat nu niet meer ter zake. Wilt is ten dode opgeschreven, zelfs mét politiebescherming. '

'Wacht even,' zei ik nadenkend. 'Als Carla als eerste stierf en Bones, haar wettige echtgenoot, daarna, wordt Wilt dan niet de enige overlevende erfgenaam, in plaats van Rocco?'

Tante Pearl knikte langzaam. 'Snap je nu mijn probleem? Dit is nog lang niet voorbij.'

HOOFDSTUK 37

Twee geüniformeerde politieagenten begeleidden een neerslachtige en uitgeput uitziende Wilt de suite in. 'Weet je zeker dat je wilt dat we hem hier achterlaten?' vroeg een van hen.

Christophe knikte. 'Ik wil eerst een paar dingen controleren. Jullie blijven in de gang en houden de lift in de gaten. Ik wil niet dat hier ook maar iemand hier binnenkomt, begrepen?'

De oudste van de twee agenten knikte en ze liepen terug naar de hal, met hun pistolen in de aanslag.

Wilt hield zijn geboeide polsen omhoog. 'Het was een ongeluk. Ik richtte het pistool gewoon op Danny, maar toen probeerde hij het af te pakken. We vochten en het ging af. Per ongeluk. Ik heb hem nooit willen vermoorden.'

'Geen woord meer uit jouw mond tot we een advocaat in de arm hebben genomen.' Tante Pearl maakte een snijdende beweging over haar keel naar Wilt, voordat ze haar mobiele telefoon naar mij toegooide. 'Cen, bel er een.'

Ik ving de telefoon op en keek haar boos aan. 'Wauw. Je had me je telefoon weleens eerder kunnen lenen.' Ze had hem met opzet voor me achtergehouden.

'Het gaat niet alleen om jou, Cen.' Tante Pearl wendde zich tot

Christophe. 'Het was uit zelfverdediging. Elke idioot kan dat begrijpen.'

Christophe negeerde haar. 'Waarom heb je het gedaan, Wilt? Waarom heb je na al die jaren je opa vermoord?'

Wilt keek Christophe aan. 'Ik had geen idee dat ik nog familie had tot Carla het me een paar dagen geleden vertelde. Ze vond dat het mijn recht was om te weten dat ik een Battilana was, zelfs als Danny het ontkende.'

Tante Pearl hield haar hand omhoog. 'Wilt, stop.'

'Nee, ik wil praten, advocaat of niet. Ik wil dingen ophelderen.' Wilt slaakte een diepe zucht. 'Ik sliep boven op de dag dat Carla dood ging. Ik werd wakker door geschreeuw en geruzie op het terras. Ik herkende Carla's stem en ze had ruzie met een man. De ruzie leek uit de hand te lopen, dus ik rende naar buiten. Maar het was te laat. Ik kon Carla niet meer redden.'

Christophe krabbelde verwoed dingen in zijn notitieboekje neer en rommelde vervolgens met zijn telefoon. 'Mag ik dit opnemen?'

Wilt knikte. 'Ik heb niets te verbergen. Tegen de tijd dat ik buiten kwam, had Danny zijn handen om Carla's nek. Toen hij losliet, lag ze er als dood bij. Ze ademde niet meer, maar ik probeerde haar nog te reanimeren voordat Danny me van haar af trok.'

'Arme Carla,' mompelde tante Pearl. 'Ik heb haar gezegd dat ze het niet moest doen, dat ze beter haar mond kon houden over Wilt. Maar ze stond erop. Ze vond dat het het juiste ding was om te doen. Dat is de echte reden waarom Bones haar heeft gewurgd.'

Plotseling was het allemaal zo logisch. Wilts plotselinge verschijning bij de Westwick Corners Gas & Go. Hij was naar tante Pearl, Carla's beste vriendin, gekomen en om hulp gevraagd. Helaas voor Wilt dacht tante Pearl niet altijd logisch na. Haar gekke plan had alles alleen maar erger gemaakt, tot een punt dat het bijna uit de hand was gelopen.

'Wat gebeurde er daarna, Wilt?' liet Tyler zich voor het eerst in enige tijd horen.

'De momenten erna zijn een beetje wazig voor me. Danny sloeg me op mijn hoofd met een stoel en ik viel flauw. Toen ik bijkwam, zag ik dat hij Carla het zwembad in sleepte. Toen pakte ik het pistool van het bureau dáár.' Hij wees op het sierlijke Franse bureautje op een paar meter afstand van de terrasdeuren. 'Ik pakte hem alleen om hem bang te maken. Ik wist niet eens of het pistool wel geladen was. Ik had geen tijd om dat te controleren. Danny kwam achter me aan en worstelde me tegen de grond. En plotseling ging het pistool af. Ik dacht even dat de kogel gewoon in de lucht was gevlogen, maar toen stortte Danny boven op me. Ik wist dat de kogel hem had geraakt.'

'En toen belde je mij,' zei tante Pearl. 'Het was zelfverdediging.'

Mijn ogen ontmoetten die van mam en ik zag dat ze hetzelfde dacht: tante Pearl was mogelijk medeplichtig aan moord. Ze had Wilt vrijwel zeker geholpen om zich te ontdoen van het lichaam.

Vreemd genoeg vroeg Christophe daar niet naar. In plaats daarvan liep hij naar de gang en sprak kort met tegen de geüniformeerde mannen. Seconden later vertrokken ze met de lift naar beneden.'

'Manny La Manna is inmiddels gearresteerd voor het witwassen van geld en afpersing,' meldde Christophe. 'Andere aanklachten zijn nog in behandeling, maar ik ben niet gemachtigd om te zeggen wat die zijn.'

'Waar is Rocco? Gaat het goed met hem?' Ik voorzag een enorme schietpartij tussen Rocco en de mannetjes van Manny, en ik was er niet zeker van dat Rocco daar ongedeerd uit zou komen.

Christophe knikte. 'Hij is in orde. Hij helpt ons al een tijdje bij ons onderzoek naar de La Manna familiezaakjes. In tegenstelling tot Carla was hij nooit betrokken bij criminele activiteiten. Hij wilde nooit deel uitmaken van de Racatelli-misdaadorganisatie, maar of hij het nu leuk vindt of niet, hij is er in geboren.'

'Waarom is hij niet hier?'

'Hij komt hiernaartoe, als hij eenmaal klaar is met de ondervraging. Het was zijn idee om jullie hier te laten verblijven. Hij was verrast toen jullie allemaal kwamen opdagen en hij was bezorgd vanwege jullie veiligheid.'

Alle betrekkingen tussen de misdaadfamilies brachten me al genoeg in verwarring, maar de vele huwelijken maakten het zo mogelijk nóg ingewikkelder. 'Maar hoe zit het nou met Carla's huwelijk met Manny? Zal hij als Carla's man haar geld niet erven? '

'Nee,' zei Christophe. 'Hun huwelijksceremonie was wel echt, maar het huwelijk zelf was nietig omdat Carla al getrouwd was met Danny. Dat nephuwelijk is uiteindelijk téch echt geworden.'

Mam liet haar adem ontsnappen. 'Wie is dan Carla's erfgenaam? Als het nog steeds Bones is, dan gaat alles naar Wilt.'

Wilt hief zijn geboeide handen. 'Ik wil het niet eens.'

'Je krijgt het ook niet,' antwoordde tante Pearl. 'Bones wordt onterfd zodra is aangetoond dat hij haar vermoordde. Zodra alle legale zaken zijn geregeld, zal Rocco de enige erfgenaam zijn. Net als voorheen.'

'Je weet zeker dat Rocco niet...' Het belletje van de lift weerklonk en mijn stem stokte. Manny was weliswaar gearresteerd, maar misschien had hij een van zijn handlangers naar boven gestuurd. Niemand anders leek zich echter zorgen te maken.

'Ja, ik weet het zeker,' knikte Christophe. 'We hadden 24 uur per dag bewaking op hem zitten in de weken voor Carla's dood, tot nu toe. En als je het over de duivel hebt... daar zal je hem hebben.'

Rocco kwam de suite binnen met een brede glimlach. 'Ik ben zo opgelucht dat dit allemaal eindelijk voorbij is. Man, ik heb een borrel nodig.'

Tante Pearl hield haar hoofd schuin en keek Christophe aan. 'Chris, aan jou de eer.'

Mam stond op uit haar stoel en liep in de richting van de keuken. 'Laat mij dat doen. Christophe heeft zijn cocktailrecepten met me gedeeld en ik wil graag experimenteren. Ik ben zo terug!'

'Wat dacht je van een margarita, Ruby?' Rocco glimlachte.

Mama pauzeerde in de deuropening. 'Vergeet die margarita. Ik maak Christophes speciale wijnspritzer voor je. Je weet wel, dat ene drankje waar mensen zo snel knock-out van gaan.' Ze knipoogde naar me. 'Ik kan al een paar manieren bedenken om het te gebruiken in stressvolle situaties. '

HOOFDSTUK 38

Tante Pearl, mam en ik zaten allemaal naast elkaar bij een speelautomaat. Ik zat in het midden en voelde me tussen hen in geklemd als een gevangene. Ik moest bij ze blijven, tenminste wel tot Tyler terugkwam van het politiebureau. Hij was met Christophe meegegaan naar het bureau om wat meer achtergrondinformatie te geven over de gebeurtenissen van de afgelopen uren en (daar ging ik vanuit) om gedag te zeggen tegen een paar van zijn voormalige collega's.

Ik trok de hendel met een robotische beweging naar beneden, in de hoop om die ongrijpbare *three of a kind* nu eindelijk eens voor me te zien. We waren hier al meer dan een uur en ik had nog steeds niets gewonnen. Tante Pearl leek daarentegen aan een winnende hand te zijn.

Ze leunde dichter naar me toe. 'Ik heb een spreuk over Manny uitgesproken om hem uit te schakelen.' Tante Pearl knipoogde naar me. 'Net zoals bij jou en Rocco. Gewoon iets neutraals en ongevaarlijks.'

'Ha! Ik wist het! Al die rare gevoelens die ik had voor Rocco sloegen nergens op. En ik zou die spreuk nauwelijks neutraal durven noemen.'

'Oké, betrapt.' Tante Pearl lachte.

'Je hebt me gemanipuleerd. Hoe kon je zoiets doen?' Afgezien van het feit dat het niet eerlijk was, had het mijn prille relatie met Tyler kunnen saboteren. Natuurlijk was dat precies wat tante Pearl wilde. Het idee dat ik met de sheriff uit zou gaan maakte haar helemaal gek.

Of zat er iets anders achter? Ik had ineens twijfels over Tyler en mij. Wat als hij zich niet echt tot mij aangetrokken voelde? Wat als zijn gevoelens waren beïnvloed door een van tante Pearls spreuken?

Hoe zou ik ooit nog weten wat echt was en wat niet?

Het zou de ultieme wraak zijn, een wraakactie. 'Heb je nog andere spreuken p me losgelaten?' wilde ik weten.

'Zoals?'

'Oh, ik weet het niet. Nog andere liefdesspreuken?'

'Relax, Cendrine. Als je je heksenkrachten zou hebben getraind, zou je meteen door hebben gehad dat ik je had betoverd. Je had het kunnen tegengaan. Het is echt je eigen schuld.'

'Ach, kom op Pearl...' Mams protest was tegen dovemansoren gezegd.

Ik knikte langzaam. Tante Pearl was volkomen onvoorspelbaar, maar over één ding had ze gelijk. Ik moest mijn natuurlijke talenten echt meer respecteren en ontwikkelen. Misschien, als ik de tijd zou hebben; als ik niet zo druk bezig was om tante Pearl uit allerlei catastrophes te redden. Aan de andere kant: het was aan mij om tijd te máken, en ik was van plan om dat ook te doen.

Als ik het hard genoeg probeerde, kon ik waarschijnlijk zelfs tante Pearl betoveren om haar uit de problemen te houden. Dat idee gaf me energie en ik kon bijna niet wachten om terug te gaan naar mijn heksen-*roots*. Alleen was ik deze keer van plan om mijn lessen in het geheim te doen, zonder tante Pearl als mijn lerares. Ik zou haar weleens laten zien wat ik kon.

Ik realiseerde me met een schok dat ik precies deed wat tante Pearl altijd al wilde. Maar in plaats van de gedwongen hekserijlessen van mijn tante te volgen, deed ik het uit eigen vrije wil.

'Ik snap jou niet, Pearl,' zei mam. 'Je bent al miljonair. Waarom speel je dan nog op zo'n fruitmachine?'

'Daar heb je gelijk in,. Ik zou deze hele toko kunnen opkopen,' zei Pearl. 'Ik ben rijker dan jullie allemaal bij elkaar.'

Ik staarde haar aan. 'Je hoeft het er niet in te wrijven, hoor.'

Tante Pearl lachte. ' Ach. Ik zal het niet lang meer hebben. Wat overblijft na het afbetalen van Wilts schulden gaat naar mijn favoriete liefdadigheidsinstelling.'

'En wat is dat?' wilde mam weten.

'Het opbouwingsfonds voor Westwick Corners.'

'Maar we hebben niet eens een fonds.' Alles wat we hadden was een hoop goeie wil. En tante Pearls constante geklaag over toeristen in ons stadje leek in strijd met het idee dat ze dingen wilde opknappen om meer mensen aan te trekken. Het idee dat ze zou bijdragen aan een fonds dat bezoekers naar Westwick Corners bracht tartte elke vorm van logica. Ik geloofde haar niet.

Ik voelde iemands blik op me gericht en draaide me om. Daar was Rocco. De fysieke aantrekkingskracht die ik eerder had gevoeld was verdwenen, maar het was vervangen door iets anders. In plaats van de afkeer die ik van de oude Rocco had gehad, voelde ik nu oprechte warme gevoelens. De jaren die waren verstreken hadden ons allebei veranderd, en nu de betovering weg was voelde ik iets wat ik nog nooit eerder voor hem had gevoeld.

Vriendschap.

'Wie wil er een lekkere biefstuk?' Rocco gebaarde naar buiten. 'Er is een leuk Italiaans restaurantje in de buurt.'

'Komen daar ook gangsters?' vroeg mam.

'Ik kan niets garanderen, maar ik hoop het wel.' Rocco staarde weemoedig naar de bar. 'Ik ga deze plek missen, maar niet het gokken en de misdaad die ermee gepaard gaat.'

Tante Pearl rolde met haar ogen. 'Oh nee, kijk eens wie daar aankomt.'

Ik ontmoette Tylers blik en glimlachte. 'Hij kan met ons mee uit eten.'

'Móét je hem echt uitnodigen?' smeekte tante Pearl. 'Ik denk dat ik mijn eetlust kwijt ben.'

Ik had ineens de drang om de vriendschapsspreuk uit te proberen die ik stiekem had geoefend. Ik knipte twee keer met mijn vingers en fluisterde toen de spreuk zachtjes voor me uit. 'Kom. Laten we gaan.'

Tante Pearl straalde plotseling terwijl Tyler zijn arm door de hare stak. 'Ja, laten we gaan. Wat is er nu leuker dan een diner met zo'n knappe man die me begeleidt?'

Tyler knipoogde en ik glimlachte terug.

Tante Pearl was niet de enige die mensen en hun gevoelens een handje kon helpen met magie.

HOOFDSTUK 39

et Carla's moord opgelost en Wilt achter de tralies voor de doodslag op Danny Battilana, was er geen reden meer om in Las Vegas te blijven.

Tante Pearl zou waarschijnlijk niet veel problemen meer veroorzaken, maar ik kon niet rusten totdat ik wist dat ze veilig de stad uit was. Ik stond erop dat tante Pearl en mam vliegtickets naar huis boekten. Toen dat eenmaal gedaan was, gingen we direct naar het vliegveld.

Tyler ging ons voor op het bruisende vliegveld van Las Vegas, met de bagage van mam en tante Pearl in zijn handen. Mam had een map vol met Christophes recepten, terwijl tante Pearl nog een kleine tas bij zich droeg. Ik had geen idee wat er in zat, maar ik besloot het niet te vragen. Soms was het beter om het niet te weten, vooral als het mijn tante betrof. Ze moest ermee door de beveiliging, dus ik maakte me niet al te veel zorgen.

Ik liet Tyler nog wat verder vooruit lopen, net zolang tot we buiten de gehoorgang waren op het lawaaierige vliegveld. 'Onthoud goed, geen hekserij in het vliegtuig. Je wilt de bemanning of de passagiers niet bang maken. Er kunnen zelfs undercover beveiligers aan boord zijn.'

'Probeer me niet bang te maken, jongedame.' Tante Pearls joviale stemming was opslag verdwenen. 'Ik heb me al neergelegd bij het idee dat we straks als sardientjes in een blikje in de lucht zitten. Je hoeft het niet in te wrijven.'

Op een vreemde manier voelde het goed om tante Pearl weer te zien als haar normale, chagrijnige zelf.

'Maak je geen zorgen, Cen. We zullen ons normaal gedragen.' Mam kneep in mijn hand.

'Je hoeft ons echt niet helemaal te volgen tot aan de beveiliging. We zijn goed in staat om voor onszelf te zorgen,' vulde tante Pearl aan.

'Misschien een beetje te goed,' zei ik. 'Ik wil je met eigen ogen in het vliegtuig zien stappen.' Ik was er zeker van dat mijn tante geen trucjes zou uithalen als ze eenmaal aan boord was. Maar totdat ze daadwerkelijk door de douane was gegaan, was ze als het ware een vluchtrisico. Daar had ik geen illusies over.

'Ik zie niet in waarom we niet een béétje magie kunnen gebruiken,' protesteerde tante Pearl. 'Ruby en ik hadden sneller terug kunnen teleporteren naar Westwick Corners dan in de tijd die we nodig hadden om hierheen te rijden.'

'Geen hekserij meer, tante Pearl. Tenminste niet totdat je veilig terug bent in Westwick Corners.' Ik had geregeld dat tante Amber ze zou oppikken op het vliegveld van Shady Creek en terug zou rijden naar Westwick Corners.

Tante Amber was toevallig ook een hooggeplaatste WICCA-ambtenaar, dus ze had haar eigen redenen om ervoor te zorgen dat tante Pearl zich zou gedragen. Welke straf WICCA ook zou uitdelen, hij zou waarschijnlijk niet heel ernstig zijn, maar tante Pearl moest zich in ieder geval aan íémand verantwoorden. Het laatste wat ze ooit op het spel zou zetten was haar bevoegdheid om hekserij te beoefenen.

Iemand van de *Shady Creek Tattler* zou bijna zeker staan te trappelen om de thuiskomst van tante Pearl en mijn moeder te verslaan, en dat was een verhaal dat ik goed wilde eindigen. 'Doe niets doms dat ons geheime bestaan in Westwick Corners kan schaden.'

Hoewel ze zich in feite het vliegtuig uit kon teleporteren als ik haar niet meer in de gaten hield, rekende ik erop dat mam haar dat idee uit haar hoofd zou praten. Mensen verdwenen gewoon niet zomaar tijdens vluchten, en het laatste wat we nodig hadden was een luchtvaartincident dat internationale aandacht zou trekken. Omdat tante Pearl al negatief was opgevallen door haar gesjoemel tijdens het kaartspel in het casino, was ik er vrij zeker van dat ze niets doms zou doen.

We stopten een paar meter bij de veiligheidspoortjes vandaan.

'Je hebt geluk dat Wilt een volledige bekentenis aflegde, anders was je hier niet eens mee weggekomen. Dan had je in een cel gezeten, net als hij.' Ik keek naar mam. 'Houd haar goed in de gaten; ik zie je over een paar dagen.'

'Ik denk dat ik een vakantie nodig heb door deze vakantie,' lachte mam.

Het was me nog steeds niet duidelijk hoeveel tante Pearl precies had gewonnen in de loterij. Blijkbaar was het echter genoeg om een eersteklas criminele verdedigingsadvocaat in te huren voor Wilt en zijn borgsom te dekken. Wilt was van plan om in *rehab* voor zijn gokverslaving te gaan terwijl hij op zijn rechtzaak wachtte. Hij was in goede handen.

We stonden bij de *security check-in* en namen uitgebreid afscheid voordat mam en tante Pearl naar de gate gingen.

Ik draaide me naar Tyler toe en kuste hem op de wang. 'Ik kan niet geloven dat je helemaal naar Las Vegas bent gekomen. Hoe wist je dat ik je hulp nodig had?'

'Gewoon een voorgevoel. Ik had het gevoel dat je er tot over je oren in zat.' Hij trok me naar hem toe en drukte zijn lippen op de mijne.

Ik wist niet zeker of hij het over de problemen met de Racatelli's of met tante Pearl had, maar ik had geen antwoord nodig. Ik had andere dingen aan mijn hoofd.

We zagen de vlucht van mam en tante Pearl opstijgen en gingen vervolgens terug naar de parkeerplaats van het vliegveld waar de camper geparkeerd stond. We waren van plan om hem terug te rijden naar de camperdealer in Shady Creek waar tante Pearl hem had gekregen.

Het bleek dat de camper toch echt was. Tante Pearl had hem niet getoverd. Ze had hem meegenomen voor een proefrit en gewoon nooit teruggegeven. Ze had hem een keertje laten verdwijnen om mij te misleiden. Het was het enige aan mijn tante dat voorspelbaar was: ze zou er alles aan doen om me te misleiden wanneer ze maar kon. Mij te slim af zijn was de beste vorm van vermaak voor haar.

De rest was allemaal waar. Tante Pearl had écht de loterij gewonnen en Wilt was écht Danny 'Bones' Battilana's kleinzoon.

HOOFDSTUK 40

*D*e zon gluurde door de lage wolken terwijl we naar het noorden reden op de snelweg. We waren door zon, regen en uiteindelijk een onweersbui gegaan die ons dreigde te vertragen bij de bergen die Nevada en Noord-Californië scheidden. We waren de bergpas net over toen de lucht voor ons opklaarde.

Ik keek naar Tyler in de bestuurdersstoel van de camper. Het was vreemd genoeg een troost om met hém in het midden van een storm te zitten, en vreemd romantisch, zo lekker knus in ons huisje op wielen. Alles was goed gekomen.

Manny's bezittingen waren in beslag genomen en hij zat in de gevangenis zonder kans op borgtocht.

Rocco had besloten het hotel te verkopen en afstand te nemen van "de familie". Een anonieme investeerder had Rocco al een genereus aanbod gedaan (met aanmoediging van tante Pearl, natuurlijk) en dat aanbod had Rocco een eenvoudige en veilige uitweg geboden.

Mam, tante Pearl en een beetje magie zouden Rocco helpen een naadloze overgang naar zijn nieuwe leven te maken. Ik wist niet precies wat hij ging doen, maar dat maakte niet uit.

'Oh, dat was ik bijna vergeten.' Tyler reikte achter zijn stoel en gaf

"

me mijn tas. 'Ik vond hem op de passagiersstoel toen ik je auto van het benzinestation naar huis liet slepen.'

'Dank je!' Ik rommelde in mijn tas en haalde mijn mobiele telefoon eruit. Ik ontgrendelde hem en was opgelucht dat de batterij nog niet helemaal leeg was. Ik checkte mijn voicemail. 'Het lijkt erop dat ze er al lucht van hebben gekregen. *The Shady Creek Tattler* wil mijn verhaal. Sterker nog, ze willen me ter plekke inhuren,' vertelde ik Tyler.

Hij glimlachte. 'Ga je het doen?'

Ik haalde mijn schouders op. 'Ik weet het niet. Misschien slaap ik er wel een nachtje over.' Een paar dagen geleden zou ik de baan nog onder zonder twijfels hebben aangenomen. Maar na dit laatste avontuur realiseerde ik me dat dingen vanaf nu op mijn eigen voorwaarden zouden moeten gaan.

Ik besefte dat hekserij me een voordeel gaf ten opzichte van andere journalisten. Ik kon verhalen lospeuteren die andere mensen niet konden loskrijgen, gewoon door mijn natuurlijke talenten te gebruiken. Want dat waren ze: volkomen natuurlijk. Ik moest gewoon de kracht van iets dat al van mij wás, benutten.

'Laten we gewoon naar huis gaan.' Ik glimlachte naar Tyler toen ik de radio afzocht naar iets vrolijks.

'Wacht even,' zei Tyler. 'Zijn we niet iets vergeten?'

Ik nam mijn mentale checklist door. Bagage, benzine in de tank, en mam en tante Pearl veilig afgeleverd op het vliegveld.

Check, check, check.

Ik schudde mijn hoofd. 'Nee. Ik denk dat we alles wel onder controle hebben.'

'Onze date?' Tyler grijnsde. 'Ik heb honderden kilometers gereisd om je te zien, maar we zijn nog steeds niet op date geweest.'

Ik keek naar Tyler en glimlachte. Ik was eerst zo geobsedeerd geweest door onze gemiste date, maar had er nauwelijks meer aan gedacht nu Tyler bij me was. Dat was deels te wijten aan de vele gebeurtenissen die zich hadden afgespeeld, maar de ware reden was dat samenzijn met hem voor mij genoeg was. Het vóélde al als een date. Ik had geen behoefte aan een chique diner of avondje uit, ik had alleen behoefte aan de man naast me.

Toch voelde ik me er schuldig over.

'Het spijt me echt van onze date, Tyler. Ik had nooit verwacht dat mijn tante me zou ontvoeren, naar Las Vegas nota bene. Tante Pearl heeft een talent om altijd mijn plannen door de war te schoppen. Ik maak het goed met je, dat beloof ik.'

'Nee, je hoeft je niet te verontschuldigen. Het is niet jouw schuld. Trouwens, ik heb een idee.' Hij nam de volgende afslag op de snelweg en ging even later later rechtsaf bij een kruispunt.

'Waar gaan we in godsnaam heen?' Er waren geen steden in de buurt en het enige verkeersbord dat ik had gezien was voor een pompstation een halve kilometer verderop. Er was maar één weg die terugleidde naar Westwick Corners en deze was het niet. Maar dit was een ontvoering waar ik niet tegen wilde protesteren. 'Je hebt gelijk. We kunnen maar beter te veel benzine hebben dan te weinig. De laatste keer dat ik zonder benzine kwam te staan gebeurden er daarna allerlei onverwachte dingen.'

Tyler glimlachte. 'We hebben niet alleen benzine nodig. Je zult het wel zien.'

We vertraagden toen de weg steeds hobbeliger en bobbeliger werd. Het smalle weggetje slingerde zich om een steile helling heen, met nauwelijks ruimte voor een auto om vanaf de andere kant te komen. Niet dat we veel verkeer zagen. Ik vroeg me af of een benzinestation *in the middle of nowhere* wel levensvatbaar was.

Een paar minuten later kwamen we aan bij het benzinestation. Nine Mile Gap was een piepklein gehucht met in de wijde omtrek geen andere beschaving te zien. Het was al halverwege de ochtend, maar er was nergens een teken van leven, ook niet bij het aangekondigde tankstation, een piepklein gebouw van golfplaten met een enkele verroeste pomp. Het was hier doder dan dood.

'Dit dorp ziet er niet uit.' Ik staarde naar de met stof en vet bedekte ramen toen we langs de verroeste pomp rolden.

'Niet meer. Hier ben ik opgegroeid,' zei Tyler. 'Vroeger was het net als Westwick Corners. Nu is het meer een spookstad.'

Zelfs het benzinestation was gesloten. De enige pomp was verroest, met onkruid dat zich om het mondstuk had gewikkeld. De oude getallen die hadden aangegeven hoeveel benzine er werd gepompt, waren bevroren in de tijd en stonden nog steeds op twintig cent per *gallon*.

Ik voelde medelijden met Tyler toen ik hoorde dat hij hier was opgegroeid. Het verstrijken van de tijd liet zelden mooie herinneringen intact. Je kon nooit terug in de tijd gaan zonder teleurstelling te ervaren. De dingen bleven zelden hetzelfde zoals je je ze herinnerde.

'Dat is niet erg. We zijn hier niet voor de benzine.' Tyler parkeerde de camper aan het einde van het terrein en zette de motor uit. 'Onze date begint nu.'

Hij sprong uit de bestuurdersstoel, liep om de camper heen en opende mijn passagiersdeur. 'Ik weet een leuk klein restaurantje hier in de buurt. Het is een goed bewaard geheim, zeer exclusief.'

Ik stapte verbaasd uit de camper en pakte zijn uitgestrekte hand.

We liepen langs het benzinestation langs een oud bakstenen gebouw van drie verdiepingen. We sloegen de hoek om en kwamen uit op een mooigeplaveide straat.

Mijn mond viel open van verbazing. We stonden aan de rand van Main Street in een volledig gerestaureerde spookstad uit de jaren vijftig. Alles was brandschoon en mooi geschilderd, maar er was geen sterveling te zien. Het was alsof de tijd tot stilstand was gekomen in een vervlogen tijd.

'Dit was een industriestadje, vroeger. Toen sloot de mijn en werd het bijna vergeten,' vertelde Tyler.

Ik vroeg me af welke geheimen deze stad achter zijn nette façades verborg.

We liepen langzaam over straat, ik met mijn hand in de zijne. 'Dit doet me denken aan Westwick Corners, maar nog stiller,' mompelde ik. 'Ik had nooit gedacht dat dat mogelijk was, maar toch is het zo.'

Tyler grijnsde. 'Ik dacht al dat je dit leuk zou vinden. Kom, laten we iets gaan eten. Ik kijk al heel lang uit naar onze date.'

Ik volgde Tyler naar een mooi klein café met bloembakken vol lavendel. Het restaurant bleek de enige tent te zijn die open was. De planken van de vloer piepten onder mijn voeten terwijl ik door de deur het schemerige interieur binnenstapte.

Een aantrekkelijke vrouw van eind veertig kwam van achteren om ons te begroeten en leidde ons naar de linkerkant van het restaurant om ons aan een tafeltje bij het raam te zetten. Een plafondventilator zweefde boven ons, waardoor er een verfrissend briesje ontstond. We hadden uitzicht op een kabbelend beekje, omgeven door weelderig groen. Het was alsof we in een andere wereld waren. 'Zitten jullie hier goed?' De gastvrouw knipoogde naar Tyler, die knikte.

'Het is hier prachtig,' verzuchtte ik toen ik op de bank gleed.

De vrouw glimlachte naar me toen ze ons menukaarten overhandigde. Tyler bestelde cola voor ons allebei.

Ik wachtte tot onze gastvrouw halverwege de keuken was voordat ik opkeek van mijn menu. 'Ik hoop dat je niet al te teleurgesteld bent dat we onze eerste date niet in een Frans restaurant vieren. Ik zal het op een of andere manier goedmaken.'

Tyler grinnikte. 'Het maakt echt niet uit waar we heen gaan. In feite is dit misschien nog beter.'

Ik trok mijn neus op. 'Ik snap wat je bedoelt. Fancy restaurants hebben meestal van die kleine porties. Momenteel kan ik wel drie maaltijden in een keer op.'

Tyler lachte. 'Dat is niet wat ik bedoelde.'

'Wat bedoel je dan?' Plotseling drong het tot me door. 'De gastvrouw herkende jou meteen. Je bent laatst nog in dit restaurant geweest.'

'Zo vaak, Cen.'

Ineens voelde ik me raar. 'Wat... wat is er? Jullie kennen elkaar dus?'

'Ik vroeg me al af wanneer je het zou merken. Het is niet alleen dat dit mijn eigen stad is, Cen. Die vrouw is mijn moeder.'

'Je moeder?' Mijn mond viel open en ik voelde me opeens verlegen toen ik naar beneden keek, naar mijn stoffige kleding. Ik deed mijn rommelige paardenstaart opnieuw in. 'Je hebt nooit gezegd dat je uit zo'n kleine stad kwam.'

Hij lachte. 'Je hebt het nooit gevraagd.'

'Maar ik ging er gewoon vanuit dat je, aangezien je vroeger in Las Vegas werkte, je daar vandaan kwam.'

'Bijna iedereen in Vegas komt ergens anders vandaan, Cen. Omdat ik jouw familie al ken, dacht ik dat je de mijne net zo goed kon ontmoeten.'

Nu was het mijn beurt om te lachen. 'Geen wonder dat je van Westwick Corners houdt. Daar is het druk vergeleken met hier. Maar het moet wel moeilijk zijn om hier de kost te verdienen. Hoe doet je moeder het?'

'Dat doet ze niet echt met dit restaurant. Ze heeft een... ander vakgebied.'

Voordat ik de kans had om meer te vragen, verscheen Tylers moeder met onze drankjes. Achteraf gezien was de gelijkenis overduidelijk. Tylers moeder had dezelfde warme bruine ogen en gastvrije glimlach als haar zoon.

'Mam, dit is Cen. Cen, dit is mijn moeder, Vivica.'

'Alsjeblieft, lieverd.' Ze glimlachte naar me toen ze mijn glas neerzette en toen dat van Tyler. 'Ik heb gehoord over je problemen in Vegas. Ik ben blij dat Ty je heeft geholpen.'

'Cen had mijn hulp niet echt nodig, mam. Ze heeft de dingen goed geregeld.'

Ik bloosde. 'Het was niets, echt waar. Gewoon een familiedingetje.' Of ik het nu leuk vond of niet, tante Pearls problemen waren ook mijn problemen. Wat de slechte eigenschappen van tante Pearl ook waren, ze was in elk geval loyaal aan de mensen om wie ze gaf, en ze zou mij ook hebben geholpen.

'Ik hoorde dat je goed met de dingen omging.' Vivica Gates glimlachte. 'Aangezien je een beetje in het diepe werd gegooid... '

Ik vroeg me precies af wat en hoeveel Tyler aan zijn moeder had verteld. Uiteindelijk deed het er niet echt toe. Het was nu toch al gebeurd. Mensen konden hun eigen conclusies trekken.

Ik probeerde van onderwerp te veranderen. 'Nine Mile Gap is wel vreselijk stil, hè'

Vivica zuchtte. 'Dit stadje heeft zeker betere dagen gekend. Er zijn nog maar weinig mensen over.'

'Het spijt me dat te horen,' zei ik. 'Mijn stadje is hetzelfde. Iedereen verhuist naar grotere steden.'

Vivica knikte. 'Tyler vertelde me alles over je hotel en je plannen om de stad nieuw leven in te blazen.'

'Dat kunnen we ook,' zei ik. 'Je hebt gewoon een manier nodig om dingen in de stad aan toeristen te slijten.'

'Begrijp me niet verkeerd,' zei Vivica. 'Ik hou wel van de eenzaamheid. Ik kan mijn magie in alle rust en vrede beoefnen. Het is fijn om je talenten niet te hoeven verbergen.'

Tyler lachte naar me. 'Ja, Cen. Jullie hebben veel gemeen.'

Ik staarde haar aan. 'Je bent een...' Ik sprak het woord niet uit..

'Een heks.,' maakte Vivica mijn zin af. 'Ja. Dat klopt.'

Mijn mond viel open. Geen wonder dat Tyler zo goed met de capriolen van tante Pearl kon omgaan. Plotseling snapte ik er veel meer van. 'Dit is je grote geheim, hè? Daarom gaat tante Pearl altijd over je door.' Ik keek hem aan. Ik had altijd gedacht dat het om een donkere gebeurtenis in Tylers verleden was gegaan.

Zijn bruine ogen fonkelden van vermaak. 'Denk je dat er geen andere heksen in de buurt zijn?'

'Je weet het van ons.'

'Natuurlijk weet ik het. Ik herken een heks op een kilometer afstand.'

'Weet je het van mij?'

Tyler knikte. 'Hoewel ik er geen enkel bewijs van heb gezien. Of je bent erg goed, of helemaal niet getraind.'

Ik grijnsde. 'Er is mij verteld dat ik allebei ben.'

'Je lijkt waarschijnlijk erg op Pearl. Of niet soms?'

'Ja.' Voor de allereerste keer was ik er echt trots op om een heks te zijn. En tante Pearls nichtje. 'Vind je me niet gek?'

'Natuurlijk niet, en ik zou hekserij nauwelijks gek durven noemen, Cen.' Tyler legde zijn hand op de mijne. 'Ik accepteer je om wie je bent, wat er ook gebeurt. Dat is precies wat je zo speciaal maakt. Die heksenkrachten van jou zijn gewoon een bonus.'

Tylers reactie was een aangename verrassing, aangezien mijn

laatste vriendje mijn bovennatuurlijke talenten als gênant en potentieel carrièrebeperkend had gezien.

'Het is best leuk om Tyler te zien met een meisje dat een beetje op zijn moeder lijkt,' lachte Vivica. 'Dan hoef ik ook niet te doen alsof ik normaal ben. Ik kan gewoon mezelf zijn.' Ze draaide zich om en ging de keuken in om onze bestellingen te maken.

'Ik had geen idee dat je, eh...' Ik was ineens helemaal met stomheid geslagen.

'Een leugenachtige klootzak was?' Tyler grijnsde terwijl hij in mijn hand kneep.

Ik barstte in lachen uit. 'Precies de woorden die ik zocht.'

Voor het eerst in lange tijd voelde ik me goed over elk aspect van mezelf. Ik voelde me comfortabel in mijn eigen lijf en leven. Ik hoefde mijn talenten niet te verbergen of te doen alsof ik iemand anders was. Ik kon gewoon mijzelf zijn, ook bij Tyler. Hier zat ik dan, duizend kilometer verwijderd van Westwick Corners in een stad waar ik nog nooit eerder was geweest. En toch voelde ik me helemaal thuis.

Vond je *Een goede spreuk is het halve werk* een leuk boek? Het volgende boek in de serie, *Niet Getoverd is Altijd Mis* is nu ook verkrijgbaar!

COLLEEN CROSS
DE HEKSEN
VAN
WESTWICK
NIET
GETOVERD
IS ALTIJD MIS

DANKWOORD

Als je *Een goede spreuk is het halve werk* een leuk boek vond, laat dan alsjeblieft een recensie achter op Bol, Hebban of Goodreads. Elke recensie telt voor een auteur

Dit is het tweede boek in de serie en er komen er nog meer aan! Zolang lezers van de avonturen van Cen, Pearl en Tyler genieten, blijf ik ze schrijven.

Wil je op de hoogte worden gehouden van nieuwe boeken? Schrijf je dan in voor mijn nieuwsbrief op www.colleencross.com

Ook mijn juridische thrillers zijn in het Nederlands uitgekomen. Als je op mijn auteursnaam zoekt op Bol.com, kom je ze vanzelf wel tegen!

Dank je wel voor het lezen van mijn boek!

Colleen Cross

OOK VAN COLLEEN CROSS

De Heksen van Westwick
Jong Gehekst is oud Gedaan
Een goede spreuk is het halve werk
Niet Getoverd is Altijd Mis
Kerstmis, heksen en een moord

Katerina Carter juridische thrillers
Nooduitgang
Met gelijke munt
Engel des doods
Groene schijn
In het rood
Blauwe Maandag

Wil je op de hoogte gehouden worden van Colleens nieuwste boeken,
schrijf je dan in voor haar nieuwsbrief!

www.colleencross.com